劍橋謀殺案

THE MAIDENS

ALEX MICHAELIDES

艾力克斯・麥可利迪斯 ———著

吳宗璘 ———譯

獻給蘇菲・漢娜，感謝她賜予我堅定信念的勇氣

把你的初戀故事告訴我——
四月的期待，懷抱希望的愚者；
直到墓穴開始晃搖，
直到死者開始起舞。

——阿佛列．丁尼生勳爵，《罪惡之幻象》

序曲

愛德華．佛斯卡是殺人犯。

這是事實，並非瑪莉安娜基於邏輯層次的推測而已。她的身體知道，那股直覺穿入骨內，沿著她的血脈，深入每一個細胞。

愛德華．佛斯卡犯了罪。

然而——她卻無法舉證，而且可能永遠沒有這機會了。這男人，這禽獸，至少殺死了兩人，非常有可能，就此逍遙法外。

她心想，這個人真是洋洋得意，自以為是。他覺得他可以全身而退，以為自己已經贏了。

但他並沒有，還沒有。

瑪莉安娜下定決心要智取對方，勢必如此。

她會坐著一整夜不睡覺，回憶發生的一切。她會坐在這裡，劍橋的幽暗小房間裡面，思索，找出對策。她盯著壁面電熱器的紅色橫槓，在一片漆黑中灼灼發光，逼自己進入某種出神狀態。

在她的腦海中，她會回到最初，想起全部，每一個微小細節。

然後，她一定會逮住他。

第一部

從來沒有人告訴過我悲痛與恐懼如此相似。

——C．S．路易斯，《卿卿如晤》

1

幾天前，瑪莉安娜待在倫敦的家中。

她跪在地上，四周全是箱子，又一次企圖整理賽巴斯汀的遺物，態度消極。不是很順利。他死去已經一年了，但他的東西幾乎依然四散屋內，有的堆疊在一起，還有的放在裝了一半的箱子裡，她似乎沒辦法完成這項艱鉅任務。

瑪莉安娜還愛著他——這就是癥結。雖然她知道自己再也見不到賽巴斯汀——雖然他已經永遠離世，她依然深愛著他，不知該如何面對自己的這種濃烈情感。太沉重，太混亂：從體內溢漏、潑灑、滾流而出，宛若從破舊布娃娃綻線缺口散落的填料。

但願她能夠打包自己的愛，就像是她努力打包他的東西一樣。多麼悲傷的景象，一個人的生命最後只剩下一堆不要的物品，全數丟入廉價大拍賣。

瑪莉安娜把手伸入最靠近自己的那個箱子，取出了一雙鞋。

她陷入沉思——那是海濱慢跑的老舊綠色運動鞋，摸起來還有一點微濕感，鞋底依然嵌有沙粒。

她對自己說道，*丟了吧，把它們扔進垃圾桶，快動手啊。*

雖然這麼想，但她知道這是不可能的事。它們不是他，不是賽巴斯汀——不是那個她深愛，而且會愛一輩子的男人——不過就是雙舊鞋。但即便如此，與它們告別也等於是某種自我傷害的行為，儼然像是將刀子貼壓自己的手臂、剮下一片片的皮肉。

瑪莉安娜沒有丟掉那雙鞋，反而把它們貼在胸前，摟得死緊，她宛若小孩一樣，然後，開始嚎啕大哭。

她怎麼會變成這個樣子？

不過是短短一年的時間，以前的一年，本來是近乎無知無覺，悄悄流逝——如今過了這一年，在她後頭鋪展而開的卻像是被龍捲風夷平的荒涼地景——她熟悉的生活已經被抹消殆盡，讓瑪莉安娜淪落到這般情景：三十六歲，孤單一人，週日夜晚喝到爛醉，現在緊緊抱住某個死人的鞋子，彷彿把它們當成聖髑一樣——就某種層次來說，確是如此。

某個美好、神聖的人，死了。只剩下他看過的書、穿過的衣服，他撫觸過的一切。她依然可以在這些物品聞到他、在舌尖嚐到他的氣味。

所以她沒辦法拋棄他的物品——握在手中，就還能讓賽巴斯汀活著，多少吧，就只有那麼一丁點而已——要是她丟得一乾二淨，就會徹底失去他了。

最近，基於憂傷的好奇心，同時也為了想要釐清自己到底在糾結什麼，瑪莉安娜重讀了佛洛伊德有關悲傷與失去的所有著作。而他提出的論點是，在摯愛死亡之後，心理面必須接受失去的事實，就此放下對方，不然的話，很可能會淪為病態的哀痛，他稱其為抑鬱——而我們稱之為憂鬱症。

瑪莉安娜明白這個道理。她知道自己應該要放下賽巴斯汀，但她沒有辦法——因為她依然深愛著他，雖然他已經再也不會回來了，隱身在簾幕後方——「簾幕後方，簾幕後方」——那句話是出於哪裡？丁尼生❶吧，應該是。

簾幕後方。

自從賽巴斯汀死後，瑪莉安娜看到的世界已經失去了色彩。生活變得黯淡，灰暗又飄渺，在簾幕後方——在哀傷霧靄的後方。

她想要躲避這個世界，遠離它的一切喧囂與痛苦，繭縛自己，窩在自己的工作之中，還有她的黃色小屋裡。

要不是十月的那個夜晚，卓伊從劍橋打電話給她，她一定會繼續這樣過日子。

週一晚上的團體治療療程結束之後，卓伊的那通來電——成了起點。

惡夢於焉而生。

---

❶英國十九世紀的著名詩人。

2

禮拜一晚上團體治療療程的聚會地點，就在瑪莉安娜住家的前廳。這是很寬敞的空間，當瑪莉安娜與賽巴斯汀搬入這間黃屋不久之後，就開始把這裡當成了進行心理治療的地方。

他們好愛這間房子。它位於倫敦西北部櫻草丘山腳，而且房子的油漆顏色正好就是夏日山坡櫻草盛開的那種鮮黃。忍冬攀上了某面外牆，白色的香花蓋住了牆面，在夏日的那幾個月當中，它們的香氣會透過敞開的窗戶悄悄飄入屋中，一路沿梯而上，在走道與房間內徘徊不去，裡面盈滿甜香。

那個星期一之夜，出現違反節氣的溫暖，雖然已經是十月初了，秋老虎肆虐，儼然像是某個頑固的派對賓客，不肯接受樹梢枯葉該走人的暗示。前廳滿室夕陽金光，帶有一絲燦紅。在治療療程開始之前，瑪莉安娜拉上窗簾，但還是把上掀窗開了十多公分的空隙，保持空氣流通。

接下來，她重新調整座位，排成圓圈。

一共九張椅子，每一個團體成員都有一個座位，還有一個是給瑪莉安娜自己。理論上，這些椅子應該要一模一樣才是——不過，她雖然盡量想要符合要求，但多年來所累積下來的靠背椅卻包括了各式各樣的材質、形狀，以及尺寸。她對於這些椅子的隨性態度，也許正好顯現出她主導團體的風格。瑪莉安娜治療的方式不拘小節，甚至可以說是打破傳統。

對瑪莉安娜來說，心理治療，尤其是團體心理治療，是一種充滿反諷的職業選擇。她一直對於團體充滿了矛盾情緒，甚至有懷疑心態——打從小時候就是如此。

她在希臘長大，居住在雅典郊區。他們住在某間搖搖欲墜的老屋，位於黑綠色橄欖樹蔭覆蓋的山丘的頂端。在瑪莉安娜還是小女孩的時候，她會坐在花園裡的生鏽鞦韆上頭，研究底下的那座古城，一路綿延到遠方另一座山丘頂端的帕德嫩神廟廊柱。看起來如此廣袤，無窮無盡，她覺得自己如此渺小又微不足道，端詳它的時候，心中懷抱著某種迷信的不祥預感。

陪伴管家前往雅典市中心擁擠雜亂的市場採購，總是讓瑪莉安娜緊張不安。能夠毫髮無傷回到家中，讓她如釋重負，而且還會有出乎意料之外的感覺。隨著年紀增長，大型團體依然會害她裹足不前。在學校的時候，她發現自己一直是局外人，總覺得自己與同學格格不入，而且，她一直無法擺脫這種無法融入的感覺。多年之後，在心理治療的過程當中，她才有所領悟，學校只是家庭單位的某種縮影：也就是說，她渾身不自在與當下無關——與校園、希臘市場，或是自己身處的任何一個團體並沒有太大關係——其實比較與她生長的家庭，自小居住的那間空寂房子有關。

他們的房屋總是冷冰冰，就連在陽光普照的希臘也一樣。而且，還有某種空荒感——缺乏溫暖，無論是實質面以及感情面都一樣。主要都是因為瑪莉安娜的爸爸，雖然就許多方面看來，他都是個可圈可點的男人——俊帥、強勢、機敏——而且個性也非常細膩。瑪莉安娜懷疑他身上有無法復原的童年創傷，她從來沒有見過祖父母，他也很少提到自己的父母。他父親是水手，提及他母親的機會更是寥寥可數，這樣也好。他說，她在船塢工作，臉上露出十分羞愧的臉色，瑪莉安娜心想，她一定是妓女吧。

她父親在雅典的貧民窟長大，總是在比雷埃夫斯港口附近鬼混，起初的工作是船上的小弟，過沒多久之後，就開始做生意，進口咖啡、小麥，還有一些——瑪莉安娜猜想——不是那麼適合運販的項目。不過，等到他二十五歲的時候，已經買下自己的船，就此建立了他的船運事業。靠著殘忍與血汗，他為自己建立了一個小小的王國。

他有點像是君王，瑪莉安娜心想——或者，應該說是獨裁者。她後來才知道，他其實非常有錢，如果從他們那種嚴苛斯巴達式的生活風格絕對猜想不出來。要是她的母親還在世的話——她溫柔、優雅的英國人媽媽——可能有機會軟化他吧。但她不幸早年殞命，就在瑪莉安娜出生之沒多久所發生的事。

在瑪莉安娜長大的過程中，對於這種喪親之痛的感知甚為強烈。身為心理治療師，她知道嬰兒自我的最初意識來自於父母的凝視。我們一出生，就被盯著不放——我們父母的表情，我們在他們眼眸鏡像之中所看到的畫面，決定了我們會如何看待自我。瑪莉安娜失去了母親的凝視——還有父親，對，他覺得要直視她很困難。通常他對她說話的時候，都只是斜瞄她的肩膀。瑪莉安娜會一直不斷調整自己的位置，挪移腳步，逐步移入他的視線範圍，希望可以被看到——但也不知道為什麼，最後總是落在他的眼角餘光。

她偶爾會瞄到他的眼神，充滿嫌惡，充滿了強烈的失望之情。他的目光向她吐露了真相：她不夠好。無論瑪莉安娜多麼努力，總是覺得自己有所不足，小心翼翼卻還是言行出錯——光是站在那裡，似乎就會讓他不高興。他總是和她不斷唱反調，無論什麼都一樣，宛若《馴悍記》裡的彼德魯喬對待他的女兒凱特——如果她說天氣好冷，他就會說其實天氣很熱；如果她說陽光普照，他就會堅持明明在下雨。

雖然他愛批評、老是與她作對，但瑪莉安娜依然愛他。她只有他而已，而且她渴望自己能夠配得上父愛。

在她的童年之中，得到的愛少得可憐。她有個姊姊，但兩人並不親。艾莉莎比她大七歲，對於害羞的小妹完全沒興趣。所以，瑪莉安娜都是在管家的嚴厲監視下一個人在花園裡玩耍，就這麼度過漫漫夏日。所以，她長大後有點孤僻，與他人相處時態度彆扭，當然也就不足為奇了。

瑪莉安娜最後居然成了團體心理治療師，這種諷刺結局倒是沒有對她造成影響。不過，弔詭的是，這種對於他人的矛盾心態卻讓她安之若素。在團體治療中，治療的重點是團體，而不是個人：想要成為一個成功的團體心理治療師——從某種程度來說——就是要讓自己消失於無形。

這是瑪莉安娜的專長。

在她的治療療程當中，她總是盡量不干涉團體，只有在溝通中斷、或是進行詮釋可能會帶來幫助、抑或是出狀況的時候，她才會介入。

在這個特殊的星期一，幾乎是立刻就爆發了不和，極其罕見需要介入。而這次的問題人物跟往常一樣——就是亨利。

3

亨利比其他人晚到。臉色漲紅，喘得上氣不接下氣，而且腳步似乎不太穩。瑪莉安娜懷疑他嗑藥嗑茫了，如果真是如此，她也不覺得有什麼好意外的。她猜亨利濫用處方藥——不過，她畢竟是他的心理治療師，而不是他的醫生，其實她也沒辦法做些什麼。

亨利．布斯只有三十五歲，但面貌卻比實際年齡蒼老。淡紅色的頭髮佈滿灰絲，整張臉都是皺紋，就和他身穿的襯衫一樣皺巴巴。而且，他總是蹙眉，讓人覺得他一直處於緊繃狀態，宛若捲緊的彈簧。他讓瑪莉安娜聯想到了拳擊手或是格鬥選手，隨時準備下一次的出拳，或是挨拳。

亨利為自己遲到咕噥道歉，然後，他坐了下來，手裡緊掐著紙杯。

而咖啡杯就是癥結點。

麗茲立刻站起來，她七十多歲，是退休的學校老師，會為了事情應該要符合她所稱的「合乎體統」而堅持不休的古板之人。瑪莉安娜覺得她很煩，甚至已經是令人惱火的地步，而且瑪莉安娜已經猜到麗茲會說什麼。

「這就犯規了，」麗茲伸手、指向亨利的咖啡杯，而且她的手指因為怒氣而顫抖不止，「我們不能從外頭帶任何東西進來，大家都知道這一點。」

亨利冷哼一聲，「為什麼不行？」

「亨利，因為這就是規矩。」

「麗茲，幹去死啦！」

「什麼？瑪莉安娜，妳有沒有聽到他剛才跟我說什麼？」

麗茲立刻哭了，狀況就是從這時候開始惡化——最後演變成亨利與其他團體成員的交火對峙，大家團結一致，怒火都投射到他身上。

瑪莉安娜緊盯不放，目光呵護亨利，想要知道他會如何承受這一切。雖然他習慣虛張聲勢，但他這個人非常脆弱。在亨利童年時代，慘遭父親下毒手，深受可怕的身體與性虐待之苦，後來他接受照護，換了好幾個寄養家庭。亨利雖然有這樣的創傷，但卻是個非常聰明的人——而且，似乎有那麼一段時間，他的聰明才智有機會能讓他得到救贖：因為在他十八歲的時候，他擠入大學之門主修心理學，但只持續了幾個禮拜而已，就被過往擊垮，嚴重崩潰——自此之後再也沒有復原。之後就是一連串自殘、藥物成癮、不斷崩潰的悲傷史，害他必須頻繁進出醫院——最後，是亨利的心理醫生把他轉介給瑪莉安娜。

瑪莉安娜對亨利格外偏心，很可能是因為他命運多舛。不過，即便如此，她對於是否要讓他加入這個團體，其實很猶豫。不只是因為他的病況比其他成員糟糕：狀況嚴重的病患可以透過團體治療的方式有效控制與治癒——不過，也很有可能會造成擾亂，害他們瀕臨崩潰邊緣。只要任何團體完成建制，一定會引發嫉妒與攻擊——不只是來自外在的力量，團體成員之外的那些人，也包括了團體裡面的暗黑與危險力量。自從亨利在幾個月前加入他們之後，他就一直是衝突的來源。他自帶暴戾之氣，有隱含的攻擊性，高漲的怒火，通常很難壓抑得住。

但瑪莉安娜並沒有輕言放棄，只要她能夠繼續掌控團體，她就有足夠的決心要好好對待他。她相信這個團體，坐在這個圓圈裡的八個人——她信任這個小圈子，還有它的療癒力量。在瑪莉安娜想像力比較豐沛的時候，她覺得圓圈的力量相當不可思議：太陽、月亮，或是地球的圓體，在宇宙之間旋繞的星球、輪圈、教堂的穹頂——或者，婚戒。柏拉圖曾經說過靈魂是一個圓圈——瑪莉安娜覺得言之成理。從出生到死亡，生命也是一個圓圈，不是嗎？

而且，當團體治療發揮效果的時候，這個小圈子的內部就會發生某種奇蹟——某個獨立實體誕生：一種團體精神，團體心靈；通常被稱之為「偉大的心靈」，超過了各個體之總和，比心理治療師或是單一成員更具有智慧。它聰穎、具有療癒效果，而且具有強大的包容力。瑪莉安娜曾經多次親眼看到它的威力。這麼多年以來，在她家的前廳，許多幽靈被召入這個小圈子，就此安息。

今天，被鬼魂驚嚇的人輪到了麗茲，她就是放不下那咖啡杯的事，激發了她心中的強烈怒火與怨懟——亨利覺得規範不適用在他身上，而且他犯規的態度如此不屑；然後，麗茲突然驚覺亨利的行徑跟她自己的哥哥如此相似，一直自以為是，欺凌別人。麗茲對於哥哥的壓抑憤恨開始浮出水面，瑪莉安娜覺得這一點很好——必須要顯露出來才是。前提是亨利能夠挺住，擔任心理學的拳擊沙包。

不過，當然，他撐不下去。

亨利突然心情激動，爆出痛苦大吼，把自己的咖啡杯丟到地上，在小圈圈的正中央潑散而出，黑咖啡在木地板慢慢形成一灘水窪。

其他的小組成員立刻開始大吼大叫，憤怒得有些歇斯底里。麗茲又哭了出來，亨利想要離開，但瑪莉安娜還是勸他留下，討論事情經過。

亨利的語氣就像是個氣嘟嘟的小孩，「靠，不過就是一杯咖啡而已，有什麼大不了？」

「重點不是咖啡，」瑪莉安娜回他，「這與界線有關——這個團體的界線，我們在這裡的規範，以前我們就討論過了。要是我們覺得不安全，就沒有辦法參與治療，界線讓我們產生安全感，治療的重點就是界線。」

亨利一臉茫然看著她，她知道他不懂。界線的定義，就是當小孩受虐之際，消失的第一件事。當亨利還只是個小男孩的時候，他的所有界線都瓦解崩壞，因此，他當然不會明白這種概念。當他侵犯了他者的個人或心理空間、引發別人不快的時候，他也無知無覺，而這種狀況經常發生——與人講話的時候站的距離太近，而且流露出一種相當程度的渴求，瑪莉安娜從來沒有看過任何一個病人如此，永遠都不夠。要是她肯讓他滿足期盼的話，他一定會搬進她家。她必須維持兩人之間的界線：以健康的方式定義兩人關係的分際，這是她身為他心理治療師的職責。

不過，亨利一直在逼她，刺激她，想要惹惱她……就某種程度來說，她發現狀況已經變得越來越棘手。

4

等到其他人離開之後，亨利依然賴著不走——假裝幫忙清理殘局。不過，瑪莉安娜知道並非如此而已，他總是有事。他不發一語東晃西晃，一直盯著她，她鼓勵他開口。

「好，亨利，你也該離開了……還有什麼事嗎？」

亨利點點頭，但沒有說話，然後，又把手伸入口袋。

「嗯，」他說道，「有東西要給妳。」

他拿出戒指，俗氣的紅色塑膠指環，看起來像是早餐穀片盒裡的贈品。

「禮物，送給妳的。」

瑪莉安娜搖頭，「你知道我不能收。」

「為什麼不行？」

「亨利，不要再送東西給我了，好嗎？你現在真的應該要回家了。」

但是他動也不動。瑪莉安娜思索了一會兒，她本來不打算要這樣與他正面交鋒，不是現在——但也不知道為什麼，這時機似乎剛剛好。

「好，亨利，」她說道，「有些事我們得要好好談一談。」

「什麼？」

「星期四晚上。也就是我晚上的團體治療結束之後，我望向窗外。然後，我看到了你，就站在外頭，對面街道的路燈下方，一直盯著這間屋子。」

「喂，不是我。」

「對，明明就是，我看到了你的臉，而且這也不是我第一次發現你站在那裡了。」

亨利臉色漲紅，不敢看她的雙眼，他搖搖頭，「不是我，我沒有——」

「聽我說，你要是對我主持的其他團體很好奇，其實沒有關係。不過，我們現在要討論的是這裡的事，在團體裡所發生的問題。不可以做出那種舉動，不可以偷偷監視我，那種行為讓我覺得被侵犯，給我帶來了威脅感，而且——」

「我沒有在偷偷監視妳！我只是站在那裡，媽的是怎樣？」

「所以你承認自己站在那裡了？」

亨利趨前一步，「為什麼不能只有我們兩個就好？為什麼不能在沒有他們的狀況下與我共處？」

「你也知道為什麼，因為我把你視為團體的一分子，我也不能與你單獨相處。要是你需要個別治療，我可以推薦某個同事——」

「不，我要的是妳——」

亨利又突然朝她前進，瑪莉安娜站定不動，揚手。

「不要這樣，夠了，好嗎？這樣太靠近了，亨利——」

「等等，妳看一下——」

她還來不及阻止亨利，他已經掀起他的黑色厚毛衣——蒼白無毛的軀幹表皮，慘不忍睹。

他使用剃刀的鋒口，在皮膚劃下交錯深痕。他的胸膛與腹部有多處血色傷口，大小各有不同。某些傷口潤濕，還在冒血，滴血，其他的則是疙疙瘩瘩，滲出了堅硬的血珠——宛若凝固的帶血淚水。

瑪莉安娜胃部一陣翻攪。她噁心欲嘔，想要別開目光，但她逼自己千萬不能這麼做。這是求救的哭喊，當然，這是在企圖引發關照的回應——但不僅止於此：也是某種情感攻擊，對於她的感知的心理面侵犯。亨利終於想盡辦法得到了瑪莉安娜的密切關注，激怒了她，她對他的這種行為深惡痛絕。

「亨利，你做了什麼？」

「我——我就是忍不住，一定要這麼做，必須要讓妳看到。」

「我現在看到了，你覺得會讓我有什麼感受？可以想像我有多麼不安嗎？我想要幫助你，但是——」

「但怎麼了？」他哈哈大笑，「妳不肯伸出援手的原因是什麼？」

「我給予你援助的適當時間是在團體治療的時候，今天晚上，你本來有機會，但你並沒有好好把握。我們大家本來都可以幫你，我們在這裡就是要準備幫助你——」

「我不要他們的幫助——我要的是妳。瑪莉安娜，我需要妳——」

瑪莉安娜知道她必須要讓他離開，清理他的傷口並不是她的職責，他需要醫療照護。她應該要態度堅定，這是為了他好，也是為了她自己。不過，她實在沒有辦法把他趕出去，她的同理心超越了她的常理判斷，這也不是第一次了。

「等等——等我一下。」

她走到五斗櫃前面，打開了某個抽屜，翻找了一會兒，拿出了急救包。正準備要打開的時候，手機響了。

她查看號碼，是卓伊，她立刻接了電話。

「卓伊？」

「等我一下，我等一下回電給妳。」瑪莉安娜結束通話，轉身面向亨利，把急救包塞給他。

「亨利，收著吧，你自己清理傷口，有需要的話，去找你的家醫好嗎？我明天打電話給你。」

「就這樣？妳居然敢自稱是心理治療師？」

「夠了，不要再這樣，你得走了。」

瑪莉安娜不理會亨利的頻頻抗議，堅決把亨利送到了玄關，然後請到了大門外頭。她關門，有一股要立刻鎖上的衝動，還是忍了下來。

然後，她進入廚房，打開冰箱，拿出了一瓶蘇維濃白酒。

她心緒亂紛紛，得讓自己先鎮定下來之後，再回撥給卓伊。她不想害這已經心事重重的女

孩背負更多的重擔。自從賽巴斯汀離世之後，她們的關係就一直處於失衡狀態——自此之後，

瑪莉安娜就決心要修補平衡。她深呼吸，冷靜下來，為自己倒了一大杯酒之後，撥打電話。

才響第一聲，卓伊就接起電話。

「瑪莉安娜？」

瑪莉安娜立刻知道出事了。卓伊的聲音傳出某種緊繃感，會讓瑪莉安娜聯想到危機時刻的某種急迫性。她心想，*卓伊聽起來好恐懼*，她覺得自己心跳速度開始加快。

「親愛的，一切都……都還好嗎？出了什麼事？」

卓伊停頓了一秒鐘才回答，她聲音微弱，「打開電視，」她說道，「看電視新聞。」

5

瑪莉安娜拿起遙控器。

她打開了放在微波爐上方的老舊可攜式電視機——這是賽巴斯汀遺留的聖物之一，他還是學生時就買下了它，每次假裝在幫瑪莉安娜準備週末餐點的時候，專心收看板球與橄欖球的工具。它一直是時好時壞，閃動了一陣子之後，終於。

瑪莉安娜轉到英國廣播公司新聞頻道，某名中年男記者正在直播，他站在外頭，天色昏暗，很難看得清楚到底是哪裡，應該是某處原野，也可能是某片牧草地，他正對著鏡頭講話。

「……是在劍橋發現，知名的『天堂』自然保育地，驚見現場的男子就在我身邊……可以請您告訴我們整個經過嗎？」

「幾個小時之前的事……我固定在四點鐘遛狗，所以一定是那時候吧……可能是四點十五分或二十分。我牽著牠走到河邊，沿著步道……穿過了『天堂』，然後……」

他結巴了一會兒，沒辦法把話講完。然後，又重新開始，「都是因為狗兒……牠消失在沼澤邊的高大野草叢裡面，我呼喊牠，牠一直不肯出來。一開始的時候，我以為牠發現了鳥啊還是狐狸什麼的，所以我過去看個仔細。我穿越樹林……到了沼澤邊，水岸……那裡，就在那裡……」

那男人的雙眼出現詭異神色，瑪莉安娜再熟悉不過的表情，她心想，他看到了可怕場景，我不想要聽，我不想知道那是什麼。

那男子滔滔不絕，現在語速變得更快，彷彿需要驅趕它一樣。

「是女孩，不超過二十歲。及肩紅髮，至少我覺得是紅色。到處佈滿血跡，大量的鮮血……」他的音量漸漸消失，記者催促他繼續說下去。

「她死了嗎？」

「對，」那男人點頭，「身中多處刀傷，我沒辦法告訴妳到底有多少傷口。而且……她的臉……天，真是淒慘，那雙眼睛，睜得大大的……盯著……就那麼盯著……」

他說不下去了，眼眶盈滿淚水，瑪莉安娜心想，他處於驚嚇狀態，他們不該訪問他，應該要有人出面阻止才是。

果然，就在這個時候，記者也許察覺到自己太過分了，立刻打斷訪問，鏡頭也跟著往後拉。

「劍橋新聞快報，民眾發現了某具屍體，警方正在進行調查。受害者應該是二十出頭的年輕女子，慘遭亂刀攻擊身亡……」

瑪莉安娜關掉電視，目瞪口呆盯著螢幕好一會兒，無法移動。然後，她想起了握在手中的手機，把它湊到耳邊。

「卓伊？妳還在那裡嗎？」

「我……我覺得是塔拉。」

「什麼？」

塔拉是卓伊的好友。她們是劍橋聖克里斯多福學院的同學。瑪莉安娜遲疑了一會兒，不想讓自己的語氣出現焦慮感。

「為什麼這麼說？」

「感覺像是塔拉……大家一直沒看到她……從昨天開始就不見了……我一直問大家，而且我……我好怕，不知道該怎麼辦。」

「講慢一點，妳最後一次見到塔拉是什麼時候？」

「昨天晚上，」卓伊停頓片晌，「瑪莉安娜，而且……她變得好詭異，我……」

「詭異？這話什麼意思？」

「她一直講……講瘋言瘋語。」

「什麼？瘋言瘋語？」

卓伊停頓了一會兒，才低聲回道：「我現在沒辦法講清楚，不過，妳會過來嗎？」

「我當然會過去。不過，卓伊，聽我說，妳有沒有通知校方？妳一定要告訴他們，告訴學監。」

「我不知道該說什麼才好。」

「就把妳剛才對我說的話全部告訴他們，還有妳很擔心她。他們會聯絡警方以及塔拉的父母……」

「她的父母？但是……萬一我弄錯了呢？」

「當然一定是妳弄錯了，」瑪莉安娜語氣中的信心超過了她真正的感受，「我相信塔拉沒事，但我們必須要確認。妳明白吧？是不是？要不要我替妳打電話給他們？」

「不，不需要，沒關係……我自己來。」

「很好。然後等一下就上床睡覺好嗎？我一大早就會趕過去。」

「瑪莉安娜，謝謝妳，我愛妳。」

「我也愛妳。」

瑪莉安娜結束通話，剛才倒的白酒依然放在廚房長桌上面，根本沒動。她拿起酒杯，一飲而盡。

她拿起酒瓶、為自己再斟一杯的時候，手一直在發抖。

6

瑪莉安娜上樓，開始簡單打包，萬一她得留在劍橋待一兩晚的話，也好有個準備。

她叮嚀自己不要胡思亂想，但太難了——她無比焦慮。某處躲藏了一名男子——從那起攻擊的極度暴力看來，應該是男性——可怕的病態，以令人髮指的手法殺害了某名年輕女子。而這名年輕女子的住處，與她疼愛的卓伊所住的宿舍可能只有幾公尺遠而已。

受害者有可能是卓伊，瑪莉安娜只能努力把這個念頭拋諸腦後，但無法完全放下。她覺得一陣噁心，因為在自己一生中、唯一感受過的那種恐懼油然而生——賽巴斯汀死去的那一天。某種無力感，無能為力，保護不了摯愛的可怕無能感。

她瞄了一下自己的右手，無法停止顫抖。她握拳，掐得緊緊的。她不會——她不會崩潰的，不是現在，她要冷靜，要專注。

卓伊需要她——這一點比什麼都重要。

要是賽巴斯汀還在就好了，他一定知道該怎麼辦。他不會東想西想，拖拖拉拉，立即打理過夜的行李袋。他一定會在與卓伊結束通話的那一刻抓起鑰匙衝出大門，賽巴斯汀就是會做出這種事，為什麼她辦不到？

她心想，因為妳是膽小鬼。

這是事實。但願她能夠擁有一點賽巴斯汀的力量與勇氣。她可以聽到他在說話，來吧，親愛的，把妳的手給我，我們一起面對禽獸。

瑪莉安娜上床，躺在那裡沉思，進入了夢鄉。這一年多來，這是她第一次昏睡之前惦記的不是自己的亡夫。

而她發現自己心中浮現的是另一個男人：持刀的幽影，對著那個可憐女孩施加可怖至極的暴行。在瑪莉安娜眼瞼顫動、最後閉上的時候，她一直想著這個男人，充滿了好奇，她不知道他此時此刻在做什麼，人在哪裡……

還有，他又在想些什麼？

7

十月七日

要是你又殺了人，那就斷無回頭之路。

現在我看清楚了，我了解到我已經成為一個截然不同的人。

我覺得，這有點像是新生，但不是一般的誕生——而是某種完全變態。從灰燼中冒出來的不是鳳凰，而是更醜惡的生物，畸形，無法飛翔，是運用利爪撕裂獵物的掠食者。

現在，落筆寫下這段話，我覺得自己掌控一切。在這個當下，我冷靜，理智。

不過，我的面向不只是如此。

我的心裡住了兩個人。其中一個我負責保守秘密——只有他知道真相——但他是個囚徒，被監禁，還被施打了鎮靜劑，遭到噤聲。只有當他的獄卒暫時分神的時候，他才有辦法找到出口。當我喝醉或是睡著的時候，他拚命想要講話，但這並不容易。他的溝通斷斷續續——宛若來自戰俘集中營的某種加密逃脫計畫。當他太過靠近的時候，就會有守衛出手搞亂訊息，高牆升起，我的心變得一片茫然，我拚命維繫的記憶消失無蹤。

不過，我會不屈不撓，勢必如此。我會想辦法找出自己的方式穿越煙霧與幽暗，與他互動——理智的那個我，不會意欲傷人的那個部分。他有好多話可以對我說，我需要確切明白的那些事。我是如何、又是為什麼淪落至此——與我想要成為的自我悖離得這麼遠——滿滿的恨意與怒火——內心如此扭曲……

或者我是在對自己說謊？難道我一直就是這樣，不願意承認？

不——我不相信。

畢竟，每個人都有權利成為自己故事的英雄。所以我當然可以縱性做自己的英雄，雖然，我並不是。

我是惡魔。

8

第二天早晨，瑪莉安娜離家的時候，覺得自己似乎看到了亨利。他站在對街，躲在某棵樹後面，鬼鬼祟祟。

不過，當她再次回頭的時候，卻已經看不到任何人。她覺得一定是出於自己的幻想——就算不是好了，她現在還有更重要的事情得要操心。她把亨利拋諸腦後，搭乘地鐵到了國王十字站。

到達車站之後，她搭乘快車前往劍橋。天氣晴朗，天空一片湛藍，只有幾縷白雲留下了條痕。她坐在靠窗位置，眺望外頭的風景，火車急速經過了綠色的灌木樹叢與連綿的金色麥浪，風中搖曳之姿宛若不斷起伏的黃色海洋。

能夠有陽光照耀臉龐，瑪莉安娜心存感激——她在發抖，不是因為缺乏暖意，而是因為焦慮。出了這樣的事，讓她的焦慮停不下來。自從過了昨晚之後，瑪莉安娜就沒有聽到卓伊的消息，她早上有傳訊給卓伊，但還沒有收到回覆。

也許只不過是虛驚一場，搞不好是卓伊弄錯了？

瑪莉安娜真心盼望是如此——不只因為她自己認識塔拉，在賽巴斯汀離世的前幾個月，他們還曾經在某個週末讓她在倫敦留宿。不過，瑪莉安娜有私心，對塔拉的關切主要是因為卓伊。

卓伊的青春期過得很痛苦，因為有各式各樣的緣由，她好不容易才逐一克服，其實不只是克服而已——賽巴斯汀的說法是「以勝利姿態超越一切」——最後以拿到了劍橋大學英語系的入學許可，劃下完滿終點。塔拉是卓伊在那裡結交的第一個朋友，瑪莉安娜心想，要是在這種難以想像的可怕情境之下失去了塔拉，有可能會害卓伊完全失去方向。

也不知道是為什麼，瑪莉安娜就是一直懸念她們的那一通電話，她覺得有件事讓她心神不寧。

她也說不上來到底是什麼原因。

是因為卓伊的語氣嗎？瑪莉安娜覺得卓伊隱藏了什麼。難道是當她詢問塔拉說過的「瘋言瘋語」到底是什麼的時候，卓伊出現的些微遲疑甚至是閃躲？

我現在沒辦法講清楚。

為什麼不行？

塔拉到底對她說了什麼？

瑪莉安娜心想，也許根本沒什麼，不要想了——不要繼續想下去。距離火車發車還有將近一個小時，她不能坐在這裡任由自己胡思亂想，要是這樣下去，等到她到達的時候就會崩潰了，她必須要分散自己的注意力。

她伸手從包包裡拿出了一本雜誌，《英國心理學期刊》，她隨手亂翻，但沒有辦法專心閱讀任何一篇文章。

一如往常，她又開始思念賽巴斯汀。一想到回到劍橋卻少了他的陪伴，就讓瑪莉安娜充滿了恐懼。自從他離世之後，她還不曾回來過。

他們經常一起過來看卓伊，那些日子的探視給了瑪莉安娜溫柔回憶：她還記得他們送卓伊到聖克里斯多福學院的那一天，幫她打開行李，安頓入住。那是他們共處的最幸福時光之一，感覺就像是擁有摯愛寶貝女兒的驕傲監護人父母一樣。

在那一天，當他們準備要離開之際，卓伊看起來好渺小脆弱。當他們道別的時候，瑪莉安娜發現賽巴斯汀看著卓伊的目光充滿疼惜、愛憐，還帶有驚慌情緒，宛若在凝望自己的孩子一樣，就某種程度來說，他也算是她的父親。等到他們步出卓伊的寢室之後，也很難立刻離開劍橋，所以他們就沿著河岸一起散步，手挽著手，就像是年輕時的習慣一樣，因為他們都曾經是這裡的學生——而劍橋大學，就像這座大學城一樣，與他們的愛情故事緊密交纏在一起。

那就是他們相遇的地方，瑪莉安娜當時才十九歲。

兩人會認識可算是巧合。其實，根本沒那個可能——他們就讀的是不同學院，念的科系也不一樣：賽巴斯汀讀經濟，而瑪莉安娜則是主修英文。一想到兩人根本不會相遇的機率何其之高，就讓她膽顫心驚。之後呢？她的生活又會是什麼情景？更好？還是更糟糕？

這些日子以來，瑪莉安娜一直在搜尋自己的記憶——探索過往，想要看得清透，明瞭與爬梳兩人一路走來的脈絡。她會努力回想他們做過的點滴小事，在心中重新創生被遺忘的對話內容，想像賽巴斯汀在每一個時時刻刻可能會說些什麼話或是採取什麼舉動。不過，她不確定自己的回憶有多少的真實成分，她回想得越多，越覺得賽巴斯汀似乎成了神話，他現在已經成了百分百的魂魄——百分百的傳說。

瑪莉安娜搬到英國的那一年是十八歲，這是她打從小時候就懷抱浪漫幻想的國家。也許，這在所難免吧，因為她的英國媽媽在雅典的那棟屋子裡留下了這麼多的遺物：每個房間都有書箱與書櫃，成了塞滿英文書的小型圖書館——小說、劇作，以及詩集——全部都是在瑪莉安娜出生之前，以神秘方式送到了這裡。

她喜歡幻想母親到達雅典的情景——大大小小的行李箱裝滿了書本，而不是衣物。少了母親的陪伴，這個孤單小女孩埋首媽媽的書本世界裡，尋求慰藉與陪伴。在漫漫夏日午後，瑪莉安娜越來越喜歡捧書在手的重量感、紙頁的清香，還有翻頁時的快感。她會坐在樹蔭下方的生鏽鞦韆上頭，啃咬清脆的綠蘋果或是過熟的桃子，讓自己沉浸在某個故事之中。

透過這些故事，瑪莉安娜愛上了英國這個國家，以及英國氣息的想像版本——某個在紙頁之外很可能根本不存在的英國：某個有溫暖夏雨、濕潤綠意、蘋果花、蜿蜒小河與垂柳、鄉間酒吧與啪啪作響火爐的英國。有五小福、彼得潘、溫蒂、亞瑟王與卡美洛、《咆哮山莊》、珍・奧斯汀、莎士比亞——還有丁尼生的英國。

也就是在這個時候，賽巴斯汀初次登場進入瑪莉安娜的故事之中，當時她還只是個小女孩。就像是所有的偉大英雄一樣，感覺要等待許久之後才終於看到他現身。瑪莉安娜當時還不知道自己心目中這個浪漫英雄會是什麼模樣，但她很篤定確有其人。

他就在那裡——總有一天，她會找到他。

然後，多年之後，當她以學生身分剛進入劍橋的時候，好美好夢幻，她覺得自己宛若步入了童話故事之中——進入了丁尼生詩作裡令人著迷的某個城市。瑪莉安娜胸有成竹，她會在這裡找到他，就在這個神奇之地，一定會尋到真愛。

不過，理所當然，殘酷的真相就是劍橋並非童話，它不過就是一個地方，和其他處所並沒有任何不同。而瑪莉安娜幻想的癥結點——她多年之後在心理治療當中才發現到的真相——會出現這種行為是因為她不得不如此。她小時候一直很難融入學校環境，一遇到下課就是在走廊閒晃——宛若鬼魂一樣寂寞不安——深深被圖書館所吸引，她覺得舒適自在，找到了避風港。現在，身為聖克里斯多福學院的學生，同樣的模式又重複上演：瑪莉安娜幾乎都待在圖書館，只與幾個一樣害羞的書蟲學生做朋友。同年級男生沒有人對她有興趣，也從來沒有任何人約她出去。

也許是她長得不夠漂亮吧？她長得比較像爸爸，而不是媽媽，遺傳了他的深色髮絲與幽黑眼瞳。多年之後，賽巴斯汀經常告訴瑪莉安娜她當初有多美，但問題是她從來沒有感覺，打從內心深處就是如此。她很懷疑，要是自己以前是個美女，那麼純粹是因為賽巴斯汀的關係：浸沐在他散發的陽光暖意之中，她燦爛如花。不過，那是之後的事——起初，十多歲的瑪莉安娜對外表沒有什麼自信，而且她必須從十歲開始就戴著醜陋厚重的眼鏡，更是雪上加霜。十五歲的時候，她開始戴隱形眼鏡，懷疑這到底會不會讓她的外表與自我感受變得不一樣。她會站在鏡子前面，端詳自己的映影——拚命想要看清楚自己的模樣，但總是失敗，而且她對於自己所見到的畫面不是很滿意。即便是在那樣的年紀，瑪莉安娜也微微感受到美貌與內心世界有關：她欠缺的內在自信。

然而，瑪莉安娜就與她喜愛的那些小說角色一樣，信仰愛情。雖然剛進大學的頭兩個學期出師不利，她還是不肯放棄希望。

她宛若灰姑娘一樣，堅持等到了舞會。

聖克里斯多福學院舞會的舉行地點在「後場」——通往水岸邊的大片連綿草地。現場豎立了大帳篷，到處都是食物飲品、音樂以及舞蹈。瑪莉安娜本來要與某些朋友會面，但在人群中卻找不到人。她鼓起全部的勇氣，好不容易獨自前來參加舞會，但當場就後悔了。她站在岸邊，身處在這些穿著舞會禮服的美女、晚宴服年輕男子之間，她覺得自己好錯亂——所有的人都充滿了世故與自信。

瑪莉安娜發現自己悲傷與害羞的感受，和周遭的歡樂氣息根本是扞格不入。站在這裡的邊陲地帶——從邊緣凝視生活——顯然這才是瑪莉安娜的安適之所，她居然幻想有其他可能，真是大錯特錯。她決定要放棄了，準備回去自己的寢室。

就在那一刻，她聽到了吵鬧的潑水聲。

她四處張望，傳出越來越多的潑水聲，還有笑聲與大吼大叫。附近有些男孩在嬉戲撐篙划船——而其中一個男生失去平衡，落入水中。

瑪莉安娜看著那個年輕人不斷潑水，然後冒出水面。他游到岸邊，起身，宛若怪奇神獸一樣浮露而出。他當時才十九歲，但看起來已經像是個男人，不是男孩。他個頭高大，肌肉發達，全身濕透，襯衫與長褲緊貼肌膚，一頭金髮黏住了整張臉，讓他什麼都看不到。他伸手撥開髮絲，定睛一望——看到了瑪莉安娜。

那是詭異、永恆的一刻——兩人初識彼此的那一刻。時間似乎變得緩慢、平坦、開始延展。瑪莉安娜怔怔不動，直盯著他的眼眸，無法移開目光。那是一種詭異的感受，有點像是認出了某人——曾經很親暱的熟人，但就是想不起在哪裡或是在什麼時候失去了聯絡。

那名年輕人沒有理會朋友的嘲弄喊叫，露出了好奇的燦爛笑容，朝她走過去。

「嗨，」他說道：「我是賽巴斯汀。」

就這麼開始了。

希臘人的說法就是「註定」。很簡單，也就是說，打從那一刻起，他們的命運就此定了下來。瑪莉安娜回首過往，經常努力回想初見命定之夜的所有細節——他們聊了些什麼，跳了多久的舞，還有是在什麼時候第一次接吻。不過，她拚命回想，細節卻宛若沙粒一樣從指間滑落。她只記得旭日初昇的時候，他們正在接吻——自此之後，他們就一直難捨難分。

他們的第一個夏天在劍橋度過——長達三個月的時間，都緊緊窩在彼此的臂彎之中，完全不受外在世界的驚擾。在這個永恆之地，時間靜止不動，永遠是豔陽天，他們白天做愛，或是在「後場」野餐，慢慢喝到醉，或者，在河面划行，穿越石橋下方，兩側有柳樹，還有在空曠原野吃草的牛隻。賽巴斯汀會負責撐篙，站在小船後頭，將長棍插入河床，不斷推進他們前行，而因為酒精催化而變得亢奮的瑪莉安娜，則把手指伸入水裡，一路游動，雙眼緊盯從身旁滑過的天鵝。雖然她當時並不知道，但她已經深陷在愛河之中，再也不可能抽身。

就某種層次看來，他們成為了彼此——融為一體，宛若水銀。

這種說法並非意味兩人沒有差異。賽巴斯汀在窮困環境中長大，與瑪莉安娜的優越出身是天差地遠。他的父母離異，而他與兩邊都不親。他覺得他們沒有給他一個好的人生起點，而他必須要靠自己，打從一開始就得如此。賽巴斯汀說過，就許多方面看來，他很能夠體會瑪莉安娜父親的心境，還有這位老先生亟欲成功的動力。錢對賽巴斯汀來說也很重要，因為，他跟瑪莉安娜不一樣，他自小身無分文，所以他很重視它，下定決心要在城市裡過著優渥生活。「這樣一來，我們就可以為我們與將來——還有我們的小孩——建立穩定根基。」

這是他年方二十講話的語氣：如此荒謬老成，而且也好天真，覺得兩人會廝守終生。在那些日子當中，他們活在未來，不斷計畫——而且從來不曾提起過往，在他們相遇之前的那些痛苦歲月。就諸多層次來說，瑪莉安娜與賽巴斯汀是在找到彼此的那一刻觸發了生命的開端——也就是他們在河邊初次相見的那一瞬間。瑪莉安娜深信他們的愛會持續一輩子，永遠不會劃下終點——

回首過往，那樣的假設是否有某種褻瀆神明的意涵？某種傲慢？

也許吧。

現在，她一個人搭乘這班火車，這是他們兩人共行無數次的旅程，在他們人生的不同階段，心情各有不同——大部分的時候很幸福，某些時刻不是——聊天、閱讀，或是睡覺，瑪莉安娜的頭總是枕在他的肩上，這些全都是她願意付出一切努力換回的寧靜平凡時刻。

她眼前幾乎浮現了他在此的情景——在車廂之中，坐在她的隔壁——要是瞄向窗面，彷彿就可能看到賽巴斯汀的映影，就在她的旁邊，疊印在倏忽而過的地景。

不過，瑪莉安娜卻看到一張截然不同的面孔。

某個男人的臉，盯著她不放。

她眨眼，緊張不安。不再盯著窗戶，瞄了對方一眼。那男人坐在她對面，正在吃蘋果，露出微笑。

9

那男人繼續盯著瑪莉安娜——不過，她覺得如果稱他為男人，這標準也未免太寬鬆了一點。他看起來才二十出頭：有張男孩氣質的臉龐，棕色捲髮，無汗毛的雙頰有稀疏雀斑，讓他看起來更顯年輕。

他很高，瘦竹竿身材，身穿深色燈芯絨外套，皺巴巴的白襯衫，披戴藍紅黃條紋學院圍巾。被老派金屬框眼鏡遮蓋了一部分的棕色雙眸，充滿了聰慧與好奇，他端詳瑪莉安娜，完全掩藏不了自己的興趣。

他開口，「妳還好嗎？」

瑪莉安娜有些困惑，盯著他，「我們……認識嗎？」

他大笑，「還不認識，但希望有機會。」

瑪莉安娜沒有回話，她別過頭去。兩人之間出現了片刻沉默，然後，他又努力營造話題。

「要不要來一個？」

他遞出一個鼓脹的棕色大紙袋，裡頭都是水果——葡萄、香蕉，還有蘋果。「拿一個吧，」他主動把水果遞給瑪莉安娜，「吃根香蕉好了。」

瑪莉安娜露出客氣微笑，搖頭。她心想，他聲音很好聽。

「不用了，謝謝。」

「真的確定嗎？」

「確定。」

瑪莉安娜轉頭往向窗外，希望互動就此打住。她可以從鏡面看到他的映影，他聳肩，甚是失望。他顯然不是很能控制自己的長手長腳——最後打翻了自己的杯子，茶水潑灑出來。有些留在桌面，但大多數都滴到了他的大腿。

「靠……」

他立刻跳起來，從口袋裡拿出衛生紙，擦乾了桌面的那一灘茶，然後又拍了拍褲子的水漬。他對她投以歉然眼神，「真抱歉，沒有潑到你身上吧？」

「沒有。」

「太好了。」

他再次坐下，她感覺得出來，他一直盯著她，過了一會兒之後，他開口問道：「妳……是學生？」

瑪莉安娜搖頭，「不是。」

「哦，那妳在劍橋工作了？」

瑪莉安娜搖頭，「不是。」

「所以……妳是觀光客？」

「不是。」

「嗯……」他皺眉頭，顯然很困惑。

兩人安靜了一會兒，瑪莉安娜放棄了，自己招認，「我要去探望某人……我的外甥女。」

「哦，妳是個阿姨。」

能夠把瑪莉安娜歸類在某個範疇，似乎讓他鬆了一口氣。

「我在念博士班，」他主動自我介紹，因為瑪莉安娜似乎沒有要問他的意思，「我是數學家……其實研究的是理論物理學。」

他稍作停頓，摘掉眼鏡，以衛生紙擦拭。少了眼鏡，他的面容變得相當裸淨，瑪莉安娜第一次發現他很帥，或者，應該說將來會很帥，等到他的臉龐成熟一點之後。

「對了，我是弗列德里克，叫我弗列德也可以。妳叫什麼名字？」

瑪莉安娜不想告訴弗列德，也許是因為他努力和她搭訕，讓她產生得意也有不安的感覺。除了他年紀太小的表面原因之外，她還沒有準備好，永遠不會有準備好的那一天，就連只是動念都覺得像是某種令人作嘔的背叛。她擺出勉強的客套，回答了對方的問題。

「我……我叫瑪莉安娜。」

「嗯，好美的名字。」

弗列德滔滔不絕，想要慫恿她一起聊天。不過，瑪莉安娜以單字應答的頻率越來越高。她開始在心中倒數計時，還有多久才能脫身。

他們到達劍橋之後，瑪莉安娜想要悄悄溜走，消失在人群之中，但弗列德卻在車站外頭逮到了她。

「要不要我陪妳走到市中心？或者搭巴士？」

「我比較想走路。」

「太好了——我的腳踏車停在這裡——我可以跟妳一起走，還是妳比較想要讓我載妳？」

他一臉期盼望著她，瑪莉安娜忍不住心中充滿了歉疚，但她這次的語氣更加堅定。

「我……我比較想要一個人，如果方便的話。」

「當然啊……知道了，我明白了。也許……等一下一起喝咖啡？還是晚上喝酒？」

瑪莉安娜搖頭，佯裝在看錶，「我不會逗留那麼久。」

「哦，那也許可以向妳要電話號碼吧？」他臉色微紅，臉上的雀斑轉為火紅色，「可以嗎……？」

瑪莉安娜搖頭，「我覺得不好……」

「不好？」

「真的不好，」瑪莉安娜別過頭去，一臉尷尬，「抱歉，我……」

「不需要抱歉，我不會這樣就打退堂鼓，我們不久之後就會再次相遇。」

他語氣裡的某種態度讓她覺得有些惱怒，「我想是不可能了。」

「哦，一定會的，我可以預見我們見面的情景。我有那種天賦，嗯……我們家族的遺傳……預感啊、先兆啊什麼的，我可以見到別人看不到的事物。」

弗列德微笑，站在路中間，某名腳踏車騎士趕緊急彎閃避他。

「小心啊。」瑪莉安娜碰了一下他的手臂，腳踏車騎士經過弗列德身邊的時候，破口大罵。

「抱歉，」他說道，「我應該是有點笨手笨腳。」

「也就只有那麼一點點而已，」瑪莉安娜微笑，「再見，弗列德。」

「瑪莉安娜，那就等待我們再次相會了。」

弗列德走向一整排腳踏車的停放處，瑪莉安娜看著他騎上腳踏車，經過她面前時還對她揮揮手，過了轉角之後，整個人就不見了。

瑪莉安娜吐了一口氣，如釋重負，開始邁步走向市中心。

10

在瑪莉安娜返回聖克里斯多福學院的路程當中，心頭浮現等一下會目睹的畫面，焦慮感不斷滋生。

她不知道會看到什麼，也許會有警方或是記者吧，似乎難以令人置信，看看劍橋的街道吧，根本看不出發生了不幸事件，完全不像是發生了謀殺案。

離開倫敦之後出奇平和。幾乎沒有任何車輛，唯一的聲音是鳥囀，不時穿插一堆腳踏車的悅耳鈴響，身穿黑色學士服的學生們騎單車經過，宛若群鳥。

在瑪莉安娜步行的途中，有那麼兩三次冒出有人在監視她、或是在跟蹤她的直覺，她猜也許是弗列德騎著單車在尾隨她，回頭看了兩次，但最後她覺得是自己多想了，恐慌發作。

話雖如此，她還是往後張望了好幾次，想要確定無誤。當然，根本沒有人在那裡。

越來越靠近校園了，她一步步前行，周邊的景色也變得越來越美麗，她的上方有尖塔與塔樓，街道兩側佈滿山毛櫸，掃成一堆堆的金黃落葉疊放在人行道，黑色腳踏車排成長列、扣鎖在鑄鐵欄杆。而且，欄杆上方有一盆盆的天竺葵，斑斕的粉紅與白色花朵讓學院的紅磚牆顯得生意盎然。

瑪莉安娜瞄了某群學生，應該是新鮮人，專注端詳張貼在欄杆上面的「新鮮人之週」活動宣傳海報。

他們看起來好年輕，這些學生，這些新鮮人，好像小嬰兒一樣。她與賽巴斯汀也曾有過如許青春的臉孔嗎？也不知道為什麼，似乎不可能，但更難想像的是那些天真無瑕的面容會遇到厄運。然而，她不知道當中有多少人的將來已潛藏了悲劇正在等候著他們。

瑪莉安娜的心思又回到了那個可憐女孩的身上，在沼澤邊被謀殺的那一個——其實無論是誰都一樣。就算她不是卓伊的好友塔拉，但畢竟也是某人的朋友、某人的女兒，這就是可怕之處。我們大家都偷偷希望悲劇只會發生在別人身上，

不過，瑪莉安娜很清楚，輪到自己頭上，遲早的事。

對瑪莉安娜來說，死神並不是陌生人，自孩童時期開始，死神就一直是她的旅伴——總是在她後面緊貼不放，在她的肩頭持續徘徊。有時候，她覺得自己被詛咒了，彷彿被某個希臘神話裡的邪惡女神下咒，害她失去了她深愛的每一個人。瑪莉安娜還在襁褓中的時候，母親遭癌症奪命，接下來，多年之後，一場可怕車禍害瑪莉安娜姊姊與姊夫喪命，卓伊就此成了孤兒。而瑪莉安娜的父親在橄欖樹果園裡心臟病突發，倒在黏糊糊的碎爛橄欖堆裡身亡。

最後——也最悲慘至極——輪到賽巴斯汀。

其實，他們在一起的日子不過就這些年而已。畢業之後，他們搬到倫敦，瑪莉安娜磕磕絆絆，最後成了團體心理治療師，而賽巴斯汀則在金融城工作。不過，他有頑強的企業家精神，想要自己創業，所以瑪莉安娜建議他可以找她父親談一談。

其實，她早該知道了——但她偷偷懷抱一絲溫柔期盼，她的父親也許會把賽巴斯汀納入他的麾下，帶他進入家族事業，將來，交棒給他們的孩子。瑪莉安娜已經想得這麼遠——但她很清楚不能向她父親或賽巴斯汀提起這檔子事。反正，他們的會面是一場災難，賽巴斯汀為了某個浪漫任務飛到雅典，請求她父親讓他娶瑪莉安娜，但她爸爸一看到賽巴斯汀就不喜歡他，不但沒給他工作，還痛罵他是拜金騙子。她爸爸還告訴瑪莉安娜，等到她嫁給賽巴斯汀的那一天，他就會取消她的繼承權。

諷刺的是，到了最後，賽巴斯汀也進入了貨運業——不過，卻與她父親完全相反，他投入了市場的另一端。賽巴斯汀與商業區塊背道而馳，創業內容是幫助運輸那些最迫切的貨物——食物與其他必需品——交到全球那些脆弱貧困社群的手中。瑪莉安娜心想，就許多方面看來，他宛若她父親的鏡像，這也是她一直引以為傲的泉源。

當這位固執老人最後離世之際，他又再次讓他們嚇了一大跳。到頭來，他還是把一切都留給了瑪莉安娜，一筆巨大財富。賽巴斯汀吃了一驚，像她父親那麼有錢的人，居然會過著那樣的生活——「我的意思是，就跟乞丐一樣，他完全沒有從財富中得到任何樂趣，所為何來？」

瑪莉安娜必須思索好一會兒才能講出答案，「安全感，」她說道，「也不知道為什麼，他相信這所有的錢一定可以保護他。我想，他是害怕吧？」

「怕……怕什麼呢？」

瑪莉安娜對這個問題沒有答案，她搖頭，一臉茫然，「我不確定他是否了解他自己。」

雖然有了這筆遺產，但她與賽巴斯汀也只有小小揮霍一下而已：買下這棟位於櫻草丘山腳的黃色小屋，他們當初是一見鍾情。至於剩下的錢就存了起來，這是賽巴斯汀的堅持，為他們的未來，還有子女。

小孩是他們之間唯一的痛點，那是賽巴斯汀三不五時就會忍不住施壓的瘀傷，可能會在喝多之後或少見的沉鬱時刻爆發出來。他超想要小孩，一男一女，完成他心中的完整家庭圖像。瑪莉安娜雖然也想要小孩，但她想要等待，她想要完成受訓，建立自己的心理治療專業——恐怕得花好幾年的時間，但又怎樣呢？他們有的是時間，不是嗎？

不過，其實並非如此。這是瑪莉安娜唯一的悔恨：她之前如此傲慢、愚蠢，把未來當成了理所當然。

她三十出頭的時候，同意開始嘗試受孕，但發現很困難。突如其來的意外阻礙讓她變得好焦慮，而她的醫生說這種心態無濟於事。

貝克醫生是帶有慈父氣質的老先生，這一點讓瑪莉安娜覺得很安心。他的建議是，在進行不孕測試與可能的治療之前，瑪莉安娜與賽巴斯汀應該要去度個假，遠離各種壓力。

「你們開心度假，在海灘放鬆兩個禮拜，」貝克醫生邊說邊眨眼，「然後就等著看吧，稍微放鬆一下，經常就能創造奇蹟。」

賽巴斯汀不是很熱衷，他還有一堆工作等著完成，不想離開倫敦。瑪莉安娜後來才發現他面臨巨大的財務壓力，那一年的夏天，他有好幾項業務岌岌可危。他自尊心太強，不肯找她求援——他從來沒有拿過她一毛錢。她是在他死後才發現他離世前的那幾個月一直在為錢煩惱，其實根本沒這個需要。她怎麼會沒注意到呢？其實，那一年的夏天，她自私到只掛念自己的擔憂，生孩子的事。

所以，她硬逼賽巴斯汀挑八月休假兩週，為了希臘之旅，瑪莉安娜家族的夏日度假屋——在納克索斯島臨崖的房子。

他們搭乘飛機前往雅典，然後，又從港口搭乘渡輪到了島上。瑪莉安娜心想，這次渡水很幸運——天空萬里無雲，水面平靜，一片淨透。

到了納克索斯島，他們租了車，沿著海岸直達那棟屋子。那本來是瑪莉安娜父親所有，現在，其實已經是瑪莉安娜與賽巴斯汀的房子——只不過，他們從來不曾使用。

屋子滿佈灰塵，破破爛爛，但座落位置絕佳，高踞崖頂，俯瞰深邃湛藍愛琴海。岩體被鑿刻出階梯，可順著崖面而下，直達底處海灘。而在岸邊，歷經了數百萬年的歲月，無數的粉紅色珊瑚碎裂，混入了細沙——讓這片海灘在藍色海洋與天空的映襯之下，綻放粉紅色光芒。

瑪莉安娜心想，這是世外桃源，也是神秘之地。她已經覺得自己放鬆下來，也暗自期盼納克索斯也許可以實現她所央求的小小奇蹟。

他們在頭兩天釋放壓力，在海灘上發懶。賽巴斯汀終於說出他很慶幸他們還是過來了——這幾個月以來，這是他第一次覺得放鬆。他保有在海邊看古典驚悚小說的小男生習慣，而且整個人就躺在浪裡，享受阿嘉莎．克莉絲蒂的《ABC謀殺案》，而瑪莉安娜則是在沙灘的陽傘下方睡覺。

然後，到了第三天，瑪莉安娜建議開車上去丘陵區，一覽神殿。

瑪莉安娜還記得自己小時候曾經去過那座古老神殿，在廢墟裡漫遊，靠著她的想像力，為它注滿了各式各樣的魔力。她希望賽巴斯汀也可以體驗一下，所以他們準備好野餐之後就出發了。

他們走的是古老蜿蜒的山路，進入丘陵區，越爬越高，路面也越來越狹窄，最後路面已經變成到處都是山羊排泄物的骯髒小道。

然後，就在頂端的某個高原——傾圮的神殿矗立在那裡。

這個古希臘神殿是由納克索斯大理石所建造而成，曾經輝煌一時，但現在成了一片髒白，受盡風霜摧殘。聳立三千年之後，如今只剩下幾根殘破廊柱，成了藍色天空映襯的剪影。

這座神殿是為了敬獻狄蜜特，豐收女神，也是生命女神——還有她的女兒，死亡女神波瑟芬妮。大家經常會同時敬拜這兩位女神，同一枚銅板之兩面——母親與女兒，生命與死亡。在希臘，大家所熟知的波瑟芬妮稱號是「寇爾」，意思就是「少女」。

這是野餐的好地點。他們在某棵橄欖樹光影交雜的樹蔭之下，鋪好藍色野餐毯，然後拿出冷藏箱裡面的物品，包括一瓶蘇維濃白酒、西瓜，還有一大塊重鹹風味的希臘起司。他們忘了帶刀子，所以賽巴斯汀靠石頭砸爛西瓜、讓它裂成片片碎塊，宛若把它當成了頭顱一樣。他們大啖甜美果肉，吐出了細小的西瓜籽。

賽巴斯汀給了她一個髒兮兮黏糊糊的吻，「我愛妳，」他低聲說道，「永遠永遠……」

「永遠永遠……」她接口之後，回吻他。

他們結束了野餐，開始在廢墟裡晃遊。瑪莉安娜盯著賽巴斯汀領頭往上爬，就像個興奮的孩子一樣。她凝望著他，開始暗中向狄蜜特，以及「少女」死神祈禱，期望她們可以保佑賽巴斯汀與她自己，還有他們的幸福，以及愛情。

當她低聲唸出禱詞的時候，突然有一抹雲悄悄遮住了陽光——就在那一瞬間，賽巴斯汀的身體一陣黑，成了藍天之下的剪影。瑪莉安娜全身顫抖，也不知道為什麼，她覺得好害怕。

這一刻來得快去得也快，不消一秒鐘的時間，太陽再次露臉，瑪莉安娜也就忘得一乾二淨。

不過，她當然在事後想起了這件事。

第二天早上，賽巴斯汀在黎明時分起床，他穿上他的舊球鞋，對瑪莉安娜低聲說道，他打算要去海灘跑步，親吻她之後，就離開了。

瑪莉安娜躺在床上半睡半醒，察覺到時間的流動——因為她在專心聆聽外頭的風勢。一開始的微風變得強勁又急速，以某種嚎哭聲響撕扯橄欖樹的枝葉，造成它們不斷晃震窗戶，宛若纖長的手指在不耐敲打玻璃。

瑪莉安娜一度在猜測海浪到底有多麼凶險——也不知道賽巴斯汀是不是跑去游泳，他慢跑完之後通常會下水。但她不擔心，他是超級泳將，強大無比的男人，她心想，他堅不可摧。

風勢越來越大，從海面呼嘯襲來，不過，他還是沒有回家。

瑪莉安娜開始擔心了，但只能努力不要多想，她離開了屋子。

她從崖面階梯走下去，一路緊抓著岩塊，深怕自己會被狂風吹下去。

海灘沒有賽巴斯汀的蹤影。強風捲起粉紅細沙，撲向她的臉龐，她找人的時候必須遮擋雙眼。她沒看到他在海裡——眼前所見只有黑色巨浪，在整個海平面翻攪。

她呼喊他的名字，「賽巴斯汀！賽巴斯汀！賽巴……」

不過，強風卻把她的話語拋回她面前，她覺得自己開始恐慌，耳內有強風呼呼作響，她無法思考——後頭還有漫無止境的蟬鳴，宛若土狼在齜牙咧嘴。

而且，遠方還有微弱聲響，是不是笑聲？

某位女神的嘲弄冷笑？

不，不要，不要再想了——她必須要凝神，她一定要專注，必須要找到他。他在哪裡？不可能去游泳的，這種天氣不可能，他從來不會做出這麼愚蠢的事——

然後，她看到了那個東西。

他的鞋子。

老舊的運動鞋，整整齊齊擺在沙灘上，就在水岸邊。

之後，一切模糊，瑪莉安娜涉水入海，歇斯底里，宛若鳥身女妖哈比在怒吼，尖叫，不斷尖叫……

然而……沒有任何回應。

三天之後，賽巴斯汀的屍體被沖上海岸。

11

自從賽巴斯汀死後，已經過了將近十四個月之久，不過，就許多層面來說，瑪莉安娜依然困陷在納克索斯的那座海灘，永遠不會離開。

她驚駭，癱瘓無力——就像是狄蜜特曾經出現的狀況一樣，當時冥王哈德斯擄走她的女兒波瑟芬妮，當他的地獄新娘。狄蜜特崩潰，哀傷欲絕。她不肯動，也不肯讓別人動她，就只是坐在那裡嚎啕大哭。而她周邊的一切，整個自然世界也與狄蜜特同悲：夏天轉為冬天，白日變成黑夜。大地一片哀傷，或者，更精確的說法是，陷入憂鬱。

瑪莉安娜對此感同身受。現在，她越來越靠近聖克里斯多福學院，她發現自己的腳步更趨不安，因為一見到熟悉的街道，就很難遏止記憶泛流湧入心中——每一個角落都有賽巴斯汀的幽魂在守候。她一直低著頭，不肯揚起目光，宛若士兵穿越敵境，盡量不要引人注目。如果她想要幫忙卓伊，她必須要趕緊振作起來。

所以她才會來到這裡——為了卓伊。瑪莉安娜真的不想要再看到劍橋，事實證明了這比她想像的更困難——但她還是為了卓伊走這一趟，現在，她只剩下卓伊了。

瑪莉安娜離開了國王街，進入了她十分熟悉的凹凸不平的圓石鋪面街道。她沿著圓石道路前進，走到了街底的某扇老舊原木大門前面，抬頭凝望。

聖克里斯多福學院的大門高度至少是她身長的兩倍，置於佈滿常春藤的古老紅磚牆的中間。她還記得第一次靠近這扇大門的情景——從希臘過來接受入學許可面試，當時她才不過十七歲出頭，感覺好渺小，好不真實，她怕得要命，深感孤單。

將近過了二十年，如今的感覺卻依然一模一樣，何其詭異。

她推開大門，進去了。

12

聖克里斯多福學院矗立在那兒，就與她記憶中的一樣。

瑪莉安娜一直很怕會再次見到它——這是她戀愛故事的背景。不過，幸好這座學院之美救了她，她並沒有心碎，她的心在歌唱。

聖克里斯多福學院是劍橋最古老也最美麗的學院之一。由好幾座通往河畔的庭院與花園所建構而成，而且隨著學院數百年來的重建與擴張，裡面的建物涵蓋了各種風格——哥德、新古典、文藝復興。這是一種有機式的隨性成長，而且，瑪莉安娜心想，這也讓它變得更形美麗。

她站在主院裡的門房守衛室旁邊——這是第一個，也是最大的庭院。映入眼簾的是一大片完美無瑕的綠色草坪，一直綿延到庭院另一頭覆滿紫藤的深綠色牆面。有白色玫瑰點綴的綠色植物，從磚牆懸垂而下，宛若精緻織錦，佈滿了小教堂的牆面。那裡的彩繪玻璃在陽光之下散發綠色、藍色、紅色的光芒，學院合唱團正在練唱，他們的和諧歌聲響徹雲霄。

有人在低聲說話——也許，是賽巴斯汀的聲音？——他告訴瑪莉安娜，她待在這裡很安全，可以好好歇息，找到她渴望的那股平靜。

她的身體放鬆了，差點發出了舒緩的嘆息聲。她突然感受到一股陌生的滿足感：

這些牆面、廊柱、拱門的時代，就算是歲月或是更迭也絲毫不為所動，讓她能夠暫時以某種宏觀角度看待自己的悲傷。她發覺這個神秘之地並不屬於她或賽巴斯汀所有，這不是他們的——它屬於自己。而他們的遭遇只是這裡曾經發生過的無數故事裡的其中之一罷了，重要性與他者並無二致。

她張望四周，微笑，仔細觀察附近忙碌的熱鬧景象。近日已經開學，但最後一刻的準備工作依然在持續之中，可以明顯感知眾人的期待之情，就像是身處在即將開演之前的劇場一樣。有園丁在草坪的另一頭忙著刈草，還有某位身穿黑色西裝、禮帽，以及大型綠色圍裙的學院門房，高舉長桿雞毛撢子，清除拱道以及高處角落與隙縫的蜘蛛網。其他幾名門房正在排列草坪上的木椅，應該是要拍大學入學照。

瑪莉安娜盯著某名神色緊張的青少年，顯然是大一學生，穿過了庭院，陪伴他兩側的是拿著行李箱在拌嘴的父母，瑪莉安娜露出了溫柔微笑。

然後，她在庭院另一端看到了別的景象——有一群制服員警的幽影。

瑪莉安娜的笑容漸漸消失。

這只代表了一件事，最可怕的慘劇發生了。警察到了這裡，所以卓伊說得沒錯，塔拉死了，沼澤旁邊發現的就是她的屍體。

瑪莉安娜得要找到卓伊，馬上。她轉身，匆匆趕往下一個庭院。

她心事重重，根本沒注意到有人在叫她，直到他喊了兩次之後才聽到。

「瑪莉安娜？瑪莉安娜！」

她轉身，有個男人對她揮手，她瞇眼細看，不確定對方到底是誰，但他似乎認識她。

「瑪莉安娜，」

瑪莉安娜停下腳步，等待圓石鋪面街道另一頭的男人走過來，對方臉上掛著燦爛笑容。

她心想，不意外，是朱利安。

瑪莉安娜認出的是他的笑容，最近相當出名的某張笑臉。

朱利安·艾許克洛夫特與瑪莉安娜曾在倫敦一起修習心理治療。她已經多年不曾見到他，但看過他上電視——他是真實犯罪紀錄片新聞節目的名嘴常客，專長是司法心理學——寫過一本有關英國連續殺人魔與他們母親的暢銷書。他似乎在狂亂與死亡之中可以得到某種淫樂，瑪莉安娜對此有點反感。

朱利安走過來，她仔細端詳他。他年近四十，身高中等，穿著帥氣藍色外套、俐落白襯衫，以及海軍藍的牛仔褲。他的頭髮亂得很有型，還有一雙漂亮的藍色眼眸，以及完美的亮白露齒笑容，這是他慣用的招牌表情。瑪莉安娜覺得這個人有點虛假，很可能就是因為這樣，正好讓他很適合上電視。

「嗨，朱利安。」

「瑪莉安娜，」他走向她的時候立刻開口，「真是驚喜，我就猜是妳。妳在這裡做什麼？不會是跟警察一起過來的吧？」

「不是，真的不是，我外甥女是這裡的學生。」

「哦，明白了。靠，我還以為我們可能會共事。」

朱利安對她一笑，壓低音量，吐露秘密，「他們找我進來幫忙。」

瑪莉安娜猜出了他的意思，但同時也冒出了一股恐懼感。她不想要確認這個消息，但是別無選擇。

「塔拉・漢普頓，對嗎？」

朱利安看了她一眼，神情有些驚訝，然後，他點點頭，「沒錯，現在才確定她的身分。妳怎麼知道？」

瑪莉安娜聳肩，「她已經失蹤一天多了，我外甥女告訴我的消息。」

她發覺自己眼眶盈滿淚水，立刻擦得乾乾淨淨，她定睛望著朱利安，「有沒有任何線索？」

「沒有，」朱利安搖頭，「還沒有，但希望很快就可以找到線索。老實說，越快越好，這是一起恐怖暴行。」

「你覺得她認識他嗎？」

朱利安點點頭，「應該沒錯。我們通常會把那種等級的怒火留給最親近的人，妳說是不是？」

「也許吧。」瑪莉安娜陷入沉思。

「很可能是她的男友。」

「我覺得她沒有男友。」

朱利安看了一下手錶，「我現在得去找總督察。不過，嗯，我很樂意繼續討論……也許我們喝一杯吧？」他微笑，「瑪莉安娜，多年不見，重逢真是開心，我們應該要好好敘舊……」

但瑪莉安娜已經要走人了。

「抱歉，朱利安……我要去找我的外甥女。」

13

卓伊的寢室位於愛神庭院——某個小型庭院，長方形的草坪周邊是一棟棟的學生宿舍。在草地的正中央，矗立了一座手持弓箭的褪色愛神雕像。數百年的雨水與鏽蝕讓它老化得很嚴重，將它從小天使變成了蒼老的小綠人。

在這座庭院的四周，有許多通往學生宿舍的階梯。每一角落都矗立了一座高大的灰石塔樓。瑪莉安娜走向其中一座塔樓，目光上揚，看到卓伊坐在四樓窗戶那裡。

卓伊沒看到她，瑪莉安娜站在那裡，靜靜凝望了她好一會兒。拱狀窗戶是以鑽石形彩繪玻璃組合而成，小小的玻璃窗片分割了卓伊的形影，讓她成為了鑽石狀的拼圖——就在那一瞬間，瑪莉安娜卻從那幅拼圖中組出了另一組圖像，不是二十歲的女子，而是綁著兩條辮子、臉色漲紅的愚蠢可愛六歲小女孩。

瑪莉安娜對那個小女孩寄予無限關愛。可憐的小卓伊——歷經了這麼多的煎熬，瑪莉安娜很擔心會讓她受傷更深，不敢透露這可怕消息。她搖搖頭，不再遲疑，匆匆進入了塔樓。

她爬上了老舊的迴旋翹曲木梯，到達卓伊寢室門口。房門開了道小縫，所以她直接進去了。

這是個舒服的小寢室——目前狀態有點凌亂，衣服隨便丟在扶手椅，水槽裡有髒杯子。房內有書桌、小壁爐，老虎窗那邊有襯墊座位，卓伊就坐在那裡，周邊擺滿了書。

當她一見到瑪莉安娜，立刻發出輕聲驚呼。她跳起來，奔入瑪莉安娜的懷抱中。

「妳來了，我以為妳不會來。」

「我當然會來。」

瑪莉安娜想要後退一步，但卓伊不肯放手，瑪莉安娜別無選擇，只能繼續乖乖抱著卓伊，她感受到擁抱的溫暖與真情。被人這樣碰觸，感覺好陌生，她這才發覺自己見到卓伊有多麼開心，突然之間，她心情好激動。

除了賽巴斯汀之外，卓伊一直是瑪莉安娜最喜歡的人。她在英國念寄宿學校，所以瑪莉安娜與賽巴斯汀等於成了她非正式的養父母——卓伊在黃色小屋裡有一間臥室，遇到期中假與節日的時候，都會與他們住在一起。她在英國受教育，因為她父親是英國人，其實，卓伊只有四分之一的希臘血統。她遺傳了父親的金髮藍眼，所以這四分之一的希臘人特質不是特別明顯。瑪莉安娜以前經常在想，這一個部分到底會如何展露出來，到底會不會有顯現的那一天——如果它還沒有被英國私校教育的沉重濕毯給悶死。

卓伊終於放開瑪莉安娜，結束擁抱。瑪莉安娜盡量展現溫柔，將塔拉屍體已經被確認的事告訴了她。

卓伊盯著她，慢慢消化這個消息，淚水撲簌簌從臉頰滑落而下。瑪莉安娜又把她拉入懷中，卓伊緊緊抱住她，嚎啕大哭。

「不會有事的，」瑪莉安娜低聲說道，「一切都會好好的。」

瑪莉安娜慢慢把卓伊帶到床邊，讓她坐下來。等到卓伊好不容易停止啜泣，瑪莉安娜開始為兩人泡茶。她在狹小水槽裡洗了兩個馬克杯，開始煮水。

卓伊一直挺直身軀坐在床上，膝蓋貼緊胸膛，兩眼空茫，眼淚直流也懶得擦乾淨。她手中緊抓著她小時候的絨毛玩具——破舊的黑白條紋斑馬。斑馬有隻眼睛不見了，而且縫線綻裂，早從卓伊的嬰兒時代開始，它就一直陪伴著她，承受了許多虐待與愛。卓伊現在抓著它，捏得死緊，整個人前後搖晃。

瑪莉安娜把冒著熱氣的甜茶放在凌亂的咖啡桌上面，一臉焦慮望著卓伊。卓伊十幾歲的時候就深受憂鬱症所苦，經常會突然哭泣，不時出現低落、疲軟、無覺無感的心情狀態，沮喪到連哭都哭不出來——瑪莉安娜覺得這比面對哭泣還要棘手。在那些年當中，很難與卓伊進行對話，不過，她的這些問題也令人不是覺得很意外，畢竟她在年紀這麼小的時候就承受了喪失雙親的創傷。

某個四月天，在期中假的時候，卓伊住在他們家，他們接到了讓她人生就此永遠變貌的那通電話。是賽巴斯汀接的電話，他必須要告訴卓伊噩耗，她的父母，也就是瑪莉安娜的姊姊與姊夫，在某場車禍中雙亡。卓伊崩潰，賽巴斯汀伸出雙手，把她摟入懷中。自此之後，他和瑪莉安娜就一直很寵卓伊，也許是稍微過頭了一點——不過，瑪莉安娜自己也失去了母親，所以她下定決心要把自己小時候渴求的一切全部提供給卓伊：母愛、溫暖、感情。當然，這是雙向的交流——她覺得卓伊得到了多少的愛，就付出了同等的愛。

終於，他們如釋重負，卓伊慢慢熬過了悲痛，隨著她年紀逐漸增長，憂鬱發作的頻率也越來越低，她能夠適應學校生活，青春期結束的時候，狀況遠比她剛進入青春期的初始階段好得太多了。但瑪莉安娜與賽巴斯汀兩人都很擔憂卓伊要怎麼面對大學的社交壓力，所以當她與塔拉成為好友之後，也讓他們鬆了一口氣。後來，賽巴斯汀離世之後，瑪莉安娜很慶幸卓伊有好友相伴，她自己並沒有好友，因為她失去了他。

「卓伊，來，喝點茶吧，壓壓驚。」

沒有回應。

「卓伊？」

卓伊突然聽到她的聲音，抬頭望著瑪莉安娜，目光呆滯，眼眶盈滿淚水。

「是我的錯，」她輕聲細語，「她死掉都是我的錯。」

「千萬不要這麼說，這並非事實……」

「是真的，妳聽我說，妳不懂。」

「懂什麼？」

瑪莉安娜坐在床邊，等待卓伊繼續講下去。

「瑪莉安娜，這是我的錯。我應該要採取行動才是……那一晚，我見了塔拉之後……應該要告訴別人……該打電話報警，那麼，她現在應該還活著吧……」

「找警察？為什麼？」

卓伊沒回答，瑪莉安娜皺起眉頭。

「塔拉之前對妳說了什麼？妳說過……她講話瘋言瘋語？」

卓伊的淚水泉湧而出。她心情沮喪，默不作聲，前後搖晃身體。瑪莉安娜知道最好的方式就是陪在她身邊，展現耐心，讓卓伊自己好整以暇卸下心防。不過，現在沒有時間了，她壓低聲音，語氣雖然令人安心，但是態度堅決。

「卓伊，她對妳說了什麼？」

「我不該告訴妳才是，塔拉曾經逼我不能講出去。」

「我明白……妳不想要背叛她對妳的信任，但我覺得恐怕已經沒這個必要了。」

卓伊盯著她，瑪莉安娜端詳她的臉龐，雙頰漲紅，眼睛瞪得好大，她看到的是某個小孩的雙眼：某個恐懼的小女孩，因為心懷自己不想守住的秘密而快要崩潰，但卻因為太害怕而不敢說出來。

然後，卓伊終於讓步。

「前晚，塔拉來到我寢室找我，整個人狀況很糟糕，嗑了藥而亢奮，我不知道她嗑了什麼。她真的很焦躁……而且她說……她好怕……」

「好怕？怕什麼？」

「她說……有人要殺她。」

瑪莉安娜盯著卓伊好一會兒，「繼續說下去。」

「她叫我不能告訴任何人……她說要是我透露半點風聲，然後被他知道的話，他一定會殺了她。」

「他？她說的是誰？她有沒有說是誰在揚言殺她？」

卓伊點頭，但沒有回答。

瑪莉安娜重複問了一次，「卓伊，是誰？」

卓伊搖頭，陷入猶疑，「她那時候講話真的好瘋癲……」

「那不重要，告訴我就是了。」

「她說……是這裡的某個老師，是教授。」

瑪莉安娜眨眼，嚇了一大跳，「在這裡？聖克里斯多福學院？」

卓伊點頭，「對。」

「我明白了，他叫什麼名字？」

卓伊停頓了一會兒，低聲講出答案。

「愛德華．佛斯卡。」

14

才過不到一個小時，卓伊向總督察薩德赫．桑格說出了同一套版本。

總督察已經徵用了學監辦公室，這是一處可以俯瞰主院的寬敞空間。其中一面牆放置的是精雕細琢的桃花心木書櫃，裡面有一套真皮精裝書。其他的牆面則掛滿了以往學監的畫像——他們以毫不掩藏的懷疑目光緊盯著這些警察。

桑格總督察坐在大書桌後方，打開了他的隨身熱水瓶，為自己倒了一杯茶。他年紀五十出頭，深色眼瞳，斑白短鬚，俐落灰色外套搭配領帶。由於他是錫克教教徒，所以有纏頭巾，吸睛的皇家藍色。他外表威嚴，但卻散發出一股緊張不安的氣息——枯瘦飢餓的表情——而且一直在點腳尖，不然就是手指頻頻敲打桌面。

對瑪莉安娜來說，他似乎有點煩躁，讓她誤以為他並沒有全心全意在聆聽卓伊說什麼，似乎並沒有特別感興趣。瑪莉安娜心想，他並沒有把卓伊當一回事。

不過，她錯了，他的確認真對待卓伊。他放下自己的茶，大大的深色雙眼緊盯著卓伊。

「當她告訴妳這段話的時候，妳覺得呢？」他問道，「妳是否相信她的話？」

「我不知道……」卓伊回答，「她狀況不穩定，嗯，整個人很茫，但她一直都很茫，所以……」卓伊聳肩，思索了一會兒，「我的意思是，那句話聽起來好奇怪……」

「她有沒有說佛斯卡教授為什麼要威脅殺了她？」

卓伊看起來有些不安，「她說他們一起上過床，還有爭執什麼的……她揚言要告訴校方，讓他丟飯碗。然後，他說，要是她真的這麼做……」

「他就要殺死她？」

卓伊點點頭，能夠把它從心底紓解出來，似乎鬆了一口氣，「沒錯。」

總督察思索了一會兒，然後突然站起來。

「我要去找佛斯卡教授談一談。卓伊，妳在這裡等一下好嗎？還有，我們需要妳的口供。」他離開房間，現在，他不在這裡，卓伊向某名資淺警員重複她知道的內情，對方寫了下來，瑪莉安娜不安等待，不知道接下來會發生什麼事。

漫長的一小時過去了，桑格總督察回到房間，再次坐下來。

「佛斯卡教授配合度非常之高，」他說道，「我已經從他那裡取得了口供，他說，在塔拉身亡的時候，也就是晚上十點鐘，他待在自己住所上課，準備進行收尾。課程時間是從晚上八點到十點，參加的一共有六名學生。他把這些學生名字都給了我，目前我們已經詢問了其中兩人，都與他的說法吻合。」總督察小心翼翼看了卓伊一眼，「所以，我不會以任何罪名指控教授。雖然塔拉曾經說過那樣的話，但他並不需要為她喪命負責，這一點我十分確定。」

卓伊輕聲細語，「我知道了……」

卓伊點頭，目光依然低垂，望著自己的大腿，瑪莉安娜覺得她面色憂心忡忡。「可否請妳告訴我有關康拉德．埃利斯的事？」總督察問道，「他不是這裡的學生，他住在市區吧。他是塔拉的男朋友嗎？」

卓伊搖頭，「他不是她男友，只是常混在一起而已。」

「我明白了，」總督察翻閱自己的筆記，「他似乎之前有兩項前科，一個是販賣毒品，另一個是重傷害罪……」他瞄了一下卓伊，「而且他的鄰居好幾次聽到他們在激烈爭吵。」

卓伊聳肩，「他的生活過得亂七八糟，就像她……我不知道你是不是那個意思，但他從來不曾傷害她，他不是那樣的人，他個性很好。」

「嗯，聽起來是個好人。」總督察似乎不是很相信這種說法，他喝光了茶水，把蓋子放回隨身熱水瓶，旋緊。

瑪莉安娜心想，結案了。

「總督察，你知道嗎？」她替卓伊感到忿忿不平，「我真的覺得你應該要好好聽她所說的話。」

「抱歉？」桑格總督察眨眼，聽到瑪莉安娜開口，面露驚訝神情，「再跟我說一次好嗎？」他說道，「您哪位？」

「我是卓伊的阿姨與監護人，而且，如有必要，也會是她的辯護人。」

這句話似乎讓桑格總督察嘴角微微上揚，「就我看來，妳的外甥女應該可以擔任自己的辯護人，毫無問題。」

「好，卓伊對於性格判斷很準確，一直都是如此。如果她認識康拉德，而且認為他是無辜的，那麼你應該要嚴肅以待才是。」

總督察的笑容消失了，「希望您別介意，等到我找他問訊的時候，我就會形成自己的心證。我希望您搞清楚，這裡由我主導，對於別人下指導棋，我的回應不會有什麼風度——」

「我並沒有對你——」

「或者，被別人打斷，我的反應也一樣。所以，我強烈建議妳不要阻礙我，不要阻礙我辦案，明白嗎？」

瑪莉安娜正打算要反駁，但還是忍住了，她勉強擠出微笑。

她回道：「我完全明白了。」

15

離開了學監辦公室之後，卓伊與瑪莉安娜穿過了庭院盡頭的柱廊——十二根支撐上方圖書館的大理石巨柱。柱子非常古老，失去了色澤，柱面爬滿了宛若紗簾的裂痕。它們在地上投射出長影，她們漫步其中，偶爾會進入幽暗地帶。

瑪莉安娜摟住卓伊，開口問道：「親愛的，都還好嗎？」

卓伊聳肩，「我……我不知道。」

「塔拉對妳撒謊？妳覺得會不會有這個可能？」

卓伊露出痛苦面容，「我不知道……」

她突然定住不動，停下腳步。有個男人從某根柱子後頭莫名其妙冒出來，出現在她們面前。他站在那裡，擋住了她們的去路，死盯卓伊不放。

「嗨，卓伊。」

「佛斯卡教授……」卓伊微微倒吸了一口氣。

「妳怎麼樣？還好嗎？真不敢相信出了這種事，讓我好震驚。」

瑪莉安娜發現他有美國口音，模仿得坑坑疤疤的英國腔，還是聽得出某種柔軟輕快的節奏。

「妳真可憐，」他說道，「卓伊，很遺憾，妳一定傷心欲絕……」

他的語調慷慨激昂，似乎是真的很難過。他朝卓伊伸手——而她卻不由自主往後微微閃躲。瑪莉安娜注意到了，教授也是，他對卓伊投以尷尬目光。

「好，」他說道，「我就把我告訴總督察的內容如實複述給妳聽。現在，妳要親耳聽到我說出口，這一點非常重要。」

佛斯卡沒理會瑪莉安娜，開始自顧自對卓伊講話，瑪莉安娜也在這個時候端詳他。他比她想像中的更年輕，而且她也沒料到他如此英俊。四十出頭的歲數，身材高大健壯。堅實的顴骨，還有深暗色的雙眼。他全身上下都是暗沉色澤——黑色的雙眸、鬍鬚，以及衣裝。一頭黑色長髮在後腦勺隨便盤了個包子頭，他身穿黑色學士袍，襯衫沒紮進去，領帶鬆垂。整體造型散發出某種霸氣效果，甚至有拜倫的氣質。

「其實，」他說道，「我處理得可能很糟糕，卓伊，我很確定妳可以當見證人。不過，塔拉對於學業卻幾乎是完全置之不理。老實說，雖然我一再努力敦促她改善出席率、要完成作業，但她的學習表現慘不忍睹。而她逼得我別無選擇，我找她懇談，話講得很明白，我說我不知道是因為嗑藥還是男女問題，但她今年的努力不夠，學業完全沒有長進。我告訴她，去年一整年的課程要補考，不然就準備退學。」

他疲憊搖頭，「當我把這些話告訴塔拉之後，她變得十分歇斯底里，大嚷她父親會殺了她。她求我改變心意，我說這是不可能的。然後她態度丕變，充滿了攻擊性。她出言威脅我，一定會毀了我的前途，讓我丟飯碗。」他嘆了一口氣，「看來這就是她的企圖。她對妳所說的一切，這些性指控，顯然就是想要破壞我的名聲。」

他壓低聲音，「我絕對不會和任何一名學生上床，這是最惡劣的信任背叛與權力濫用。妳也知道，我非常喜歡塔拉，所以聽到她講出這樣的指控實在讓我傷心。」

瑪莉安娜不禁覺得佛斯卡這番話充滿了說服力，他的行為舉止完全看不出他在撒謊，他說的一切似乎都言之成理。塔拉提到她父親的時候，言詞之中總是充滿恐懼，而卓伊去過他們位於蘇格蘭的莊園，根據她的說法，塔拉父親是一個嚴格的主人，甚至已經到了殘忍無情的地步。瑪莉安娜可以猜到要是他知道塔拉今年成績不合格會作何反應，她也可以想像要是告訴他這個消息，很可能會讓塔拉歇斯底里，絕望不已。

瑪莉安娜瞄了一下卓伊，想知道她做何反應，很難判斷。卓伊顯然很緊張，一臉尷尬盯著石面地板。

「我希望這樣已經釐清了一切，」佛斯卡說道，「我們當前的要務就是要幫助警方抓到兇手。我建議他們要調查一下康拉德．埃利斯，也就是和塔拉在一起廝混的那個男人。就我所知，這傢伙是個人渣。」

卓伊沒回答，佛斯卡盯著她。

「卓伊？我們之間沒問題了吧？我們現在要忙的事已經夠多了，真的不需要妳懷疑我啊什麼的。」

卓伊抬頭凝望著他，緩緩點頭。

她說道：「沒事了。」

「很好，」但他看起來不是很滿意，「我得走了，一會兒見，好好照顧自己知道嗎？」

佛斯卡瞄了一下瑪莉安娜，這是他第一次看她，他稍微點了一下頭當作是打招呼。然後，他轉身，大步離去，消逝在某根廊柱後方。

卓伊愣了一下，面向瑪莉安娜，她神色焦慮。

「好，」她發出輕聲嘆息，「現在該怎麼辦？」

瑪莉安娜思索了一會兒，「我要去找康拉德談一談。」

「但怎麼可能呢？妳也聽到總督察說的話了。」

瑪莉安娜沒回答。她正好看到朱利安．艾許克洛夫特離開學監辦公室，穿越庭院。

她自顧自點點頭，「我有辦法……」

16

在下午三、四點的時候，瑪莉安娜好不容易在警局見到了康拉德・埃利斯。

「嗨，康拉德，」她說道，「我是瑪莉安娜。」

桑格總督察問訊完之後，他立刻就遭到逮捕——雖然缺乏證據，間接或直接證據都付之闕如，但警方很有信心，他就是他們鎖定的對象。

根據門房組長莫里斯先生的說法，塔拉的最後身影出現在晚上八點鐘的時候，他看到她離開學院大門。而康拉德說他在自己的公寓等塔拉，但她一直沒有現身。不過，這只是康拉德的單方說詞，他整個晚上都沒有任何不在場證明。

他們仔細翻遍了他的公寓，但並沒有找到兇器。他的衣服與其他物品也送去化驗，警方希望它們能夠提供康拉德涉案的線索。

朱利安當初立刻爽快答應要幫忙帶她去見康拉德，讓瑪莉安娜嚇了一跳。

「我可以帶妳進去，」朱利安是這麼說的，「反正我需要做心理評估，要是妳願意的話，可以在旁邊觀察。」然後，他又對她眨眨眼，「我們不要被桑格抓到就好。」

「謝謝，我欠你一次。」

朱利安似乎覺得這種騙人的話很中聽。他們進入警局，他請警方把康拉德・埃利斯從拘留室帶出來的時候，他還對她眨眨眼。

過了幾分鐘之後，他們與康拉德坐在問訊室。這個房間很冷，沒有窗戶，空氣滯悶，待在裡面很不舒服——不過，這應該就是這種設計的重點。

「康拉德，我是心理治療師，」瑪莉安娜說道，「也是卓伊的阿姨。你認識卓伊吧？」

康拉德困惑了一會兒，然後雙眼出現了一抹微淡的光，茫然點頭，「卓伊……塔拉的好友？」

「對。她希望要讓你知道，對於塔拉的事，她非常遺憾。」

「卓伊很好……我喜歡她，她跟其他人不一樣。」

「其他人？」

「塔拉的好友們，」康拉德扮鬼臉，「我叫她們女巫。」

「真的嗎？你不喜歡她們？」

「是她們不喜歡我。」

「為什麼這麼說？」

康拉德聳肩。呆滯，面無表情。瑪莉安娜希望可以從他身上找出某些情緒反應，能夠幫助她更仔細判讀他，但是一無所獲。她聯想到自己的病患亨利，因為持續多年濫用酒精與藥物，也有同樣的陰鬱神情。

康拉德的外表與氣質不符——這是他的問題之一。他粗手粗腳，壯碩，全身到處都是刺青。不過，卓伊說得沒錯，他整個人透露出一股良善，溫柔氣息。當他說話的時候，語速緩慢，充滿困惑，他似乎不太明瞭自己出了什麼事。

「我不懂……他們為什麼覺得我傷害了她？我沒有。我愛她……我愛她，這已經成了過去式。」

瑪莉安娜瞄了一下朱利安，想要知道他的反應。他完全沒有動容，只是繼續追問康拉德各式各樣有關他生活與教養的擾人問題——時間拖得越來越久，問訊也變得越來越折磨，刺探康拉德的內容也越來越暗黑。

而瑪莉安娜越來越覺得他是無辜之人。他並沒有說謊，這男人心碎了。還一度因為被朱利安的盤問搞得精疲力竭而崩潰，他以雙手支著頭，悄聲大哭。

朱利安問完之後，瑪莉安娜再次開口。

「你知道佛斯卡教授嗎？」她問道，「塔拉的導師？」

「嗯。」

「你是怎麼認識他的？透過塔拉嗎？」

他點頭，「我幫他弄貨弄好多次了。」

瑪莉安娜眨眼，瞄了朱利安一下，「你是說毒品？」

朱利安問道：「哪一種？」

他聳肩，「看他需要什麼而定。」

「所以你常常和他見面？佛斯卡教授？」

又一次聳肩，「算很常吧。」

「你怎麼看待他與塔拉的關係？你是否覺得有哪裡不對勁？」

「哦，」康拉德聳肩，「我覺得他很喜歡她，不是嗎？」

瑪莉安娜與朱利安交換眼神。

「是嗎？」

瑪莉安娜正打算要繼續下去，但朱利安卻突然結束了訊問，他說他寫報告的資料已經夠了。

「希望妳覺得有收穫，」當他們離開警局的時候，朱利安說道，「演得很誇張，妳不覺得嗎？」

瑪莉安娜一臉驚訝看著他，「他沒有在裝，他沒有演戲的能力。」

「瑪莉安娜，相信我，那些眼淚全是在做戲，不然就是自艾自憐，我以前都見識過了。等到妳幹這一行的時間跟我一樣久的時候，妳就會體悟到每一個案子都很相似，讓人意興闌珊。」

她望著他，「他賣毒品給佛斯卡教授，你不覺得值得注意嗎？」

朱利安聳肩，不以為然，「偶爾買一點大麻也不會讓他變成殺人犯。」

「那麼康拉德說佛斯卡喜歡她呢？」

「就算是又怎樣？根據我所知道的消息，她長得很漂亮。妳認識她不是嗎？她和那個白痴在一起做什麼？」

瑪莉安娜悲傷搖頭，「我想康拉德只是達成目標的某個手段罷了。」

「毒品？」

瑪莉安娜嘆氣，點點頭。

朱利安瞄了她一眼。

「好啦。我等一下開車送妳回去……還是妳想要喝一杯？」

「沒辦法，我得要回去學校，他們在六點鐘要為塔拉舉行一場特別禮拜。」

「哦，找個晚上吧，希望嘍？」他眨眨眼，「妳欠我一個恩情，記得吧？明天怎麼樣？」

「恐怕我已經不在這裡了……我明天就離開。」

「好，反正我們想辦法約就是了，如有必要，我可以殺到倫敦去找妳。」

朱利安哈哈大笑。不過，瑪莉安娜發現他的雙眼並沒有笑意，依然冷酷無情。他凝視瑪莉安娜的那種方式有哪裡不太對勁，讓她格外不舒服。

當他們回到聖克里斯多福學院的時候，她真的是鬆了一口氣，總算可以逃走了。

17

傍晚六點，他們在小教堂舉辦了塔拉的特殊禮拜。

學院小教堂的建材是石材與木料，在一六一二年完工。裡面有烏黑的大理石地板，藍、紅、綠等色的鮮亮彩繪玻璃窗戶，繪示的是聖克里斯多福的一生故事，還有一面挑高雕花天花板，有紋章與金字拉丁文箴言作為裝飾。

教堂長型座椅擠滿了師生，瑪莉安娜與卓伊坐的位置接近前面，而塔拉的父母則與學監、校長坐在一起。

塔拉的父母，也就是漢普頓勳爵與勳爵夫人，已經從蘇格蘭飛來認屍。瑪莉安娜心想，從他們遙遠的鄉村莊園一路趕來，一定是無比煎熬，開了漫漫長路到達愛丁堡機場，然後飛到斯坦斯特德機場，沿途有的是時間胡思亂想——希望、恐懼，以及憂慮——最後到達劍橋的殯儀館，懸念殘忍瓦解：這趟旅程讓他們與女兒團聚了，也讓他們看到女兒到底發生了什麼事。

漢普頓勳爵與勳爵夫人坐得僵直，臉色慘白扭曲，完全封凍。瑪莉安娜怔怔盯著他們，她記得那種感覺，宛若被拋入冷凍庫，冰寒，因為震驚而僵麻。這種情形持續的時間並不長——而且，與後續相比，這算是某種幸福狀態，霜融之際，震驚感消退，他們就會開始體會到喪親的沉重。

瑪莉安娜看到佛斯卡教授出現在小教堂，他走過通道，後面跟了六名獨特年輕女孩，她們之所以如此獨特，是因為她們都長得超美，而且清一色身著純白長袍。她們的步伐看得出自信，但也有扭捏，她們很清楚自己是眾人焦點，其他學生一路盯著她們走過去。

瑪莉安娜心想，這些就是塔拉的朋友嗎？康拉德甚為厭惡的那群人？那群「女巫」？

禮拜開始，哀悼者出現一股肅穆之氣。在管風琴的伴奏聲中，一排身穿紅色長袍、脖子周邊有白色蕾絲頸飾的唱詩班男孩，在燭光旁高唱某首拉丁聖歌，天使般的歌聲繚繞進入黑夜之中。

這並不是喪禮，真正的葬禮會在蘇格蘭舉行。這裡沒有屍體供人哀悼，瑪莉安娜想到了孤零零躺在殯儀館的那個女孩。

她忍不住回想起自己的愛侶送回她身邊時的情景，他躺在納克索斯醫院的水泥板。當她看到賽巴斯汀的屍體的時候，他依然濕答答，水珠滴到了地板，頭髮與眼睛裡還有細沙。他的皮膚裡有小洞，被魚啃噬的殘痕。還有一截指尖消失，被大海給奪走了。

在他離世之後的那些日子，瑪莉安娜陷入僵麻。她依然停留在延長的震驚狀態，無法接受已發生的事實，或者，無法置信。再也無法見到他、沒辦法聽到他的聲音，感受到他的撫觸，似乎是不可能的吧。

她一直在想，*他在哪裡？他跑到哪裡去了？*

然後，她開始慢慢接受事實，出現某種延遲性的崩潰，接下來，宛若水壩潰堤，她所有的淚水衝流出來，成了一道悲傷瀑布，徹底洗去了她的一生與她曾經認知的自我。

接下來，是憤怒。

某種強烈的火氣，難以控制的暴怒——差點就要吞沒她自己與她周邊的人。這是瑪莉安娜有生以來第一次想要發洩真正的肉體之痛——她想要痛扁某人，最主要是想要打她自己。

她責怪自己，這種反應理所當然。因為當初是她堅持去納克索斯，如果他們當初遵從賽巴斯汀的意願，留在倫敦，他到現在依然能夠活得好好的。

而她也怨怪賽巴斯汀，他怎麼這麼大膽，敢在那種天氣去游泳，怎麼這麼輕忽他自己的生命，還有她的生命？

瑪莉安娜白天過得糟糕，晚上更淒慘。一開始的時候，靠著足夠的酒精與安眠藥，能夠給她某種暫時性的藥物慰藉，不過，充滿類似沉船、火車碰撞、水災的惡夢卻不斷上演。她夢到了無窮無盡的旅程——穿越荒涼極地風景、在冰寒風雪中跋涉前行的探險過程，不斷在找尋賽巴斯汀，但永遠找不到他。

然後，這些藥丸再也發揮不了作用，她會躺在床上、睜著雙眼直到凌晨三、四點，就是無法入睡——她躺在那裡想念著他，完全沒有辦法平息自己的渴望，卻只看到映射在黑暗之中的種種回憶：他們在一起的晝夜與夏冬的記憶在不斷閃動。最後，因為悲傷與失眠的半瘋狂狀態，她回頭去找她的醫生。顯然她已經濫用安眠藥一段時間了，貝克醫生不肯再給她開處方藥，反而建議她要轉換風景。

「妳是有錢的女人，」他說道，然後又尖酸補了一段，「妳不需要養小孩，何不出國？四處遊歷？看看這個世界？」

一想到貝克醫生上次建議她去旅行，最後卻換來丈夫離世，瑪莉安娜這次決定不再聽從他的建議，退卻到自己的想像世界。

她會閉上雙眼，想起納克索斯島的傾圮神廟——映襯在藍色天空之下的髒白色柱子——回憶她對「少女」女神的低聲祈禱——為他們的幸福與愛情講出了祝願。

那是她的錯嗎？女神是不是被冒犯了？波瑟芬妮是不是心生嫉妒？或者，她對那名英俊男子一見鍾情，奪走了他，就像是她自己曾經被奪走一樣，將他帶到了地獄？

也不知道為什麼，將賽巴斯汀的死怪罪於超自然，某位女神的任性之舉，這樣的念頭讓她覺得比較容易承受。而另外一種可能——他的離世沒有意義、隨機發生、完全沒有任何重要性——反而讓她比較難以接受。

她心想，夠了，夠了，不要再想了。她感受到自艾自憐的可悲淚水從眼眶泉湧而出，她抹淨淚水，她不想要崩潰，不能在這裡，她必須離開，不能待在小教堂。

她對卓伊說道：「我得呼吸一下新鮮空氣。」

卓伊點點頭，迅速捏了一下她的手表示加油。瑪莉安娜起身，匆匆到了外頭。

當她一離開燈光昏暗的擁擠小教堂、進入空曠庭院的時候，立刻感受到一股釋然。

放眼四周，完全沒有人蹤。主院安靜寧和。一片漆黑，只有平均分布在庭院裡的高大燈柱在發亮——燈源周邊散發出光暈。從河面而來的一陣濃霧飄滲入內，悄悄在這座學院四散瀰漫。

瑪莉安娜抹去淚水，抬頭仰望天空。倫敦見不到的那些星星，在這裡閃動得如此燦亮——無垠的黑色世界之中，有無數微光閃熠的鑽石。

他一定在那裡，某個地方吧。

「賽巴斯汀？」她低聲呼喚，「你在哪裡？」

她專注聆聽，仔細凝望，等待某種形式的顯靈，流星，或是從月前飄忽而過的雲朵，隨便哪些動靜，不管什麼都好。

但什麼都沒有。

只有一片漆黑。

18

禮拜結束之後，大家聚在外頭庭院，三三兩兩在講話。瑪莉安娜與卓伊站在遠離他人的邊陲位置，瑪莉安娜立刻把自己去見康拉德的經過告訴了卓伊，而且，她也同意卓伊的評斷。

「妳看吧？」卓伊說道，「康拉德是無辜的，他沒有犯案，我們一定要想辦法幫他。」

瑪莉安娜回她，「我不知道我們還能怎麼辦。」

「我們一定得做點什麼。我很確定塔拉一定還和別人上床，康拉德以外的對象，她暗示了好幾次……也許她手機可以挖出線索？還是她的筆記型電腦？我們想辦法進入她的寢室……」

瑪莉安娜搖頭，「卓伊，我們不能這樣。」

「為什麼不行？」

「我覺得我們要把那一切交給警方。」

「但妳也聽到總督察說的話了，他們不會看的，因為他們已經有了心證，我們必須要採取行動。」她大嘆一口氣，「真希望賽巴斯汀在這裡就好了，他一定知道該怎麼辦。」

瑪莉安娜坦然接受這種暗示性的責難，「我也盼望他在這裡。」她停頓了一會兒，「我在想，要不要妳和我回倫敦待個幾天？」

她才剛說出口，立刻知道自己講錯了話，卓伊一臉不可置信盯著她。

「什麼？」

「要是離開的話，也許會比較好。」

「我不能就這樣逃走。這樣根本不會有任何改變。妳覺得賽巴斯汀會說出這種話嗎？」

「不會，」瑪莉安娜突然動怒，「但我不是賽巴斯汀。」

「妳不是，」卓伊和她一樣生氣，「妳不是賽巴斯汀，他會希望妳留下來，那就是他會說出口的話。」

瑪莉安娜沉默了一會兒，然後，她決心要把它說出來——自從昨晚通話之後就一直讓她煩心的憂慮。

「卓伊，妳確定……所有事都告訴我了嗎？」

「關於什麼？」

「我不知道。關於這個……與塔拉有關的事。我一直在想……總是無法拋下那股直覺，我猜妳應該是隱瞞了什麼。」

卓伊搖頭，「沒有，完全沒有。」

她別開目光，瑪莉安娜疑心不止，她好焦慮。

「卓伊，妳信任我嗎？」

「這還用問。」

「那妳聽我說，這一點很重要。妳有事沒告訴我。我看得出來，我有感覺，所以請妳要信任我……」

卓伊陷入遲疑，然後態度軟化，「瑪莉安娜，聽我說……」

不過，就在這時候，卓伊瞄到瑪莉安娜肩後有動靜，害她立刻噤聲不語，她的眼神閃過一抹詭異的恐懼神情，然後，消失無蹤。她又面向瑪莉安娜，搖搖頭，「真的……沒事。」

瑪莉安娜轉頭，看到了卓伊剛才見到的情景。站在小教堂門口那裡的人，是佛斯卡教授還有他的隨從——身穿白衣的美女們，她們專注低聲交談。

佛斯卡點菸，眼眸透過煙霧與瑪莉安娜四目相接，然後，兩人對望了好一會兒。

教授離開了那一群人，面露微笑，朝她們走來。當他走到她們面前的時候，瑪莉安娜聽到卓伊在輕聲嘆氣。

「嗨，」他站定之後打招呼，「我之前沒機會自我介紹，我是愛德華．佛斯卡。」

「我是瑪莉安娜……安德羅斯，」她不是故意講出自己娘家的姓氏，純粹就是脫口而出，「我是卓伊的阿姨。」

「我知道妳是誰，卓伊曾經在我面前提過妳。妳先生的事，我深感遺憾。」

「哦，」瑪莉安娜嚇了一大跳，「謝謝。」

「我也為卓伊感到難過，」他瞄了她一眼，「失去了姨丈，現在又必須再次承受失去塔拉之痛。」

卓伊沒吭氣，只是聳肩，一直迴避佛斯卡的目光。

卓伊在這裡有不肯說出口的心事，一直迴避的事。瑪莉安娜驚覺，她怕他。為什麼？

瑪莉安娜完全不覺得佛斯卡有什麼可怕之處。對她來說，他似乎十分真誠，而且充滿憐憫。他看了她一眼，目光懇切，「我也為所有學生感到難過，」他說道，「這起事件就算不會毀了整間學院，這一整個學年也完蛋了。」

卓伊突然面向瑪莉安娜，「我得先走了……要和某個朋友見面喝一杯。妳要不要一起來？」

瑪莉安娜搖頭，「我說過了我要見克萊麗莎，我等一下去找妳。」

卓伊點頭，走人。

瑪莉安娜又轉向佛斯卡。不過，她嚇了一大跳，他已經離開了，正大步邁向庭院的另一頭。

現在，他先前站立的位置只有殘留菸味在繼續繚繞，最後，消散無蹤。

19

瑪莉安娜開口，「跟我講一些佛斯卡教授的事吧？」

克萊麗莎正忙著將銀色茶壺裡的琥珀色茶水倒入兩個精緻瓷杯，她好奇看了瑪莉安娜一眼，把茶杯放到茶碟之後，交給了她。

「佛斯卡教授？妳為什麼會想問他？」

瑪莉安娜覺得最好還是不要扯到細節，「沒什麼，」她說道，「卓伊提過他。」

克萊麗莎聳肩，「我跟他不是很熟，他跟我們在一起不過兩三年而已。一流的腦袋，美國人，在哈佛的羅伯森旗下拿到博士學位。」

她在瑪莉安娜對面入座，坐的是窗邊的褪色萊姆綠扶手椅，她對瑪莉安娜露出了親切微笑。克萊麗莎・米勒教授年近八十了，亂糟糟的灰髮之下，藏有一張永不顯老的面容。她身穿白色真絲襯衫，搭配花呢裙，外罩一件粗織開襟毛衣衫，這衣服的歲數應該遠遠超過了她大多數的學生。

瑪莉安娜就學的時候，克萊麗莎是她的導師。聖克里斯多福學院的教學幾乎都是以一對一為基礎，上課地點通常是在老師的住所，時段則是中午過後，甚或更早一點，由老師自行定奪，而且一定有酒——就克萊麗莎為例，她提供的是從學院底下的迷宮酒窖拿上來的高級薄酒萊，上文學課的同時也上了品酒課。這也就表示個人授課增添了更多的個人韻味，而且老師與學生之間的界線也變得模糊，彼此說出了心事，有了親暱交流。這個無母的孤單希臘女孩觸動了克萊麗莎，也許是激發了她的好奇心吧。在瑪莉安娜就讀聖克里斯多福學院的這段期間，克萊麗莎一直以母親的目光在關照她。對瑪莉安娜來說，她從克萊麗莎身上得到了啟發，不只是因為這位教授在男人為主的領域取得了優秀的學術成就，而且還有她的知識，以及分享知識的熱情。克萊麗莎有耐心，個性和善——偶爾會暴躁——顯見瑪莉安娜從她那裡所習得的部分超過了她遇過的其他老師。

瑪莉安娜畢業之後，她們依然保持聯絡，偶爾靠著信件與明信片魚雁往返，一直到某一天，克萊麗莎發出了一封令人意外的電郵，宣布她克服重重困難，總算加入了網路世代之後，她們的通訊方式才出現改變。在賽巴斯汀死了之後，她寄了一封文筆優美又真懇的電郵，瑪莉安娜感動不已，她保存了下來，而且還重讀了好幾次。

瑪莉安娜問道：「我聽說佛斯卡教授是塔拉的老師？」

克萊麗莎點點頭，「沒錯，對，他是塔拉的老師。可憐的女孩……我知道他一直很擔心她。」

「是嗎？」

「對，他說塔拉的學業成績想過關很困難，她問題重重，」她嘆氣，搖頭，「很麻煩的事，真麻煩。」

「嗯，是啊，的確如此。」

瑪莉安娜喝了一點茶，盯著克萊麗莎拿菸草裝入菸斗。很漂亮的東西，深色櫻桃木材質。抽菸斗是克萊麗莎從她亡夫那裡養成的習慣。她的房間充滿了菸氣與香料味，辛辣的菸斗菸草，這些年來，氣味已經滲入了牆面、書本裡的紙頁，還有克萊麗莎她自己。有的時候那味道很嗆鼻，瑪莉安娜知道以前有學生反對克萊麗莎在上指導課的時候抽菸斗，最後克萊麗莎被迫遵守更新版的健康與安全規範，再也沒有辦法強迫她的學生忍受她的嗜好。

但瑪莉安娜並不介意，其實，此刻坐在這裡，她才發覺自己有多麼想念這股氣味。她偶爾會在外頭的世界遇到有人抽菸斗，立刻會讓她覺得心安，她聯想到那股強烈濃重、排山倒海而來的菸氣，夾帶的是智慧、學識，還有和藹。

克萊麗莎點燃菸斗，吹了一大口，整張臉消失在一坨坨煙霧後方。「實在很難理解這種事，」她說道，「妳知道嗎，我覺得很惶惑，這讓我想到我們隱居於此，過著被嚴密保護的生活——天真無知，甚或是刻意忽略外在世界的恐怖惡行。」

瑪莉安娜心中很同意這種說法。研究生活，卻對於如何過生活毫無準備，她是靠慘痛教訓才學到了真諦，但她並沒有說出來，只是點頭而已。

「這種暴行駭人聽聞，已經到了任何人都難以想像的地步。」

克萊麗莎拿著菸斗指向瑪莉安娜，她經常以她的菸斗當成輔助工具，造成菸草亂飛，地毯上也有灼燙餘燼落下之後造成的發黑破洞。「妳知道嗎，對於那種怒火，希臘人有一個專門的字詞。」

瑪莉安娜心生好奇，「真的有嗎？」

「梅尼斯。其實英文沒有相等的對譯。妳記得吧，荷馬在《伊里亞德》是這麼開場的，『μῆνιν ἄειδε θεὰ Πηληϊάδεω Ἀχιλῆος』——『對我歌唱，啊，女神，阿基里斯之梅尼斯的女神。』」

「哦，到底是什麼意思？」

克萊麗莎沉吟了一會兒，「我想最貼切的翻譯就是某種控制不了的怒火……可怕的盛怒……某種狂暴。」瑪莉安娜點點頭，「某種狂暴，對……那的確是狂暴行為。」

克萊麗莎把菸斗放入某個銀色小菸灰缸，對瑪莉安娜淺淺一笑，「親愛的，妳來這裡真是太好了，一定可以幫上大忙。」

「我只住今天晚上而已……我來這裡是為了卓伊。」

克萊麗莎流露失望之情，「就一天這樣？」

「哦，我得回到倫敦，我還有病人……」

「應該的，不過……」克萊麗莎聳肩，「妳不考慮待個幾天嗎？為這間學校出力？」

「我不知道自己能幫上什麼忙。我是心理治療師，不是警探。」

「我知道，妳是專攻團體治療的心理治療師……如果重點與團體無關呢？」

「嗯，不過……」

「妳也曾經是聖克里斯多福的學生……這也讓妳得到了某種就算警方再怎麼努力，也無法掌握的高度洞察力與理解力。」

瑪莉安娜搖頭，「我不是犯罪學專家，這真的不是我的強項。」

克萊麗莎面露失望之情，但她並沒有說什麼。反而凝望了瑪莉安娜好一會兒，開口的時候語氣溫柔。

「親愛的，原諒我。我現在才想到，一直沒問妳那是什麼感覺。」

「什麼？」

「妳來到這裡……但沒有了賽巴斯汀。」

這是克萊麗莎第一次提起他，瑪莉安娜有些猝不及防，她不知道該說什麼才好。

「我不知道是什麼感覺。」

「一定是『形單影隻』吧。」

瑪莉安娜點點頭，「『形單影隻』這說法恰如其分。」

「提米過世之後，我一直覺得形單影隻。他本來一直在那裡……接下來，突然就不見了。我老是期盼他會從某根柱子後頭跳出來，給我一個驚喜……我依然抱著這種期望。」

克萊麗莎嫁給提摩西．米勒教授有三十年之久。他們是兩個有名的劍橋怪胎，大家經常看到他們在城內橫衝直撞，腋下夾著書，頂著沒有梳理的亂髮，偶爾穿的是不成對的襪子，兩人聊天聊得很起勁。提米在十年前過世，在此之前，他們是瑪麗安娜見過最幸福的夫妻之一。

克萊麗莎說道：「之後就會自在多了……」

「會嗎？」

「一直要保持向前看，這一點很重要。妳不能永遠回頭顧盼，要好好思索未來。」

瑪莉安娜搖頭，「老實說，我還真的看不到未來……我看不太清楚，也就是……」她在找尋那句話，然後，她想起來了，「隱身在簾幕後方。那是出自哪裡？『在簾幕後方，在簾幕後方……』」

「丁尼生，」克萊麗莎毫不遲疑講出答案，「《悼念集》要是我沒記錯的話，第五十六詩節。」

瑪莉安娜微笑。大部分老師的腦袋都塞了一部百科全書，而克萊麗莎的腦袋裡則是一整個圖書館。教授閉上雙眼，靠著記憶力繼續朗誦出來。

「啊生命如此微不足道，而且，也脆弱不堪！／願你的聲音帶來撫慰與祝福／能有答案或是補救嗎？／隱身在簾幕後方，隱身在簾幕後方……」

瑪莉安娜傷感點頭，「對……對，就是這一段。」

「很遺憾，最近大家都低估了丁尼生，」克萊麗莎微笑，然後看了一下手錶，「如果妳今晚要住在這裡，我們得幫妳找個房間，讓我打電話給門房的守衛室。」

「謝謝。」

「等一下。」

這位老太太奮力起身，走到了書櫃前面。手指沿著書脊一路掃過去，最後找到了某本書。她從書架裡抽出來，將它緊緊壓入瑪莉安娜的手中。

「好，在提米過世之後，我覺得這本書真的是莫大的慰藉。」

那是一本黑色真皮的薄書，封面的褪色燙金凸字是《悼念集——紀念亞瑟·亨利·哈勒姆》，作者阿佛列·丁尼生。

克萊麗莎眼神堅定，看了瑪莉安娜一眼，「好好讀這本書。」

20

莫里斯先生是門房組長，他為瑪莉安娜找到了一間房。

瑪莉安娜在門房的守衛室見到他的時候，嚇了一大跳。對於老莫里斯先生，她印象很深刻：長輩，很慈祥，在學院裡很受歡迎，對待大學部學生是出了名的寬厚。

不過這位莫里斯先生很年輕，不到三十歲，身材高大，體格壯碩。他有結實下巴，深棕色的頭髮，側分，梳理得服服貼貼。他身穿深色西裝，戴的是藍綠色學院領帶，搭配黑色圓頂禮帽。

看到瑪莉安娜的吃驚神情，他微笑以對。

「小姐，妳似乎把我當成了別人。」

瑪莉安娜點點頭，很不好意思，「我……其實……莫里斯先生……」

「他是我祖父，他在幾年前過世了。」

「啊，我明白了，真抱歉……」

「沒關係。總是會發生這種狀況，我是他的劣化版，其他的門房經常提醒我這件事。」他眨眨眼，指尖碰了一下禮帽，

「小姐，這邊，請跟我來。」

瑪莉安娜心想，他客氣又正式的態度儼然屬於另一個世代，也許，是比較優秀的世代。

他堅持要提她的行李袋，雖然她抗議也莫可奈何。「這就是我們在這裡的行事規矩，您也知道，聖克里斯多福學院是一個時間靜止不動之地。」

他對她微笑，似乎是一派從容，還散發出一股全然自信，儼然像是自身領地的君主——對所有的學院門房來說，這的確是事實，就瑪莉安娜的經驗看來，也是言之成理：要不是因為有他們每天打理學院，這裡的一切都會迅速崩解。

瑪莉安娜跟在莫里斯後頭，到了蓋布瑞爾庭院的某個房間，她大四那一年住的也是同一個庭院。當他們經過以前的那道階梯的時候，她還瞄了一下——她與賽巴斯汀跑上跑下無數次的那道石階。

莫里斯帶她到了庭院角落——到達了某棟外觀是破舊髒污大理石板的八角形塔樓，裡面有一道通往學院客房的樓梯。他們進去之後，隨著橡木迴旋梯上去，到了三樓。

莫里斯打開某道門的門鎖，推開了門，將鑰匙交給瑪莉安娜。

「小姐，就是這裡。」

「謝謝。」

她走進去，四處張望。是個小房間——有一扇老虎窗、壁爐、一張橡木四柱床，床柱造型是大麥扭糖的形狀。這床有厚重的印花棉布頂篷，四周都有隔簾，她覺得看起來頗有窒息感。

「這是我們給校友的上等房之一，」莫里斯說道，「也許缺點就是有點小吧。」

他把瑪莉安娜的行李袋放在床邊地板，「希望您住得舒服。」

「謝謝，你人真好。」

他們沒有討論這起謀殺案，不過，她覺得自己多少應該要主動表示一下——最主要的原因是她一直懸念心中。

「發生這種事好可怕。」

莫里斯點頭，「可不是嗎？」

「校園裡一定是人心惶惶。」

「對，的確如此，幸好祖父有生之年沒有親眼目睹，不然一定會讓他崩潰。」

「你認識她嗎？」

「塔拉？」

莫里斯搖頭，「只聽過她的大名而已。這麼說吧……她非常有名，她和她那些朋友都是。」

「她的朋友們？」

「沒錯。一群非常……囂張的年輕女孩。」

「囂張？很耐人尋味的措辭。」

莫里斯微笑，「只是要表達她們有一點……喧鬧，不知道您是否了解我的意思。我們必須要緊盯著她們，還有她們的派對。我多次得要阻止她們繼續下去，總是上演各式各樣的狀況。」

「我明白了。」

他的表情難以判讀。瑪莉安娜很好奇，在他良好態度與謙和行為態度之下，他真正的想法是什麼？

莫里斯露出微笑，「要是妳好奇塔拉的事，我建議去找寢室整理員談一談，他們似乎很清楚學校裡的大小事，所有的八卦。」

「我會記在心裡，謝謝。」

「小姐，如果沒有別的事，我就讓妳好好休息了，晚安。」

莫里斯走向門口，站到外頭，悄悄關上了門。

終於，歷經漫長疲憊的一天，只剩下瑪莉安娜一個人了，坐在床上的她已經元氣耗盡。她看了一下手錶，九點鐘。她應該直接上床睡覺才是，但她知道自己睡不著，過於心煩意亂，過於不安。

就在她打開行李袋的時候，發現了克萊麗莎剛才給她的那本薄薄的詩作。

《悼念集》。

她坐在床上，打開了書。歲月讓紙頁變得乾燥，造成翹曲與硬化，留下了大小不一的波紋。她掰開書，以指尖撫摸粗糙不平的紙頁

克萊麗莎剛剛是怎麼說這部作品的？她現在一定會有不同的體悟角度。為什麼？因為賽巴斯汀？

瑪莉安娜記得自己在學生時讀這首詩的情景，就像是大多數的人一樣，看到它的驚人長度就一直拖拖拉拉。它總共有三千多行，光是完成瀏覽就讓她得到了巨大的成就感。當時她對它沒有特別反應，但她那時候比較年輕，幸福快樂，沉浸在愛河之中，完全不需要悲傷的詩。

在某位老學者的介紹內容之中，瑪莉安娜讀到阿佛列．丁尼生曾經有過不快樂的童年——丁尼生家族的「黑色血脈」惡名昭彰。他的父親酗酒，還是毒蟲，具有暴力傾向——丁尼生的手足深受憂鬱症與心理疾病所苦，如果不是送入療養院就是自殺。十八歲的時候，丁尼生逃離了家庭，他與瑪莉安娜一樣，在劍橋意外進入了某個自由又美麗的世界，而且，他也尋覓到了真愛。無論亞瑟．亨利．哈勒姆與丁尼生之間的關係是否與肉慾有關，但顯然非常浪漫：從他們認識的第一天開始，乃至他們第一學年的最後一天，只要是醒著的時候，一定窩在一起。經常有人看到他們手牽著手在走路——直到幾年之後，在一八三三年才發生改變……哈勒姆因為動脈瘤而驟然過世。

失去哈勒姆的傷痛，是否讓丁尼生一直無法完全走出來，尚無定論。他心情低迷，衣裝邋遢，不洗澡，丁尼生對於自己的傷痛毫無招架之力，整個人崩潰了。

在接下來的十七年中，他悲痛欲絕，只能寫下片段的詩——幾行的詩、韻文、輓歌——所有都是與哈勒姆有關。終於，這些文字被統整為一首超級長詩。出版時的書名是《悼念集——紀念亞瑟．亨利．哈勒姆》，立刻就被公認為是英語世界有史以來最偉大的詩作之一。

瑪莉安娜坐在床上，開始閱讀。立刻發現他的發聲如此真誠又熟悉，令人無比心痛——她產生了那種靈魂出竅的詭異悸動，這是她的聲音，不是丁尼生的聲音，他為她說出了她無法言喻的感受：「我有時半懷罪惡感／將我所感受的悲痛形諸於文字／因為字詞，就像是大自然一樣，半隱／半現內在之魂魄。」丁尼生跟瑪莉安娜一樣，在哈勒姆離世一年之後，回到了劍橋。他走過曾與哈勒姆共行的那些街道，發覺「感受相同，但其實不一樣」——他站在哈勒姆的房間外頭，看到了「門口貼了另一個名字」。

然後，瑪莉安娜意外看到了那段有名到已成英語文化的詩句——它們埋藏在其他的大量詩句之間，不料在此與它們相遇，它們依然保有悄悄潛行到她背後、讓她猝不及防與為之屏息的能力：

無論遭逢任何狀況，我堅信不已
悲痛至極的時刻，我感悟深刻
寧可曾經愛過又失去
總比從來沒愛過來得好……

瑪莉安娜眼眶盈滿淚水，她放下書，眺望窗外。不過，外頭一片漆黑，回映在她面前的是她自己的臉龐。她盯著自己的時候，淚水潸然而落。

她心想，現在是哪裡？妳打算要去哪裡？

妳要做什麼？

卓伊說得沒錯——她打算逃跑。但要去哪裡？回到倫敦？回到櫻草丘那間令人飽受煎熬的小屋？那已經不是家了，只是一個讓她藏身的洞穴。

無論她是否願意承認，卓伊的確需要她待在這裡，反正瑪莉安娜絕對不能拋下她，這一點毋庸置疑。

她突然想起卓伊在小教堂外頭所說的話，賽巴斯汀會叫她留下來，卓伊說得沒錯。賽巴斯汀會希望瑪莉安娜堅守立場，展開對抗。

好，然後呢？

她的心緒又飄向佛斯卡教授在庭院的那一場表演，「表演」這個字詞很真確。他的姿態是不是有哪個部分太矯揉做作，有點像是排演過吧？就算真的是這樣，他有不在場證明，除非他說服學生們幫他說謊，這似乎不太可能，所以他一定是無辜的……

不過……？

有某個部分兜不起來，有某個部分不合情理。

塔拉指控佛斯卡要殺她。接下來……幾個小時之後，塔拉死了。

在劍橋多待幾天，好好問一下教授與塔拉的關係，其實也沒差，佛斯卡教授本來就應該要好好接受訊問。

要是警方不打算追捕他，那麼，也許瑪莉安娜可以專注聆聽這位年輕女子的說法，認真看待她的話——當作還卓伊好友一個公道。

光是無人理會卓伊這一點，就必須讓瑪莉安娜採取行動。

第二部

我對於心理分析難以認同的主要部分，在於它的偏見，認定承受苦難是一種錯誤，或者，是一種懦弱的象徵，甚至是某種疾病的徵兆。其實，我們已知的最重要真相可能都來自於人類的苦難。

——亞瑟．米勒

食人巨人與獨眼巨人，
還有狂暴海神波賽頓，
你永遠不會與他們相迎對戰，
只要你不把他們放在心中，
只要你的心沒有把他們放在自己的面前。

——康斯坦丁．P．卡瓦菲斯，《綺色佳》

1

我今晚又失眠了，精力太充沛，太緊張不安。我母親一定會說，是興奮過頭。

所以我放棄入睡……乾脆去散步。

我在這座城市空無一人的街道四處亂走，遇到了一隻狐狸。牠沒有聽到我的聲音，抬頭一望，愣住了。

我從來沒有這麼近距離看過狐狸。多麼美麗的生物！那一身皮毛，那尾巴，還有那雙回望我的深色眼眸。

我凝神細望……我看到了什麼？

很難形容——我看到了造物之神妙，宇宙之神妙，就在那隻動物的雙眼之中，就在那一刻，宛若見到上帝一樣。而且，在那一瞬間，我產生某種奇怪的感受，某種存在，彷彿上帝就待在那裡，站在街頭，待在我的身邊，牽著我的手。

突然之間，我覺得安心，平靜，心情寧和——彷彿我感受到另一個部分的我，良善的那一個部分，隨著黎明一起升起……

但後來，狐狸消失了，隱身在幽影之中，太陽升起……上帝不見了，剩下我一個人，一分為二。

我不想當雙面人，我想要當一個單純的人，我想要當完整的個體，不過，我似乎別無選擇。

而當我站在街頭，旭日昇起，想起了一段可怕的回憶，多年之前的另一個黎明，另一個早晨——就和現在一樣。

同樣的黃光，同樣的一分為二的感覺。

但是在哪裡？

什麼時候？

我知道要是我努力回憶就可以想得起來，但我真想要這麼做嗎？我覺得那是我努力想要遺忘的記憶，會讓我這麼害怕的原因是什麼？我的父親嗎？我依然相信他會跟某個默劇惡徒一樣、從某道暗門冒出來，把我敲昏？

或者是因為警察？我擔心突然有人抓住我的肩膀，逮捕我，處罰我——因為自己的罪行而得到報應？

我為什麼這麼害怕？

答案一定在某個地方。

我知道我該去哪裡尋找答案。

2

第二天一早，瑪莉安娜去找卓伊。

卓伊剛睡醒，昏昏沉沉，一手緊抓著斑馬玩偶，另一手推開了眼罩。

瑪莉安娜推開窗簾，讓光線進來，卓伊對瑪莉安娜猛眨眼睛。她氣色不太好，雙眼佈滿血絲，看來十分疲憊。

「抱歉，我沒睡好，一直做惡夢。」

瑪莉安娜把咖啡給了卓伊，「因為塔拉的關係吧？我想我也是。」

卓伊點頭，啜飲咖啡，「這整起事件就像是惡夢一樣，我無法相信她真的就這麼走了。」

「我知道。」

卓伊雙眼盈滿淚水，瑪莉安娜不知道該安慰她？還是要分散她的注意力？她決定採取第二種方式，她拿起桌上的那疊書，盯著書名──《馬爾菲公爵夫人》、《復仇者悲劇》、《西班牙悲劇》。

「讓我猜一下，這學期的主題是悲劇？」

「復仇悲劇，」卓伊發出輕聲哀號，「超蠢的。」

「妳不喜歡？」

「《馬爾菲公爵夫人》還好……很好玩，我的意思是實在很瘋狂。」

「我記得。塗有毒藥的聖經，還有狼人。但也不知道為什麼，還是很好看，對吧？至少，我一直是這麼認為。」瑪莉安娜盯著《馬爾菲公爵夫人》，「我已經多年沒看過這劇本了。」

「他們這學期要在業餘戲劇俱樂部劇院上演這齣劇，過來看吧。」

「我會的，很精采，妳怎麼沒過去試演？」

「有啊，但是沒有爭取到，」卓伊嘆氣，「我的人生就是這樣。」

瑪莉安娜微笑。然後，這種一切平安無事的短暫虛假情節破功。卓伊盯著她，臉上冒出一道深紋。

「妳要走了嗎？是來道別的嗎？」

「不是，我還沒打算離開，準備留下來，至少待個幾天，詢問一些問題，看看我能否幫上嗎？」

「真的嗎？」卓伊眼睛一亮，皺紋也瞬間消融，「太好了，謝謝妳，」她遲疑了一會兒，「好，我昨天說的那些話……希望賽巴斯汀在這裡……對不起。」

瑪莉安娜搖頭，她懂，卓伊與賽巴斯汀一直有某種特殊的牽繫。當她還是小女孩的時候，只要她膝蓋破皮或自己割到手，或者需要安慰，她衝過去找尋的對象一定是賽巴斯汀。瑪莉安娜不介意，她知道擁有一個父親何其重要。而自從卓伊失去雙親之後，賽巴斯汀就一直是卓伊周邊最近似父親的那個人，瑪莉安娜露出了微笑。

「妳不需要道歉。遇到危機的時候，賽巴斯汀的表現總是比我好。」

「我覺得他以前一直在照顧我們，而現在……」卓伊聳了一下肩膀。

瑪莉安娜對她展現鼓勵微笑，「現在我們彼此照顧，好嗎？」

「好的。」卓伊點點頭，

「給我二十分鐘就好，讓我洗個澡，準備就緒，我們可以擬定計畫……」

「什麼意思？妳今天沒課嗎？」

「有啊，但是……」

「沒有但是，」瑪莉安娜態度堅定，「妳去上課，去教室，我們之後一起吃午餐，那時候再聊。」

「哎呀，瑪莉安娜……」

「不可以，我是認真的。妳要保持忙碌，專心學業，現在這一點變得更加重要，好嗎？」

卓伊深深嘆了一口氣，但沒有繼續抗議，「好啦。」

「很好，」瑪莉安娜親吻她的臉頰，「我們待會兒見。」

瑪莉安娜離開卓伊的寢室，走向河邊。

她經過了學院的船屋，聖克里斯多福學院專屬的那一排平底船，被鍊子固定在岸邊，不斷在水中晃動。

瑪莉安娜一邊往前走，一邊打電話給她的病人，通知取消這個禮拜的治療療程。她沒有告訴病人們出了什麼事，只說某名家人出了緊急狀況。大部分的人都安然接受，只有亨利是例外。瑪莉安娜本來就覺得他不會有太好的反應，果然。

「真是謝謝妳啊，」他語氣諷刺，「幹得好，親愛的，我非常感謝。」

瑪莉安娜企圖解釋事況緊急，但他根本沒興趣。亨利像個小孩子一樣，只看得到自己的需求受挫，他現在唯一的興趣就是處罰她。

「妳在乎我嗎？妳真的有鳥過我嗎？」

「亨利，這已經不是我能控制的範圍……」

「那我呢？我需要妳，瑪莉安娜，那也超越了我的控制範圍。出事了。我……我在這裡快死了……」

「什麼？發生了什麼狀況？」

「我不能在電話裡講這件事。我需要妳……妳為什麼不在家？」

瑪莉安娜愣住了，他怎麼會知道她不在家？他一定又跑到她家外頭監視她。

她腦袋裡突然響起一陣警鐘——與亨利的這種狀況已經讓她招架不住，她很氣自己，一開始的時候就不該放任。她得要處理它，處理與亨利之間的問題，但不是現在，不是今天。

她說道：「我得掛電話了。」

「瑪莉安娜，我知道妳在哪裡。妳並不知道吧，是不是？我在盯著妳，我看得到妳……」

瑪莉安娜掛了電話，她焦躁不安，張望兩側的河岸與步道，但完全看不到亨利的蹤影。

她當然找不到人，他只是要嚇唬她而已。一想到她居然就這樣上鉤，不禁對自己感到好氣惱。

她搖搖頭，繼續往前走。

3

這是美好的早晨。整個河岸都可以看到穿透楊柳樹的陽光在閃爍，讓瑪莉安娜上方的樹葉綻放出某種透亮的綠色光澤。而她腳邊有一叢叢的野生仙客來沿著步道綻放，宛若粉紅小蝶。很難把這樣的美景與她之所以在此的原因融於一體，還有她的思緒，全都圍著謀殺與死亡在打轉。

她心想，*我到底在這裡做什麼，真是瘋狂。*

她很難避免負面思考模式，而且也會一直苦思自己所不知的一切。她不知道該怎麼抓到殺人犯，她不是犯罪學家，也不像朱利安是司法心理學專家。她擁有的只是對人性以及人類行為的直覺性了解，這是她面對病患多年所累積的成果。一定不成問題，她必須擺脫這種自我懷疑的態度，不然一定會害她綁手綁腳。她必須相信自己的直覺，她思索了一會兒。

要從哪裡開始？

好，首先，也就是最重要的部分——她必須要了解塔拉：她是什麼樣的人，她喜歡誰，討厭誰——她害怕誰。瑪莉安娜覺得朱利安也許說中了：塔拉認識兇手，所以瑪莉安娜必須要挖出她的秘密。應該不難，類似這樣的團體之中，封閉的小社群，到處都充滿了八卦，大家對於彼此的私生活知之甚詳。比方說，要是塔拉真的如傳聞中的一樣，與愛德華．佛斯卡有染的話，那麼一定會有一些閒言閒語。聽聽學校裡的其他人怎麼說，就可以獲知許多事。瑪莉安娜會從這裡開始著手——以詢問問題作為起點。

還有，更重要的是，要靠聆聽。

她走到了比較熱鬧的河段，就在米爾路的旁邊，上頭的那些人在散步、跑步、騎單車。瑪莉安娜端詳他們，兇手一定隱身其中，很可能就站在這裡。

也許正盯著她。

她要怎麼辨認出這個人？嗯，答案很簡單，沒辦法。就連宣稱自己經驗老到的朱利安，他也辦不到。瑪莉安娜很清楚，要是詢問有關精神病態的事，朱利安一定會歸因於腦部額葉或是顳葉的損傷，不然就是引用一連串的無意義標籤——反社會人格、惡性自戀——再加上一堆膚淺的性格特質，比方說高智商、表面魅力、浮誇、病態性說謊、鄙視道德——這一切所能提出的解釋相當有限。

它沒有辦法說明一個人如何——或是為什麼——走上了這樣的結局：成為無情的禽獸，把其他人類當成了破損的玩具，準備砸個碎爛。

許久之前，精神病態的名稱被簡化為「邪惡」。性惡之人——靠著傷害或殺害別人得到樂趣——早自希臘神話當中的美狄亞持斧殺死小孩就已經看到了文字紀錄，應該在許久之前已有淵源。而「精神病態」這個字詞，是由某位德國心理學家在一八八八年所發明——也就是在同一年，開膛手傑克讓全倫敦陷入恐懼——原始的德語詞彙是psychopastiche，意思是「飽受煎熬的靈魂」。對於瑪莉安娜來說，這個就是線索——承受煎熬——這些禽獸也身處於苦痛之中的概念。把他們當成了受害者，也就讓她的態度更趨理性，展現更多的憐憫。精神病態與虐待狂從來不會憑空出現，那不是病毒，不會突如其來害某人受到感染，它在童年階段有一段漫長背景。

瑪莉安娜相信童年是一種反應式的體驗，也就是說，為了要從別人身上體驗同理心，我們必須要先見到同理心——由我們的父母或照護者展露出來。殺死塔拉的男人曾經是個小男孩——從來不曾有人在他面前表現同理心與仁善的某個小男孩。他承受了煎熬——而且是悲慘煎熬。

然而，許多孩童在恐怖暴虐環境中長大——他們並沒有變成殺人犯。為什麼？好，誠如瑪莉安娜以前的導師所言：「挽救童年的成本並不高。」一丁點的善行，一些諒解或認可：某人認知到某個小孩的真實處境——就能夠挽救他的精神狀態。

就這個案例看來，瑪莉安娜懷疑從來沒有人——沒有和藹的外婆，沒有疼愛他的叔叔、沒有善良的鄰居或是老師——看到他的痛苦，把它點出來，披露出真相。唯一的真實掌握在施暴者手中，而這個小孩子的羞恥、恐懼、憤怒感太過危險，無法獨自處理——他不知道該怎麼辦——所以就根本沒有處理這些情緒，因為他沒有體會。他犧牲了自我，那一切無感無覺的苦痛與憤怒，獻給了地獄，還有無意識的陰鬱世界。

他與自己的真我失去了連結。把塔拉引誘到那個荒僻之地的那個人，根本就是連他自己也不認識的陌生人，疏離的程度與他人並無二致。瑪莉安娜猜測，他應該是個厲害的演員：毫無瑕疵的客氣和善，而且充滿魅力。不過，塔拉也不知道是哪裡挑釁到他——他心中那個恐懼的孩子發動攻擊，拿起了刀。

但觸動他的到底是什麼？

這就是關鍵問題。但願瑪莉安娜可以看透他的心思，解讀他的思維——無論他到底在哪裡。

「嗨……」

後頭突然冒出的人聲，害瑪莉安娜大吃一驚，她立刻轉身。

「抱歉，」他說道，「沒有要嚇妳的意思。」

是弗列德，火車上認識的那個年輕人。他推著腳踏車，腋下夾了一疊紙，同時還在吃蘋果，他滿臉笑容。

「記得我嗎？」

「嗯，我記得。」

「我早就說過我們會再見面，對不對？我早就猜到了，我告訴過妳，我有一點通靈體質。」

瑪莉安娜微微一笑，「劍橋是個小地方，這是巧合。」

「妳要相信我的話，我是物理學家，這種事不是巧合，我在寫的論文真的可以證明這一點。」

弗列德以下巴指了一下他的那疊文件，瞬間從他的胳肢窩滑落——寫滿數學等式的那些紙宛若瀑布狂瀉，散落在小徑。

「靠……」

他把單車丟到地上，趕緊奔跑努力救回那些紙，瑪莉安娜跪下來幫忙。

他們撿回了最後剩下的那幾張紙，他開口說道：「謝謝……」

他與她的臉龐相距不過十多公分，他盯著她的雙眸，兩人四目相接了好一會兒。她心想，他有雙好看的眼睛，她趕緊把這念頭拋諸腦後，站了起來。

「妳還在這裡，真是太好了，」他說道，「是要久待嗎？」

瑪莉安娜聳肩，「我不知道，我來到這裡是為了我的外甥女……她……遇到了一些狀況。」

「妳是說謀殺案嗎？妳外甥女在聖克里斯多福學院對不對？」

瑪莉安娜眨眼，一臉困惑，「我……不記得告訴過你那件事。」

「哦……有啊，」弗列德講話速度急快，「大家都在討論……到底出了什麼事。我也想了很多，得到了一些結論。」

「什麼樣的結論？」

「關於康拉德，」弗列德看了一下手錶，「我現在得離開了，但我要是說一起喝一杯的話，妳可能不願意吧？嗯，今天晚上呢？我們可以好好聊一聊。」他一臉期盼望著她，「我的意思是，希望妳有意願……當然，不強迫……也不是什麼大不了的事……」

他把自己搞得越來越緊張，瑪莉安娜正打算要拒絕他，讓他脫離窘境，但突然瞬間轉念。

他知道康拉德的什麼事？也許瑪莉安娜可以靠他動動腦——他搞不好知道什麼有利線索，值得一試。

「好啊。」

弗列德又驚又喜，「真的嗎？太好了！九點鐘怎麼樣？『老鷹』酒吧？我把我電話號碼給妳。」

「我不需要你的電話號碼，我一定會過去。」

「好，」他笑容燦爛，「這是約會。」

「這不是約會。」

「對，當然不是。我也不知道我怎麼會這麼說。好……晚點見。」

他上了他的單車。

瑪莉安娜望著弗列德沿著河岸小徑踩輪前行，然後，她轉身，準備走回學校。

該開始了，也該捲起袖子工作了。

4

瑪莉安娜匆匆穿過主院，朝一群中年婦女走去，大家都拿著馬克杯在啜飲熱騰騰的飲品，分享餅乾，聊八卦。這些都是寢室整理員，現在是她們的茶點休息時間。

「寢室整理員」是這間大學的特殊用詞，也是制度的一部分——數百年來，校方雇用一群群的當地婦女在校園負責鋪床、清理垃圾、打掃寢室——不過，必須老實說，這些寢室整理員與學生們每天互動，也就表示這樣的角色通常已經超過了家事服務的範圍，到達全面照牧的層次。瑪莉安娜在認識賽巴斯汀之前，天天會說上話的對象，有時候也就只有她的寢室整理員而已。

這群寢室整理員看起來不好對付。她很好奇——這並不是她第一次揣度——不知道她們對於這些學生的想法是什麼，因為，這些勞動階級的婦女，完全沒有這些通常被寵壞的天之驕子的優勢。

突然，瑪莉安娜心想，*也許她們痛恨我們這些人*。如果真是這樣，她覺得也沒什麼好責怪的。

瑪莉安娜開口打招呼，「各位早安。」

她們的聊天音量越來越小，最後成了一片靜默。那些女子對瑪莉安娜投以好奇注目禮，而且還有一絲懷疑，而她則是微笑以對。

「不知道各位可否幫我一個忙？我在找塔拉．漢普頓的寢室整理員。」

好幾個人把頭轉向站在後方的某名女子，她正在點菸。

那女子將近七十歲，也許更老一點。她身穿藍色罩衫，身邊放了一個水桶，裡面有各式各樣的清潔用品與雞毛撢子。她並不胖，但動作遲鈍，面容腫脹。她染了一頭紅髮，髮根發白。看得出她每天畫眉毛，今天的位置很高，貼額，讓她的神情看起來甚為吃驚。被單獨點名似乎讓她有點不爽，她對瑪莉安娜勉強一笑。

「親愛的，就是我了。我是艾希，什麼地方需要我效勞？」

「我叫瑪莉安娜，曾經在這裡就學。而我……」她開始即興發揮，「我是心理治療師，學監請我與學院裡的各類成員討論塔拉之死所帶來的衝擊。我在想，不知道我們是否可以……小聊一下？」

她的收尾軟弱無力，艾希是否會上鉤，她不抱太大希望，果然沒錯。

艾希噘嘴，「親愛的，我不需要心理治療師，我腦子沒壞，真是謝謝妳啊。」

「我沒有那個意思……其實，這是為了我自己，嗯……我正在主持某項研究計畫。」

「哦，老實說我沒那個時間……」

「不會耽擱太久。還是我請您喝茶？吃點蛋糕？」

一提到蛋糕，艾希眼中流露亮光，態度軟化。她聳肩，抽了一口香菸。

「很好，我們動作要快一點，中午之前我得掃完另一道樓梯。」

艾希把香菸丟向圓石鋪面地板，以腳捻熄，然後脫下圍裙，塞給另一名寢室整理員，對方一言不語收下。

然後，她走向瑪莉安娜。

「親愛的，跟我來，」她說道，「我知道最好的地方在哪裡。」

艾希邁步向前，瑪莉安娜跟在她後頭，當她轉身的時候，聽到了其他女子正在熱烈交頭接耳。

5

瑪莉安娜跟著艾希漫步國王街，她們經過了市集廣場，綠色與白色的遮棚小攤販賣鮮花、書籍，以及衣飾，還有評議會大樓，在黑亮的欄杆後方展現燦白之姿。她們還經過了軟糖店，大門敞開，從裡面散發出糖與熱巧克力醬的濃烈甜味。

艾希在「銅壺」的紅白相間雨篷外頭停下腳步，她說道：「我常來這裡。」

瑪莉安娜點頭，她記得她學生時代的這間茶館，她開口，「您先請。」

她隨艾希入內，裡面擠滿了學生與觀光客，大家操持著各式各樣的語言。

艾希直接走到擺放蛋糕的玻璃櫃，仔細研究各式各樣的布朗尼、巧克力蛋糕、切片椰子蛋糕、蘋果派，以及檸檬蛋白霜。「真的，我不該貪嘴。」她說道，「嗯……也許來一個就好。」

她面向櫃檯後方那位滿頭白髮的年長女侍，「給我一塊巧克力蛋糕，一壺英式早餐紅茶，」她下巴朝瑪莉安娜點了一下，「她付錢。」

瑪莉安娜點了茶，兩人坐在靠窗的座位。

她們沉默片刻，瑪莉安娜微笑，「不知道您認識我的外甥女卓伊嗎？她是塔拉的朋友。」

艾希悶哼一聲，看起來沒什麼興趣，「哦，她是妳的外甥女，是嗎？對，我負責照顧她，她哦，真是個大小姐。」

「卓伊？什麼意思？」

「她對我很粗魯，已經發生過好幾次了。」

「哦，很抱歉聽說了這種事，這不像是她平常的風格，我會和她溝通一下。」

「親愛的，那妳要去跟她說啊。」

一陣尷尬沉默。

某名女服務生出現，打破僵局，是一位年輕漂亮的東歐人，送來了茶與蛋糕。艾希的臉龐明顯變得燦亮。

「寶琳娜，都還好嗎？」

「不錯。艾希，那妳呢？」

「妳還沒聽說啊？」她雙眼睜得好大，語調裡悄悄出現一股虛假的恐懼，「艾希照顧的某個小可愛被宰了，在河邊被砍成一堆碎肉。」

「嗯，對，我聽說了，很遺憾。」

「我是要提醒妳現在出門要多加注意。像妳這樣的漂亮女孩，晚上在外頭並不安全。」

「我會小心。」

「很好。」艾希笑咪咪，看著女服務生離去。然後，她的注意力又回到蛋糕，津津有味展開火力攻擊，「很不錯，」趁著大啖的空檔，她發表心得，嘴唇周邊佈滿了巧克力碎屑，「要不要來一點？」

瑪莉安娜搖頭，「不需要，謝謝。」

蛋糕發揮作用，讓艾希心情大好。她大嚼特嚼的時候，若有所思盯著瑪莉安娜，「好，親愛的，」她說道，「希望妳別以為我會相信妳說的什麼心理治療的鬼話，研究哦，拜託。」

「艾希，妳的觀察很敏銳。」

艾希咯咯笑，在茶杯裡放了一塊方糖，「艾希從來不會錯失重點。」

艾希提到自己的時候，習慣以第三人稱，讓人聽了很尷尬。她眼神犀利，看了瑪莉安娜一眼，「好，所以就少跟我來那一套。重點到底是什麼？」

「我只是想要詢問妳一些有關塔拉的問題……」她採取兩人交心的語氣，「妳和塔拉很要好吧，是不是？」

艾希看待她的神情有些提防，「是誰告訴妳的？卓伊？」

「沒有……只是我的假設而已，妳是她的寢室整理員，經常見到她，而我當初很喜歡我的寢室整理員。」

「親愛的，真的嗎？妳人真好。」

「嗯，妳們提供的服務十分重要……我不確定大家是否都會衷心感謝。」

艾希點頭如搗蒜，「妳說得很對。大家都覺得當寢室整理員只不過是東抹西抹與倒垃圾而已。不過，這些小可愛是第一次離家，不能把她們丟在那邊、讓她們照料自己，她們需要有人看顧，」她露出甜笑，「照顧她們的是艾希，每天確定她們安好的人，以及每天早上叫她們起床的是艾希，要是她們半夜上吊的話，發現她們屍體的人也是艾希。」

瑪莉安娜陷入遲疑，嚇了一跳，「妳最後一次看到她是什麼時候？」

「當然就是她死掉的那一天啊……我永遠忘不了，我望著這女孩步向死亡的畫面。」

「什麼意思？」

「哦，我當時在庭院裡等候另外兩位女士，我們總是一起搭巴士回去。我看到塔拉離開寢室，面色非常不安。我向她揮揮手，大叫她的名字，但也不知道為什麼，她完全沒聽到。我望著她離開……然後永遠回不來了……」

「是什麼時候的事？妳記得嗎？」

「七點四十五分整。我記得是我當時有看錶，因為很可能會錯過巴士，」艾希發出嘖嘖抱怨聲，「根本不像以前會準時到站。」

瑪莉安娜拿起茶壺，為艾希又倒了一些茶。

「妳知道嗎，我對她的那些朋友感到很好奇，妳對她們的印象呢？」

艾希挑眉，「哦，妳是說她們？是不是？」

「她們？」

艾希笑而不語，瑪莉安娜小心翼翼，繼續說下去。

「當我向康拉德說到這件事的時候，他稱呼她們為『女巫』。」

「他真的這麼說？」艾希咯咯笑個不停，「親愛的，叫她們賤貨比較貼切。」

「妳不喜歡她們？」

艾希聳肩，「其實，她們不算是她的朋友，塔拉痛恨她們，妳的外甥女是唯一對她好的人。」

「其他人呢？」

「哦，她們老是霸凌她，小可憐，常常因此在我肩頭哭泣，真的。『艾希，妳是我唯一的朋友，』她會這麼跟我說，『我好愛妳，艾希。』」

艾希使出假動作抹淚，瑪莉安娜覺得要吐了：這種表演就與艾希剛剛狼吞虎嚥的那塊巧克力蛋糕一樣甜膩，瑪莉安娜根本不信。艾希如果不是愛幻想，那麼就是一個愛撒謊的老人。反正，瑪莉安娜覺得在她身邊越來越不自在，但還是繼續忍耐下去。

「我不懂，她們為什麼要霸凌塔拉？」

「她們嫉妒吧，是不是？因為她長得超漂亮。」

「我明白了……不知道還有沒有其他原因……」

「哦，那種事妳最好要去問卓伊，妳沒問嗎？」

「卓伊？」瑪莉安娜嚇了一跳，「什麼意思？卓伊和這有什麼關係？」

艾希露出神秘笑容作為回應，「好，親愛的，那是值得探討的問題，妳說是不是？」

她沒有多作解釋，瑪莉安娜很火大，「那佛斯卡教授呢？」

「他怎麼樣？」

「康拉德說他很喜歡塔拉？」

艾希的表情無動於衷，顯然一點也不意外，「教授是男人吧？就跟其他人一樣啊。」

「妳的意思是？」

艾希悶哼一聲，沒說話。瑪莉安娜知道她們的對話快要結束了。要是繼續刺探下去，只會吃閉門羹而已。所以，她努力擺出隨性態度，說出了她招待艾希來此，以諂媚與蛋糕進行賄賂的真正原因。

「艾希，妳覺得……我可以看一下塔拉的寢室嗎？」

「她的寢室？」艾希狀似打算要拒絕，但隨即聳肩，「我想沒差吧，警方已經搜過了，我明天會好好清理乾淨……這樣吧，讓我喝完這杯茶，然後我們可以一起走回去。」

瑪莉安娜微笑，面露喜色，「謝謝妳，艾希。」

6

艾希打開了塔拉寢室的門鎖。她進去之後，開燈，瑪莉安娜也跟了進去。這就像是一般的青少年臥房：但是凌亂程度超過了大多數的人。警察雖然搜查過了，但卻完全沒有留下痕跡，彷彿塔拉只是剛剛步出寢室、隨時可能會回來一樣。空氣中依然聞得到她香水的餘味，還有吸附在家具的大麻麝香。

瑪莉安娜不知道自己在找什麼，她要尋索的是警方遺漏的某個東西——不過，到底是什麼？卓伊寄予厚望、覺得可以提供某種線索的設備，已經全部被他們帶走——塔拉的電腦、手機，還有iPad都不見了。她的衣服還在，放在衣櫥裡，隨手亂扔在扶手椅，一疊疊堆在地板上面，昂貴華服被當成了破爛衣服。書本也一樣被糟蹋，看到一半就亂扔，隨便攤開掉在地上，書脊裂開。

「她寢室一直是這麼亂嗎？」

「哦，親愛的，沒錯。」艾希發出嘖嘖聲，咯咯大笑，「真的完全沒救。要是沒有我照顧她，我真不知道她該怎麼辦。」

艾希坐在床上，看來是把瑪莉安娜當成了自己人，講話不再設防，完全相反。

「她的父母今天來打包她的東西，」她說道，「我主動說要幫忙，替他們省麻煩。也不知道為什麼，他們不希望我處理。不是可親的人，我不意外，我知道塔拉對他們的觀感，她曾經跟我講過。漢普頓勳爵夫人就是個高傲的婊子，我告訴妳，才不是什麼夫人。至於她先生……」

瑪莉安娜其實沒怎麼在聽，她希望艾希可以離開，這樣一來她才能夠專心。她走到某個小化妝台前面，仔細觀看。某面鏡子的鏡框四周貼了一些照片，其中一張照片是塔拉與她父母的合照。塔拉超美，發亮的那種美貌，一頭紅色長髮，精緻五官，是希臘女神的那種面容。

瑪莉安娜研究梳妝台上面的其他物品。幾只香水瓶、一些化妝品，還有一把梳子。她盯著那把梳子，裡面卡了一撮紅色頭髮。

「她頭髮很漂亮，」艾希盯著她，「我以前會幫她梳頭髮，她喜歡我這麼做。」

瑪莉安娜客氣微笑，她拿起了一個小型絨毛玩具，貼靠鏡子的小胖兔。它和卓伊那隻慘遭多年蹂躪的老舊斑馬不一樣，看起來出奇地新，幾乎像是從來沒有被碰過一樣。

艾希立刻解開疑團。

「那是我買給她的。她剛來這裡的時候，非常孤單，需要擁抱柔軟的東西，所以我買給她這個小兔子。」

「妳人真好。」

「艾希心地善良。艾希還買了這個熱水瓶給她，這裡晚上超冷。他們給學生的毯子完全派不上用場，薄得跟紙一樣。」她打哈欠，看起來是有點覺得無聊了，「親愛的，妳還要待很久嗎？但我真的得去幹活了，還有樓梯間要打掃。」

「我不想要一直礙著妳。也許……也許讓我一個人在這裡待個幾分鐘怎麼樣？」

艾希思索了一會兒，「好吧。我等一下會出去抽根菸，再回來工作。妳等一下離開的時候，記得關上門。」

「謝謝。」

艾希離開寢室，關上了門。瑪莉安娜鬆了一口氣，感謝老天。她四處張望，他也不知道自己要找什麼，但反正還沒看到，她希望自己見到的時候能夠認得出來。某種線索——可以看穿塔拉心理狀態的某種深入角度，可以幫助瑪莉安娜參透的某個東西——但究竟是什麼？

她走到五斗櫃前面，打開了每一個抽屜，仔細檢查裡面的物品。這是一種令人心情低鬱的可怕任務，像是開刀一樣，她彷彿剖開了塔拉的屍體，在內臟之間四處翻攪。瑪莉安娜翻找塔拉的最私密用品——她的內衣、化妝品、美髮用具、護照、駕照、信用卡、小時候的照片、嬰兒時期的立可拍、寫給自己的提醒事項與筆記、老舊的購物收據、鬆開的衛生棉條、古柯鹼玻璃小空罐、散落的菸絲，還有一點大麻。

好詭異，因為塔拉消失了，就像是賽巴斯汀一樣——身後留下了自己的所有物品。瑪莉安娜心想，我們離世之後，我們所剩下的一切成了謎團，而我們的物品，當然，必須由陌生人仔細檢視。

她決定放棄了，無論她想要找什麼，這裡都沒有，也許一開始就不存在。她關上最後一個抽屜，準備要離開寢室。

然後，就在她打開門的時候，突然心頭一震，停下腳步……回頭張望，再次掃視整間寢室。

她的目光駐留在書桌上方的那塊軟木塞薄板。字條、傳單、明信片，還有兩張照片。

瑪莉安娜認得其中一張明信片的圖像：提香的畫作——《塔克文與露克蕾提亞》。瑪莉安娜停下腳步，仔細觀看。

露克蕾提亞在她的臥房裡，躺在床上，全裸，毫無招架之力。塔克文站在她的上方，舉起迎光閃爍的匕首，準備要行兇。畫得很美，但令人惴惴不安。

瑪莉安娜從軟木塞薄板取下那張明信片，把它翻過來。

就在它的背面，有一段手寫的引文，黑色墨跡，一共四行字，古希臘文：

ἒν δὲ πᾶσι γνῶμα ταὐτὸν ἐμπρέπει:
σφάξαι κελεύουσίν με παρθένον κόρῃ
Δήμητρος, ἥτις ἐστὶ πατρὸς εὐγενοῦς,
τροπαῖά τ᾽ ἐχθρῶν καὶ πόλει σωτήριαν.

瑪莉安娜盯著它，一臉困惑。

7

瑪莉安娜看到克萊麗莎坐在窗邊的扶手椅裡面，手裡拿著菸斗，周邊有重重煙霧繚繞，她正忙著修改放在大腿間的那疊報告。

瑪莉安娜在門口徘徊，「可以找妳聊一下嗎？」

「哦，瑪莉安娜？妳還在這？進來，快進來。」克萊麗莎向她揮手，示意叫她進來，「坐吧。」

「有沒有打擾到妳？」

「只要能讓我暫時逃離修改大學部學生的文章，都是十分令人開心的救援。」克萊麗莎微笑，「妳決定留下來了？」

「只待幾天而已，卓伊需要我。」

「好，很好，真是讓我好開心，」克萊麗莎重新點了菸斗，吞雲吐霧了好一會兒，「嗯，需要我幫什麼忙？」

瑪莉安娜從口袋裡取出那張明信片，交給了克萊麗莎，「我在塔拉的寢室裡找到了這個，不知道可否替我解惑？」

克萊麗莎瞄了一下那張圖片，然後把它翻過來，挑眉，大聲唸出那段引言，「ἐν ῥέ

πᾶσι γνῶμα ταὐτὸν ἐμπρέπει: / σφάξαι κελεύουσίν με παρθένον κόρῃ / Δήμητρος, ἥτις ἐστὶ πατρὸς εὐγενοῦς, / τροπαῖά τ᾽ἐχθρῶν καὶ πόλει σωτήριαν.」

「這是什麼？」瑪莉安娜問道，「認得出處嗎？」

「我想……如果我沒弄錯的話，是尤里比底斯的作品，《赫拉克勒斯之子》。妳熟悉這部作品嗎？」

瑪莉安娜一陣羞愧，她從來沒聽過這齣劇，更別說讀過它了，「給我一點提示？」

「背景在雅典，」克萊麗莎拿起菸斗，「德摩豐國王準備要作戰，對抗邁錫尼人，保護這座城市，」她把菸斗含在嘴角，劃火柴，重新點燃，邊抽菸邊講話，「德摩豐詢求神諭……想知道成功的機率……這段引言就是出於這一個戲劇段落。」

「明白了。」

「有沒有幫到妳？」

「其實沒有。」

「沒有？」克萊麗莎大手揮趕菸氣，「妳的問題是？」

聽到這段話，瑪莉安娜笑了。有時候克萊麗莎的聰明才智反而讓她變得有點遲鈍。

「抱歉，我的古希臘文已經有點落漆。」

「啊……對哦。沒問題，原諒我……」克萊麗莎瞄了一下明信片，開始翻譯，「約略的意思，是這麼說的……『神諭同意：為了要退敵以及拯救這座城市……必須要獻祭……某名貴族少女……』」

瑪莉安娜驚訝眨眼，「貴族？真的那麼寫？」

克萊麗莎點點頭，「πατρὸς εὐγενοῦς的女兒……就是貴族之女……一定要獻祭給κόρη Δήμητρος……」

「Δήμητρος？」

「狄蜜特女神，而『κόρη』的意思，當然就是……」

「女兒。」

「沒錯，」克萊麗莎點頭，「某名貴族少女必須要獻祭給狄蜜特的女兒——波瑟芬妮，就這樣。」

瑪莉安娜心跳速度飛快，她心想，*只是巧合罷了，沒有任何意義。*

克萊麗莎面露笑容，把明信片還給她，「應該說波瑟芬妮是復仇女神，我想這一點妳很清楚。」

瑪莉安娜不確定自己接下來究竟會說出什麼，她點點頭。

克萊麗莎盯著她，「親愛的，妳還好嗎？妳看起來有點……」

「我很好……只是……」

在那一瞬間，她考慮要向克萊麗莎解釋自己的感覺，但她能怎麼說？自己懷有某種迷信幻想，是這位復仇女神一手害死了她的丈夫？她該怎麼大聲說出口？才不會聽起來像是純粹的瘋言瘋語？她反而聳肩以對，開口說道：「沒什麼，只是有點諷刺罷了。」

「什麼？哦，妳的意思是塔拉貴族出身……然後被獻祭？的確，這是某種殘忍至極的諷刺。」

「妳不覺得它可能還有別的寓意嗎？」

「什麼意思？」

「我不知道。只不過……為什麼會在那裡？出現在她的寢室？這明信片到底是從哪裡冒出來的？」

克萊麗莎不以為然，揮了揮菸斗，「哦，很簡單……塔拉正在做這學期的希臘悲劇作業。她從某段戲劇當中抄錄一段引言，也不是什麼不可能的事吧？」

「沒錯……我想也是。」

「這是有點違常，我同意妳的觀點……我確定佛斯卡教授可以作證。」

瑪莉安娜眨眼，「佛斯卡教授？」

「他是她希臘悲劇課的老師。」

「明白了，」瑪莉安娜語氣故作輕鬆，「他是她老師？」

「哦，是啊。畢竟他是專家，他非常厲害。妳應該趁在這裡的時候見識一下他上課的情景，讓人大開眼界。妳知道嗎，截至目前為止，他開的課是所有老師當中出席率最踴躍的嗎？為了要進入教室的學生們必須排隊排到樓下，要是座位不夠，還必須坐在地板上，妳有沒有聽說過這種事？」克萊麗莎哈哈大笑，然後又迅速補了這麼一段話，「當然，也有人一直深受學生喜愛，就這方面來說，我是幸運兒之一。但沒有到那種程度，我必須承認……妳也知道，要是妳很好奇佛斯卡這個人，妳真的應該要找卓伊好好聊一聊，她最了解他了。」

「卓伊？」瑪莉安娜聽到這句話嚇一跳，「是嗎？為什麼？」

「哦，畢竟他是她的導師啊。」

「哦……我明白了，」瑪莉安娜若有所思點點頭，「嗯，當然。」

8

瑪莉安娜帶卓伊到外頭吃午餐，進入附近一間剛開張的法式酒餐館，對於有家屬來訪、肚子餓壞的學生們來說，這是頗得他們眷愛的地方。

與瑪莉安娜記得的那些學生時代餐廳相比，這裡精緻多了。店家生意很好，裡面聽得到大家的對話與笑聲，餐具在盤子上發出的悅耳聲響，還聞得到誘人的大蒜、紅酒、滋滋作響的燒肉氣味。某位身穿背心搭配領帶的優雅服務生，帶引瑪莉安娜與卓伊到了角落的某個包廂區，白色桌巾，搭配的是黑色真皮座位。

瑪莉安娜點了半瓶的玫瑰香檳，有點奢侈，這完全不像是她的作風，卓伊挑眉看著她。

「哦，有何不可？」瑪莉安娜聳肩。

卓伊說道：「我沒有抱怨的意思……」

香檳送上來的時候，厚實水晶酒杯裡的粉紅色泡泡讓她們精神大振。她們一開始並沒有討論塔拉或謀殺案，只是隨便亂聊彼此的近況。她們談到卓伊在聖克里斯多福學院的學業、她對於進入大三生活的感受——以及她的挫敗感，難以看清自己的生活與想要做什麼。

然後，她們聊到了愛情。瑪莉安娜詢問卓伊是否有交往對象。

「當然沒有，這裡根本都是小男生，」她搖頭，「與自己為伴，我感到十分幸福，我永遠不會和別人談戀愛。」

瑪莉安娜微笑。她心想，卓伊講那種話的語氣，聽起來好青春。靜水流深。她猜雖然卓伊信誓旦旦，但等到她墜入愛河的那一天，一定是猛烈又深刻。

「總有那麼一天的，」瑪莉安娜說道，「妳等著看，一定會發生。」

「不，」卓伊搖頭，「不要，謝了。我覺得，愛只會帶來哀愁。」

瑪莉安娜忍不住大笑，「那種說法有點悲觀。」

「妳的意思是實際吧？」

「根本不是。」

「那妳和賽巴斯汀呢？」

瑪莉安娜沒想到會有這麼一擊，顯然是暗箭傷人，而且還以這麼隨性的語氣說出來，她花了一會兒時間才終於恢復聲音。

「賽巴斯汀帶給我許多點點滴滴，不是只有哀愁。」

卓伊立刻道歉，「對不起，我不是故意要讓妳傷心……我……」

「我沒有生氣，沒關係。」

但其實並非如此。在這裡，待在這間美麗的餐館，享用香檳，讓她們得以暫時偽裝——逃離謀殺案與一切的不快——開心沉浸在當下的小泡泡裡面。不過，現在卓伊卻戳破了那個泡泡，瑪莉安娜覺得自己所有的哀愁、憂慮，以及恐懼全都排山倒海反撲而來。

兩人默默用餐了好一會兒，然後，瑪莉安娜低聲開口。

「卓伊，妳還好嗎……？關於塔拉的事？」

卓伊一開始沒有回答。聳肩，根本不抬頭。

「還可以，不是很好。我就是忍不住一直在想……我的意思是，她以那樣的方式離世。我就是沒辦法……把它拋諸腦後。」

卓伊凝望瑪莉安娜。而瑪莉安娜感受到一股揪痛，空有同理心卻無以為繼，因為她希望讓一切平安無恙，消除卓伊的痛苦，如同卓伊還是小女孩的時候她會做出的那種舉動一樣——在傷口貼個繃帶，親一下，可以更快痊癒——不過，瑪莉安娜知道自己辦不到，她把手伸到桌面的另一頭，捏了捏卓伊的手。

「我知道現階段很難相信這種話，但之後就會自在多了。」

「是嗎？」卓伊聳肩，「賽巴斯汀死了一年多了，感覺也沒有比較自在，依然讓人心痛。」

「我知道。」瑪莉安娜點點頭，無法反駁卓伊。她說得沒錯，所以自然也不需爭辯。

「我們能做的就是，」瑪莉安娜說道，「為了懷念他們而努力致敬……這是我們行事的最佳方式。」

卓伊盯著她的雙眸，「知道了。」

瑪莉安娜繼續說道：「而向塔拉致敬的最佳方式……」

「抓到他？」

「對，我們一定會抓到他。」

這樣的念頭似乎讓卓伊心情舒緩多了，她點點頭，「好，那妳有任何進展了嗎？」

「哦天哪，」卓伊翻白眼，「我要跟妳說一聲，艾希是變態，塔拉很恨她。」

「真的嗎？艾希說她們很要好……艾希還說妳對她態度很粗魯。」

「因為她是變態，這就是原因，她把我嚇得全身發毛。」

瑪莉安娜不會使用「變態」這樣的詞彙，但她覺得也不能全然推翻卓伊的觀感。

「反正，態度粗魯不像是妳的行為，」她猶豫再三，「艾希也暗示妳對我有所隱瞞，並沒有全部說出來。」

她小心翼翼盯著卓伊，不過卓伊只是聳肩以對。

「隨便她怎麼說啦。她有沒有告訴妳，塔拉禁止她進入她房間？因為艾希總是沒敲門就進去，想要正好看到她剛洗完澡的樣子？艾希真的是在偷偷跟蹤塔拉。」

「我明白了，」瑪莉安娜思索了一會兒，把手伸入口袋，「妳覺得這個呢？」

她拿出在塔拉寢室裡找到的那張明信片，翻譯了引言，詢問卓伊的想法，「妳覺得這可能是塔拉寫的嗎？」

卓伊搖頭，「我很懷疑。」

「為什麼這麼說？」

「哦，說真的，塔拉根本不鳥什麼希臘悲劇。」

瑪莉安娜忍不住微笑，「妳覺得可能是誰寄出這張明信片？」

「真的不知道。做這種事好詭異，令人毛骨悚然至極的引言。」

「那佛斯卡教授呢？」

「妳覺得可能是他嗎？」

卓伊聳肩，露出不以為然的神情，「我是說，也許有這可能吧……但為什麼要以古希臘文寫一段話？而且為什麼要寫那一段？」

「真的，為什麼？」瑪莉安娜自顧自點點頭，又望著卓伊好一會兒，「跟我說他的事，關於那個教授。」

「關於他的什麼？」

「嗯，這個人什麼樣子？」

卓伊聳了一下肩膀，臉上浮現一抹淡紋，「瑪莉安娜，妳知道嗎，我一開始上他課的時候就跟妳講過他所有的事了，我告訴過妳和賽巴斯汀。」

「有嗎？」瑪莉安娜記憶再次浮現，點點頭，「哦對……那個美國教授，沒錯，我現在想起來了。」

「是嗎？」

「對，因為有個原因讓我一直記在心裡，我記得賽巴斯汀說妳暗戀他。」

卓伊扮鬼臉，「哦，他搞錯了，我才沒有。」

她的回應防衛性好強烈，令人意外的滿腔恨意，瑪莉安娜突然懷疑搞不好卓伊真的暗戀他——如果是真的呢？學生喜歡老師並非罕見——尤其像愛德華．佛斯卡這種具有群眾魅力的英俊老師。

不過，話說回來，她也可能錯判了卓伊……可能是因為完全不一樣的原因而產生這種反應。在這個當下，她決定先別管這個了。

9

吃完午餐之後，她們沿著河岸回到校園。

卓伊買了巧克力冰淇淋，吃得很開心。兩人相偕前行，暫時沉浸在友好的沉默氣氛之中。然而，瑪莉安娜卻一直意識到某種雙重影像——另一種模糊影像投射在目前的畫面：那是卓伊還是小女孩時的模樣，走的是這同一條裂紋碎石步道，吃的是另一個冰淇淋。那一次她來訪的時候，瑪莉安娜還是學生，小卓伊第一次見到賽巴斯汀。她記得卓伊的害羞姿態，還有賽巴斯汀靠著在卓伊耳朵後面變出一英鎊銅板的小魔術，讓她卸下心防，這是多年來一直可以討她歡心的把戲。

現在，賽巴斯汀也跟著她們一起前行，當然，這是投射在當下的另一個鬼影。

真詭異，妳記得這些細節。當她們經過某張老舊破爛木頭長椅的時候，瑪莉安娜偷瞄了一下。他們曾經坐在那裡，就是那張長椅——她與賽巴斯汀——在瑪莉安娜期末考結束之後，兩人在那裡慶祝，喝的是義大利氣泡葡萄酒混搭黑醋栗利口酒、抽的是藍色高盧牌香菸，全都是賽巴斯汀前一晚在某個派對偷走的戰利品。她記得吻他的情景，還有他的吻有多麼甜蜜，他的唇間有利口酒與菸草混合的殘味。

卓伊看了她一眼，「妳好安靜，沒事吧？」

瑪莉安娜點點頭，「我們坐一下好嗎？」然後，她立刻補上一句，「不是這一張，」她指向比較遠的那一張長椅，「那個。」

她們走向那張長椅，坐了下來。

這是個很平靜的地方，位於垂柳樹蔭之下，就在水岸旁邊。楊柳枝葉在微風中搖曳，尾端慵懶垂入水中。瑪莉安娜盯著橋下的某艘平底船在漂浮。

然後，有隻天鵝滑過去，她的目光緊緊追隨著牠。

那隻天鵝有橘喙，雙眼周邊有黑色印記。牠身軀外表看起來更糟糕，曾經光亮的羽毛變得髒兮兮，脖子周邊褪色，成了因河水而染成的濁綠色。不過，牠依然是令人眼睛一亮的生物——模樣落魄卻穩重，而且姿態相當倨傲。牠轉動長頸，朝瑪莉安娜的方向看過來。

這是她在幻想嗎？抑或是牠真的在盯著她？

這天鵝曾經與她有短暫的四目相接時刻，那雙黑色眼睛似乎在打量她，帶有某種沉靜的智慧。

然後，打量結束了。牠轉頭，瑪莉安娜被拋棄，被遺忘了，她望著牠消失在橋下。

「妳老實告訴我，」她瞄向卓伊，「妳不喜歡他，對不對？」

「佛斯卡教授？我從來沒這麼說。」

「這只是我的印象，妳說是不是？」

卓伊聳肩，「我不知道……這位教授……我覺得，他害我頭暈目眩。」

「妳不喜歡這種感覺？」

「當然不喜歡，」卓伊搖頭，「我喜歡看清楚自己的行進方向。而他有種特質……我不知道該怎麼形容……他好像在演戲……他似乎不是他所佯裝的那個人。他好像不希望讓別人看到他的真貌，不過，也許是我錯了……其他人都說他很棒。」

「對，克萊麗莎說他很受學生歡迎。」

「妳真的不知道有多誇張，就跟邪教一樣，他特別受到女生的愛戴。」

瑪莉安娜突然想到在塔拉喪禮現場，那些身穿白衣、圍繞在佛斯卡身邊的女子，「妳指的是塔拉的朋友們？那一群女孩？她們不也是妳的朋友嗎？」

卓伊猛搖頭，「哪有可能，我躲她們就像是在躲瘟疫一樣。」

「我明白了，她們似乎不是很得人緣。」

卓伊刻意看了她一眼，「這就要看妳問的是誰了。」

「哦，她們是佛斯卡教授的愛徒……他的粉絲俱樂部。」

「這話什麼意思？粉絲俱樂部？」

卓伊聳肩，「她們在他的秘密讀書小組，那是某種秘密結社。」

「為什麼要秘密結社？」

「只有她們——他的『特殊』學生才能入會。」卓伊翻白眼，「他把她們稱之為『少女團』，妳有聽過比這更蠢的事嗎？」

「『少女團』？」瑪莉安娜皺眉，「全部都是女孩子嗎？」

「嗯。」

「我明白了。」

而瑪莉安娜終於看出——或者，至少是開始約略領悟到這一切的可能源頭，以及為什麼卓伊一直這麼沉默。

「塔拉也是『少女團』的成員嗎？」

「對，」卓伊點頭，「是的。」

「我明白了。其他人呢？我可以見她們嗎？」

卓伊扮鬼臉，「真的嗎？她們不是很友善。」

「她們現在人在哪裡？」

「現在？」卓伊看手錶，「嗯，再過半個小時，佛斯卡教授的課就開始了，大家都會出席。」

瑪莉安娜點點頭，「那我們也過去。」

10

瑪莉安娜與卓伊到達英語系大樓的時候，距離上課只剩下一丁點時間而已。

她們盯著演講廳外頭的看板，查詢當天的排程。佛斯卡教授的教室是樓上最大的那一間，他們趕緊上樓。

演講廳寬敞，採光明亮，一排排的深色木桌以降幕階梯的排列方式直達底層的講台與麥克風。

克萊麗莎說佛斯卡的課大受歡迎，果然沒錯，演講廳裡面擠滿了人，她們在後頭高處找到兩個空位。眾人在等待之際，可以明顯感受到他們的期待之情，瑪莉安娜心想，這比較像是演唱會或是劇院表演，而不是什麼希臘悲劇課。

然後，佛斯卡教授出現了。

他身穿勁帥黑色西裝，頭髮後梳，綁成緊實的包子頭。他拿著筆記檔案夾，走過舞台，站到了講台上頭。他調整麥克風，環顧全場一會兒之後，低下了頭。

底下聽眾的情緒掀起一陣興奮漣漪，大家都在講話，越來越小聲，成為一片靜默。瑪莉安娜忍不住開始起疑——她的團體理論背景告訴他，通常，對於任何一個會愛上老師的團體，都應該要抱持懷疑態度，因為那種狀況很少看到美好結局。對瑪莉安娜來說，佛斯卡比較像是令人不安的流行樂壇明星，而不是老師，要是他突然開口高歌，她也不覺得有什麼好意外的。不過，當他抬頭的時候，他並沒有唱歌。她嚇了一大跳，他的雙眼充滿了淚水。

「今天，」佛斯卡說道，「我想要講塔拉的事。」

瑪莉安娜聽到周邊傳來竊竊私語，看到大家交頭接耳，互相交換眼神，這就是學生們的期盼，她甚至還看到有兩個人已經哭了出來。

佛斯卡的淚水開始湧出，沿著雙頰潸然落下，他根本沒有動手擦拭，拒絕對落淚採取任何反應，而且他的聲音依然沉著平穩。瑪莉安娜心想，他的感情投射淋漓盡致，其實他不太需要麥克風。

卓伊之前是怎麼說的，他一直在表演？如果是這樣的話，那麼這樣的表演實在太精采了，瑪莉安娜就與其他觀眾一樣，心緒也為之一震。

「你們當中有許多人都知道，」佛斯卡說道，「塔拉是我的學生，而我現在站在這裡，整個人是心碎狀態，我差點想要說出口的是『絕望』。我本來想要取消今天的課，不過，我最喜歡塔拉的一點就是她的強大，她的無懼……她不會希望我們放棄，陷入絕望之中，被仇恨所擊垮。我們必須要走下去，我們只能以這種方式抵禦邪惡……而且這也是榮耀我們朋友的最佳方式。我今天是為了塔拉而出現在這裡，諸位也是。」

大家爆出如雷掌聲與歡呼，他微微點頭作為致謝。然後整理好筆記，再次抬頭，「現在，各位先生女士……我們準備上工。」

佛斯卡教授是令人驚豔的演說家。他幾乎很少看稿——讓人產生他是全場即席演講的錯覺。他元氣十足，充滿魅力，機智，熱情——而且，最重要的是，鮮明的臨場感，他似乎與底下的每一位聽眾都是在進行直接互動。

「今天，」他說道，「我覺得很適合討論許多主題，其中之一就是希臘悲劇中的『閾限』。那是什麼意思？好，各位想想安蒂岡妮，被逼到必須要在死亡與蒙羞之間做出抉擇；或是準備為希臘犧牲生命的伊菲革涅亞；抑或是決定刺瞎雙眼、在路上漫遊的伊底帕斯。『閾限』是兩個世界之間的地帶——意指人性的臨界區——處於這個地帶，你的一切都被奪走，你超越此生，得到生命之外的某種體驗。引發悲劇的時候，就會讓我們隱約感受到那種情境。」

然後，佛斯卡展示了某張幻燈片，投射在他後方的大型螢幕。是兩名女子的大理石浮雕，站在某個年輕裸男的兩側，兩人都朝那名男子伸出自己的右手。

「有誰認識這兩位女子嗎？」

大家猛搖頭。瑪莉安娜約略知道她們是誰，而她真心盼望是自己搞錯了。

「這兩位女神，」他說道，「正打算帶引某位年輕人進入秘密教派艾盧西斯。當然，這兩位就是狄蜜特，還有她的女兒，波瑟芬妮。」

瑪莉安娜屏氣。按捺不安情緒，努力專注聽下去。

「這就是艾盧西斯人的秘密教派，」佛斯卡說道，「艾盧西斯的秘密儀式，正好可以給你處於生死之間的閾限體驗。這教派是什麼？好，艾盧西斯是有關波瑟芬妮的故事，她就是眾人所熟知的『少女』，死亡女神，地獄皇后……」

當佛斯卡滔滔不絕的時候，正好與瑪莉安娜短暫四目相接，還露出了幾乎看不出來的淺笑。

她心想，他知道，他一定知道賽巴斯汀出了什麼事——所以他才會這麼做，目的就是要折磨我。

不過，他怎麼……怎麼會知道？不可能。她從來沒有告訴過任何人，就連卓伊也不知道。純屬巧合，如此而已，完全沒有任何意義。她逼自己要冷靜下來，仔細聆聽他在說什麼。

「當狄蜜特在艾盧西斯失去女兒的時候，她陷入了冬寒暗鬱，逼得宙斯必須出手干預。他允許波瑟芬妮每年從冥界回來，待六個月的時間，也就是我們的春季與夏季。然後，當她住在地獄的時候，我們就過著秋季與冬季。光與暗——生與死，波瑟芬妮不斷持續的這種旅程——從生到死，然後由死到生——也讓艾盧西斯秘密教派於焉誕生。好，到了艾盧西斯，站在地獄入口的時候，你們也可以參與這種秘密儀式——得到與女神相同的體驗。」

他壓低聲音，瑪莉安娜可以看到大家都傾身向前，抬高脖子，每一個字都不想漏掉，他把學生玩弄於股掌之間。

「艾盧西斯的那一套初始儀式秘密流傳了數千年之久，」他說道，「這些儀式，這種神秘性，完全是『不可名狀』——因為它們企圖帶引我們進入某種超越語言的層次。體驗過的人就再也不會是原來的那個人，而且也出現了關於幻象、可怕災難、死後世界之旅的各種故事。由於這種儀式開放給所有人——男人、女人、奴隸，或是小孩——甚至也不需一定是希臘人。唯一的要求是，你必須要聽得懂希臘語，這樣一來，才能夠理解自己聽到了什麼。在準備階段的時候，必須喝下一種名叫『卡吉尼亞』的飲料，它的原料是大麥。在這種特殊大麥之中，有一種名叫麥角的黑色真菌，它具有產生幻覺的特性，數千年之後，成了LSD的配方之一。無論希臘人當初是否知情，所有人都陷入微茫狀態，這或許也可以解釋會形成某些幻象的成因。」

佛斯卡說出這段話的時候，還眨眨眼，這動作引得眾人大笑，他等到笑聲稍歇的時候，才繼續說話，語氣變得比較嚴肅。

「發揮想像力，一下下就好。想像你就在那裡——想像那股刺激與焦慮。所有人都在午夜時分聚集在『地獄入口』——被祭司帶引進入石室——深入裡面的洞穴。唯一的光源是祭司手持的火炬，想必是一片黑暗，煙雲密佈。冰冷、潮濕的石頭，越來越深入地底世界，踏入某個寬敞的密室——某種閾限空間，就在地獄的邊界。這是神秘事件的發生地，泰勒斯台里昂神廟。它非常巨大——四十二根高聳的大理石廊柱——由石材構築而成的一座森林。它可以一次容納數千名入會者，面積大到足以容下另外一座神殿——也就是『內殿』，只有祭司們自己能夠進去的聖地——放置『少女』女神遺骸之處。」

佛斯卡說話的時候，深色雙眼閃動光芒。當他以語言進行召喚的時候，彷彿在下咒，一切浮現在他的眼前。

「我們永遠不知道那裡到底發了什麼事——畢竟，艾盧西斯的謎團，依然是某種謎團——不過，到了黎明時分，入會者在陽光中現身，已經歷經了一場死亡與重生的體驗——而且對於身而為人——過生活的真正意涵——產生全新的領悟。」

他停頓片刻，稍微看了一下聽眾。他轉換語氣，現在壓低聲音，變得激動，充滿感情。

「讓我告訴諸位一件事——這個，就是那些古希臘戲劇的重點。身而為人的真正意涵。要是大家在閱讀的時候疏忽了這一點，那麼你們看到的就只是一堆無感的詞彙，這樣一來，你們就會錯過它的整體性。我說的不只是在戲劇之中，我的意思是在你們的生活之中，就在當下。如果你們無法意識到這種超越的存在，如果你們對於自己有幸參與其中的輝煌生死謎團沒有任何覺醒——要是它不能讓你盈滿喜悅，大受震撼感到敬畏……也就不算真正在過生活吧。它正是這些悲劇的啟示，要努力投入這樣的奇蹟之中。為了自己，也為了塔拉，要好好過生活。」

在這個時候要是有針落地，也可以聽得一清二楚。接下來——眾人突然情不自禁爆出了熱烈激昂的掌聲。

喝采持久不墜。

11

卓伊與瑪莉安娜在階梯上排隊，準備離開演講廳。

「好，」卓伊好奇看了她一眼，「妳覺得怎麼樣？」

瑪莉安娜哈哈大笑，「妳知道嗎，『頭暈目眩』這個詞彙很貼切。」

卓伊微笑，「我早就告訴過妳了。」

她們迎向陽光，瑪莉安娜仔細端詳在附近閒晃的那些學生，開口問道：「那個『少女團』，她們在這裡嗎？」

卓伊點頭，「就在那邊。」

她指向圍在某張長椅附近的六名女子，她們正在講話。其中四個是站姿，兩個坐在那裡，有兩人在抽菸。

這些女孩與其他圍繞在老師身邊的學生不一樣，穿著打扮並不邋遢或古怪。她們衣裝優雅，看得出是昂貴服飾。她們每一個都把自己打點得很漂亮，妝髮美甲無一不缺。最獨特的是她們自持的姿態：流露出明顯的自信，甚至可以說是優越感。

瑪莉安娜觀察了一會兒，「她們看起來並不友善，妳說得沒錯。」

「真的不友善，傲慢至極。她們覺得自己非常『重要』。我想應該算吧……但還是……」

「怎麼說？為什麼她們很重要？」

卓伊聳肩，「這個嘛……」她指向坐在長椅扶手的某個高挑金髮女孩，「比方說……那是卡拉．克拉克，她爸爸是卡席安．克拉克。」

「誰？」

「拜託，瑪莉安娜，他是演員，超有名。」

瑪莉安娜微笑，「知道了，嗯。那其他人呢？」

卓伊保持低調，繼續指出那個小團體的其他成員，「左邊的那一個，深色短髮的美女，看到了嗎？那是娜塔夏，俄羅斯人，她爸爸是某名商業寡頭啊什麼的擁有俄羅斯一半的……迪亞是印度公主……她去年是全校第一名，真的是天才……她正在和薇若妮卡講話……而她爸爸是參議員……我想是準備要競選總統……」她瞄了一下瑪莉安娜，「懂我的意思了吧……？」

「我知道了，妳指的是她們很聰明，而且都是超級天之驕女。」

卓伊點頭，「光是聽到她們的假期就會讓妳想吐了，都是遊艇、私人島嶼，還有滑雪木屋……」

瑪莉安娜微笑，「可以想像。」

「難怪每一個人都討厭她們。」

瑪莉安娜瞄她，「大家都討厭她們嗎？」

卓伊聳肩，「嗯，反正大家都嫉妒她們。」

瑪莉安娜思索了一會兒，「好，我們試試看吧。」

「什麼意思？」

「我們去找她們聊一聊……有關塔拉與佛斯卡的事。」

「現在？」卓伊搖頭，「不行，絕對行不通。」

「為什麼不行？」

「她們不認識妳，所以她們會閉嘴……不然就是莫名其妙罵妳一頓……尤其如果妳提到教授的話。相信我，行不通。」

「妳似乎很怕她們。」

卓伊點頭，「是啊，怕得要死。」

瑪莉安娜還來不及回應，卻已經看到佛斯卡教授從演講廳大樓走出來。他朝那群女孩走過去，她們緊緊圍繞在他身邊，輕聲細語，態度親暱。

瑪莉安娜說道：「來吧……」

「什麼？瑪莉安娜，不要……」

但她沒有理會卓伊，邁步走向佛斯卡與那些學生。

瑪莉安娜靠近他，他抬頭，露出微笑。

「午安，瑪莉安娜，」佛斯卡說道，「我覺得剛才看到妳出現在演講廳。」

「沒錯。」

「希望妳聽得開心。」

瑪莉安娜思索合適的措辭，「非常……資訊非常豐富，令人驚豔。」

「謝謝妳。」

瑪莉安娜盯著聚集在教授身邊的那些年輕女子，「這些是你的學生嗎？」

佛斯卡臉上帶著淺笑，目光飄向那些女孩，「我的一部分學生，比較迷人的那一群。」

瑪莉安娜對學生們微笑。她們投以冷酷目光，整張臉面無表情。

「我是瑪莉安娜，」她說道，「卓伊的阿姨。」

她張望四周，但卓伊並沒有跟過來，人已經不知跑到哪裡去了。瑪莉安娜面帶笑容，又面向其他學生。

「是這樣的，在為塔拉舉辦禮拜的時候，我忍不住一直在看妳們，大家一身白，非常搶眼，」瑪莉安娜對她們一笑，「我很好奇原因。」

她們遲疑了一會兒。然後，其中一個人，也就是迪亞，瞄了一下佛斯卡，開口說道：「那是我的提議。我們在印度總是一身素白出席喪禮，而且白色是塔拉最愛的顏色，所以……」

她聳肩，另一個女孩幫她接話。

「所以我們為了紀念她而身穿白裝。」

另一個說道：「她痛恨黑色。」

「我明白了，」瑪莉安娜點頭，「很有意思。」

她再次對那些女孩微笑，她們並沒有回笑。

「教授，想請你幫個忙。」

「請說。」

「好，學監已經開口請我幫忙，以心理治療師的身分，與學生進行非正式的閒聊，看看他們如何面對這場事件，」她望向那些女孩，「可否借用一下你的一些學生？」

瑪莉安娜盡量裝出單純天真的語氣，不過，當她現在望著那些女孩的時候，她可以感覺到佛斯卡如雷射般的雙眼在看她，死盯著她，想盡辦法打量她。她可以猜想他正在思考，揣測她這番話是否真心誠意，或者，她想要偷偷檢視他？他看了一下手錶。

「我們等一下就要上課了，」他說道，「不過，我想我可以抽兩個給妳。」他朝其中兩個女孩點點頭，「薇若妮卡？瑟琳娜？妳們可以嗎？」

那兩個年輕女孩瞄了一下瑪莉安娜，她完全無法判讀她們的情緒。

「好啊，」開口的是薇若妮卡，她聳肩，講話有美國腔，「我是說，我已經有心理醫生了……但要是她願意請喝酒的話，我沒問題。」

瑟琳娜點頭，「我也可以。」

「好，我請喝酒，就這麼說定了。」瑪莉安娜對佛斯卡微笑，「謝謝。」

佛斯卡的深色雙眸緊盯瑪莉安娜的臉龐，同時也對她回笑了一下。

「瑪莉安娜，這是我的榮幸，衷心期盼這樣能讓妳滿意。」

12

瑪莉安娜準備要離開英語系大樓的時候，發現卓伊正躲在入口附近。她邀請卓伊一起與會，而瑪莉安娜請客喝酒的提議也讓她怯生生答應了。她們一同前往聖克里斯多福學院的某間酒吧，位置在主院的某個角落。

這間學院酒吧全是木造——老舊翹曲的節瘤木地板、橡木鑲板牆面，還有一個大型木作酒吧。瑪莉安娜與這三名年輕女子坐在靠窗的某張大型橡木桌，這裡可以俯瞰外頭佈滿常春藤的牆面。瑪莉安娜坐在卓伊旁邊，對面是薇若妮卡與瑟琳娜。

瑪莉安娜認出薇若妮卡是在塔拉禮拜現場唸出感人聖經段落的年輕女子。她的全名是薇若妮卡・德雷克，出身美國某個富豪政治世家——爸爸是華盛頓州的參議員。

薇若妮卡有搶眼美貌，她自己也很清楚。她有一頭金色長髮，講話的時候習慣甩髮或玩弄髮絲。她化濃妝，特別強調嘴唇與藍色大眼。她身材很好，穿緊身牛仔褲炫耀示人。而且，她散發自信，帶有那種一出生就熟知每一項優勢，而且絲毫不扭捏的權威感。

薇若妮卡點了一品脫的健力士，她喝得很快，講得也很多。聽她說話，可以微微感受到有那麼一點矯揉作態，瑪莉安娜懷疑她曾經上過演說課。當薇若妮卡自己說出畢業後打算要當演員，瑪莉安娜覺得也沒什麼好意外的。她覺得在那濃妝、客氣儀態、演說腔調的外表之下其實隱藏了截然不同的另一個人，但瑪莉安娜不知道究竟是什麼，她懷疑薇若妮卡自己也不知道。

再過一個禮拜就是薇若妮卡的生日。雖然現在學院裡氣氛很糟糕，她還是想要辦一場派對。

「日子還是得過下去吧，對不對？塔拉也會這麼盼望。反正，我已經在倫敦的古丘俱樂部租了一間私人包廂，卓伊，妳一定要來。」也不知道為什麼，她最後補的那一段聽起來言不由衷。

卓伊悶哼一聲，專心喝她的酒。

瑪莉安娜瞄向另一個女孩，瑟琳娜．路易斯，她默默啜飲白酒。瑟琳娜身材纖瘦嬌小，坐在那裡的姿態，讓瑪莉安娜聯想到棲木的小鳥兒，眼觀一切，但不發一語。

瑟琳娜不像薇若妮卡，她沒化妝——她根本不需要，因為她擁有清透無瑕的膚色。一頭深色長髮紮成緊實的辮子，身穿淡粉紅色外套，搭配過膝裙。

瑟琳娜出身新加坡，不過自小就一直念英國寄宿學校。她聲音柔和，有明顯的英國上流社會腔。瑟琳娜內向的程度就與薇若妮卡的外放程度旗鼓相當，她一直在看自己的手機，緊抓著不放，儼然成了她的磁鐵一樣。

瑪莉安娜說道：「跟我說佛斯卡教授的事吧。」

「他的什麼事？」

「我聽說他與塔拉很親近。」

「我不知道妳是從哪裡聽說的，根本完全沒有。」薇若妮卡面向瑟琳娜，「對吧？」

本來在傳訊的瑟琳娜，也正好在這時候停手，抬起頭來，她搖搖頭，「沒有，完全沒有。教授對塔拉很和善，但她只是在利用他。」

「利用他？」瑪莉安娜問道，「她是怎麼利用他？」

「瑟琳娜不是那個意思，」薇若妮卡插嘴，「她的意思是塔拉浪費他的時間與精神。妳也知道，佛斯卡教授對我們非常用心，世界上找不到這麼好的老師。」

瑟琳娜點頭，「他是全世界最好的老師，最聰明的老師，而且——」

瑪莉安娜打斷了她們的讚美，「我很好奇謀殺案發生當晚的情景。」

薇若妮卡聳肩，「我們整個晚上都和佛斯卡教授在一起。他在他的住所為我們上私人課程，塔拉本來應該要出席，但是她並沒有現身。」

「是幾點鐘的事？」

薇若妮卡望向瑟琳娜，「八點鐘開始的吧，對不對？然後我們就一直上到了幾點？十點鐘嗎？」

「對，沒錯，十點整或是剛過十點沒多久。」

「佛斯卡教授全程跟妳們在一起？」

兩個女孩同時回答。

「對。」這是薇若妮卡的答案。

「沒有。」這是瑟琳娜的回答。

薇若妮卡的眼眸閃過一絲惱怒，她看了瑟琳娜一眼，面帶指責，「妳在說什麼啊？」

瑟琳娜面色緊張不安，「哦，我……沒事。我的意思是，他只出去兩分鐘，他就是出去抽根菸而已。」

薇若妮卡幫腔，「對，是有這件事，我忘了，他只有出去一分鐘而已。」

瑟琳娜點頭，「我在場的時候，他不會在室內抽菸，因為我有氣喘，他真的十分體貼。」她的手機突然作響，有簡訊進來，她趕緊一把抓起，看簡訊的時候，臉龐瞬間燦亮。

「我得走了，」瑟琳娜說道，「得與某人見面。」

「啊？什麼？」薇若妮卡翻白眼，「神秘男？」

瑟琳娜狠狠瞪了她一眼，「夠了。」

薇若妮卡哈哈大笑，用吟唱的語氣說道：「瑟琳娜有神秘男友。」

「他不是我男友。」

「但他是個神秘人……她不肯告訴我們他是誰，就連我也一樣。」她暗示地眨眨眼，「我在想……他是不是已婚啊？」

「沒有，他沒結婚，」瑟琳娜臉紅了，「真的沒什麼……只是朋友而已，我得走了。」

「其實，我也得離開了，」薇若妮卡說道，「我得要排演。」她對卓伊露出甜笑，「妳沒入選《馬爾菲公爵夫人》真是太可惜了，想必會是一場精采表演。導演尼可斯是個天才，他將來一定會聲名大噪。」薇若妮卡一臉驕傲瞄向瑪莉安娜，「我飾演公爵夫人。」

「我想也是。嗯，薇若妮卡，謝謝妳願意接受訪談。」

「不客氣。」

薇若妮卡看了瑪莉安娜一眼，神情詭秘，然後離開酒吧，跟在瑟琳娜後頭出去了。

「呃……」卓伊推開她的空酒杯，嘆了一口長氣，「早就告訴過妳了，她們煩死了。」

瑪莉安娜不能否認，她也不是很喜歡她們。

更重要的是，瑪莉安娜根據她多年來與病患共處所培養而成的經驗，她覺得，薇若妮卡與瑟琳娜都在對她撒謊。

不過，是關於什麼？又是為什麼？

13

多年來，我連收藏它的那個櫥櫃都一直不敢打開。

不過，我今天卻站在某張椅子上頭舉高雙手，握住那個柳條小盒——裡面裝的是我想要忘卻的一切。

我坐在燈源旁邊，打開了它，逐一研究裡面的物品：寫給某兩個女孩，但從未寄出的悲傷孤絕情書；關於農場生活的兩篇幼稚小說；某些已經忘記的爛詩。

不過，在這個潘朵拉盒子裡的最後一個物品，我記得十分清楚，那個夏天的褐色真皮日誌，我十二歲的那一年——我失去母親的那個夏天。

我打開日誌，迅速翻閱——稚氣未脫的粗糙手寫長文，看起來好瑣碎。不過，要是少了這些紙頁裡的內容，我的生活將會變得截然不同。

這些文字有某些地方很難看懂到底在寫什麼。飄忽不定又潦草，尤其是快要結束的時候，彷彿匆匆下筆，帶有突然出現的瘋狂——或者是清醒。我坐在那裡，它看起來就像隻準備要起跳的青蛙。

有條小路出現了，可以一路回到那一個夏天，回到我的青春年少。

那是一趟很熟悉的路程，夢中走過的次數已經很多了：轉入蜿蜒的泥路，前往農舍。

我不想回去。

我不願意回想⋯⋯

不過，我必須如此。因為，這不只是某種告白，這是對於失落的部分、所有消失的期盼、以及被遺忘的問題的某種尋索。這種探問是為了找出解釋：找出在那本孩童日記裡所隱藏的可怕秘密——我現在正忙著對它請益，宛若凝視著水晶球的算命師。

只不過，我尋索的不是未來。

我在找尋過往。

14

九點鐘，瑪莉安娜到「老鷹」與弗列德會面。

「老鷹」是劍橋歷史最悠久的酒吧，現在受歡迎的程度就與它在十七世紀的時候不相上下。它是由一連串聯通的小型木板房間組合而成，室內照明是燭光，可以聞到烤羊肉、迷迭香，以及啤酒的氣味。

主廳是大家所熟知的「英國皇家空軍」酒吧。數根柱子支撐凹凸不平的天花板，上面佈滿了二次世界大戰的塗鴉。瑪莉安娜在酒吧等候，開始注意頭頂上那些亡者留下的字跡。英國與美國飛行員靠著原子筆、蠟燭、打火機寫下了自己的姓名與中隊編號，他們也會信手亂畫，比方說，用口紅畫的裸女圖。

身穿綠黑色格紋襯衫的娃娃臉酒保注意到了瑪莉安娜。他把一大盤冒著熱氣的玻璃杯從洗碗機裡拿出來，露出微笑，「親愛的，想要點什麼？」

「麻煩給我一杯蘇維濃白酒。」

「馬上來。」

他為她倒了白酒，瑪莉安娜付了錢，然後準備找位子坐下。

到處都是年輕情侶，彼此緊握雙手，情話綿綿。她拒絕望向角落的那張桌子，那是她與賽巴斯汀的固定坐位。

她看了一下手錶，九點十分。

弗列德遲到了，也許他根本不會來。她盼望是這個結果，她決定再等個十分鐘之後就走人。

她放棄了，目光投向放在角落的那張桌子，沒有人。她走過去，坐下來。

她坐在那裡，以指尖撫摸木桌裡的裂痕，就像是她以前的老習慣一樣；她坐著啜飲冰冷的酒，閉眼，聆聽周邊永恆不斷的閒聊與笑聲，她可以想像自己進入過往——繼續閉著雙眼，她就可以返回那裡，十九歲的時候，等待身穿白色T恤、膝蓋有裂口的褪色牛仔褲的賽巴斯汀現身。

「嗨……」

但聲音不對，不是賽巴斯汀——瑪莉安娜困惑了一下，睜開雙眼，魔咒消失了。

那是弗列德的聲音，他手裡拿著一品脫的健力士，對她露出開心笑容。他眼神燦亮，而且似乎臉色羞紅。

「抱歉我來晚了。我的導生會超過時間，所以我極速狂飆單車，撞到了路燈。」

「你還好吧？」

「我沒事，最淒慘的是路燈。我可以坐下來嗎？」

瑪莉安娜點點頭，他入座——坐的是賽巴斯汀的椅子。瑪莉安娜一度想要問他，他們可否換桌？但她還是忍住了。克萊麗莎是怎麼說的？她不該繼續回頭顧盼，應該專注當下。

弗列德笑得燦爛。他從口袋裡拿出一小包堅果，要請瑪莉安娜享用，她搖搖頭。

他把兩三顆腰果丟入嘴巴，大嚼特嚼，目光依然緊盯瑪莉安娜。她等待他開口，兩人之間出現了一陣尷尬沉默。她很氣自己，她和這名誠懇年輕人在這裡做什麼？她當初的想法真是犯蠢。她決定採取有違她個性的直白態度，畢竟，她也不會有任何損失。

「你聽我說，」她說道，「我們之間不會有火花，明白嗎？絕對不可能。」

弗列德被腰果嗆到了，開始咳嗽。他狂飲啤酒，呼吸好不容易才恢復正常。「抱歉，」他看起來很不好意思，「我……我沒想到會聽到那種話。收到了，顯然，我配不上妳。」

「別鬧了，」瑪莉安娜搖頭，「不是這樣。」

「那不然是為什麼？」

她聳肩，渾身不自在，「理由多得數不完。」

「說一個來聽聽。」

「對我來說，你太年輕了。」

「什麼？」弗列德臉色漲紅，面色憤怒又尷尬，「太好笑了。」

「你幾歲？」

「其實沒那麼年輕，我都快二十九歲了。」

瑪莉安娜哈哈大笑，「太好笑了。」

「為什麼？妳幾歲？」

「我年紀已經大到不需要往上湊整數，我三十六歲。」

「那又怎樣？」弗列德聳肩，「年齡不重要。遇到有感覺，感覺強烈的時候，這就不重要了。」他看著她，「妳知道嗎？我第一次看到妳，在火車上的那個時候，我產生一股強烈到不行的預感，總有一天我會向妳求婚，然後妳會說好。」

「哦，你大錯特錯。」

「為什麼？妳……結婚了嗎？」

「對……不對，我的意思是……」

「別說他甩了妳吧？這男人超蠢。」

「對，我經常這麼想。」瑪莉安娜嘆氣，然後迅速講出了心傷的答案，「他……死了，約一年前的事。實在很難……說出口。」

「抱歉，」弗列德羞愧低頭，「我現在覺得自己在耍笨。」

「別這樣，這又不是你的錯。」

瑪莉安娜突然好疲倦，因為自己而覺得好挫敗，她喝光了酒，「我該走了。」

「不要，先別走。我還沒有告訴妳我對這起謀殺案的想法，關於康拉德的事。這就是妳來到這裡的原因，難道不是嗎？」

「所以？」

弗列德斜瞄她一眼，神情狡黠，「我覺得他們抓錯人了。」

「是嗎?你為什麼這麼說?」

「我見過康拉德,我認識他,他不是兇手。」

瑪莉安娜點頭,「卓伊也覺得他不是,但警方認定就是他。」

「嗯,我一直在思索。我頗想要自己破案,我喜歡解謎,我有那種腦力。」弗列德對她微笑,「妳覺得怎麼樣?」

「什麼怎麼樣?」

「妳和我,」弗列德露出燦笑,「就一起合作吧?我們共同破案?」

瑪莉安娜想了一下,她應該可以運用他的援助,她開始動搖了,不過,她知道自己最後一定會後悔,她搖搖頭。

「我想不需要,但還是謝謝你。」

「好吧,要是妳改變心意的話,記得要告訴我。」他從口袋裡拿出一支筆,在啤酒杯墊後面潦草寫下他的電話號碼。然後,他把杯墊交給她,「好,要是妳需要什麼,無論是什麼,打給我就是了。」

「謝謝……不過我不會在這裡待太久。」

「妳一直這麼說,但妳還是待在這裡啊,」弗列德大笑,「瑪莉安娜,我對妳的預感很準確,這是一種直覺,我是直覺的忠誠信徒。」

他們離開酒吧的時候，弗列德開心與瑪莉安娜聊天，「妳來自希臘對嗎？」

她點頭，「對，我自小在雅典長大。」

「啊，雅典很好玩。我好愛希臘，妳是不是去過很多小島？」

「滿多的。」

「納克索斯呢？」

瑪莉安娜愣住了。她一派尷尬站在路上，突然之間，她無法看著他。

她輕聲細語，「什麼？」

「納克索斯嗎？我去年去過。我是游泳健將，嗯，其實主要是潛水，那地方非常適合。妳去過嗎？真的應該——」

「我得走了。」

瑪莉安娜立刻轉身，以免弗列德看到她眼眶的盈淚，她一直往前走，不再回頭。

「哦……」她聽到他開口，似乎有點嚇到了，「好，那就再見了……」

瑪莉安娜沒回答，她告訴自己，*只是巧合罷了，不代表任何意義，忘了吧，沒什麼，真的沒什麼。*

她拚命想把他提到那小島的事拋諸腦後，她繼續往前走。

15

瑪莉安娜離開弗列德之後，匆匆趕回學校。

夜晚時分變得更冷，空氣透出一股冷冽之意。河面上方的薄霧開始瀰漫，往上飄散，整條街不見了，陷入朦朧水氣之中，到處都是宛若濃密煙塵的霧，徘徊不去。

瑪莉安娜立刻發覺有人在跟蹤她。

她離開「老鷹」酒吧之後，就馬上跟在她後頭的同一組腳步聲。沉重的步履，男人在踩踏的聲響，堅硬鞋底的靴子，不斷敲擊路面的圓石，沿著空荒街道發出回音——就在她後面，與她相隔不遠的位置。要是沒有回頭的話，很難判斷腳步聲有多近。她鼓起勇氣，往後偷瞄。

放眼所及，沒有人。但她能看到的範圍並不遠。重重霧雲籠罩街道，將其吞沒。

瑪莉安娜繼續前行，轉彎。

幾秒鐘之後，她後頭出現了腳步聲。

她加快腳步，對方亦然。

她回頭瞄了一下。這一次，她看到了人。

某個男人的影子，就在她後頭不遠的地方。他遠離街燈而行，貼牆，一直躲在暗處。

瑪莉安娜心跳狂飆，四處張望，想要找地方逃走——她看到一男一女，在街道的另一邊，挽著手臂前行，她立刻離開路緣穿越馬路，朝他們走去。

不過，當她到達人行道的時候，他們走上了某道大門的台階，打開門鎖，進去了，已經看不到人。

瑪莉安娜繼續往前走，專心聆聽腳步聲，而且回頭張望，他在那裡——穿深色衣服的男子，陰影遮蔽了他的臉——他穿越濃霧街道，朝她追來。

瑪莉安娜瞄到左邊有一條狹窄小巷，她突然做出決定，轉進小巷，她沒有回頭看，開始拔腿狂奔。

她跑過小巷，一路直衝河岸，木橋就在眼前。她繼續前行，匆忙過橋——跨越河面，到達了另外一頭。

這裡更幽暗，完全沒有路燈能夠照亮黑漆漆的整條河區。水霧更加濃重，皮膚感覺又冷又濕，有冰的氣息，宛若下雪。

瑪莉安娜小心翼翼撥開某棵樹的一些樹枝，然後，從樹旁邊繞過去，躲在後頭。她貼住樹幹，感受到樹皮的光滑濕潤感，她努力保持不動姿勢，不出聲，讓呼吸變得徐緩、寧靜。

然後，她仔細觀察，等待。

過了好幾秒，她有了足夠把握，她偷瞄他——或者應該說偷瞄的是他的陰影——發現他悄悄過橋，到達河岸。

她看不到他了，但依然可以聽到他的腳步聲，現在踏在比較柔軟的地面，泥地——四處尋覓，與她相隔不過幾公尺而已。

然後，一片沉靜，完全沒有任何聲響，她屏住呼吸。

他在哪裡？跑去什麼地方？

她苦候許久，感覺似乎是漫長無盡，她只是想要確定沒問題。他離開了嗎？似乎是如此。

她態度十分謹慎，從樹後方出來，花了好幾秒的時間才找出自己的方位。然後，她這才發現自己面前就是河，在黑暗中閃爍粼粼波光，只需要跟著它就對了。

她沿著河岸匆匆前行，直奔聖克里斯多福學院的後門，她穿越石橋——走向紅磚牆面的那一道巨大木門。

她把手伸出去，抓住冰冷的銅環，用力一拉，大門沒有動靜，鎖住了。

瑪莉安娜陷入遲疑，不確定該怎麼辦。然後……她聽到了腳步聲。

同樣焦急的腳步聲，同一個男人。

而且越來越靠近。

瑪莉安娜回頭——但什麼都看不到——只有逐漸融入黑暗之中的重重迷霧。

但她聽得到他逐步逼近，正過橋朝她而來。

她再次試了一下大門——但依然不為所動。她進退維谷，開始感覺恐慌。

「是誰？」她對著那片漆黑世界大喊，「是誰在那裡？」

對方沒回應，只有越來越接近的腳步聲，越來越接近——

瑪莉安娜正準備要大叫——

然後，突然之間，左側稍遠處傳來吱嘎聲響。牆裡的某道小門開了，它有部分隱身在灌木叢之後，瑪莉安娜以前一直沒注意到。它只有主門的三分之一大，材質是沒有上漆的樸素木材。手電筒的光從門內冒出來，照向暗處。她的臉被強光閃到，害她什麼都看不見。

「小姐，一切都還好嗎？」

她立刻認出是莫里斯的聲音，瞬間如釋重負。他移開照在她臉上的光束，她看到他站在那裡，正準備彎身穿越低矮木門。莫里斯身穿黑色大衣，戴著黑色手套，他盯著她不放。

「妳沒事吧？」他說道，「我只是在巡邏。後門在十點鐘會上鎖，妳應該知道才是。」

「我忘了。對……我沒事。」

他把手電筒在橋面附近照了一下，瑪莉安娜焦慮不安，雙眼緊追著光，看不出有任何人。

她專心聆聽，好安靜，完全沒有腳步聲。

他離開了。

她回頭看著莫里斯，「可以讓我進去嗎？」

「當然沒問題，請走這裡。」他指向他背後的小門，「我通常把它當成捷徑，沿著這條通道往前走，就會進入主院。」

「謝謝，」瑪莉安娜說道，「太感激了。」

「小姐，千萬別客氣。」

她走過他身邊，到達敞開的大門前面。她低頭，稍微彎身，進去了。這條古老磚道非常幽暗，聞得出濕氣。門關上了，她聽到莫里斯鎖門的聲音。

瑪莉安娜小心翼翼前行，心中惦念剛剛發生的事。她一度懷疑自己——真的有人跟蹤她嗎？如果真是如此，那會是誰？或者，她剛才只是恐慌發作而已？

反正，回到了聖克里斯多福學院，讓她鬆了一口氣。

她進入某道橡木鑲板的走廊，這是主院裡食物儲藏室建物的部分區域。她正準備要從大門出去的時候，回頭顧盼，停下了腳步。

這條燈光微弱的走道掛了一整排畫像，底端有一幅畫像吸引了她的目光，它獨佔一面牆，瑪莉安娜仔細端詳，她認得那張臉。

她眨眼眨了好幾次，不確定自己是否判斷正確——然後，她宛若精神恍惚的女子，緩緩走到畫作前面。

她站在那裡，整張臉的高度與畫中人物的臉龐一致，她仔細端詳，對，是他。是丁尼生。

不過，那並非瑪莉安娜在丁尼生其他畫像中看到的那種老年模樣，滿頭白髮加長鬚。而是年輕時代的阿佛列．丁尼生，其實，根本還是個大男孩。

當初繪製這幅畫的時候，他應該還沒超過二十九歲。畫中的他看起來更年輕，但絕對是他，錯不了。

他的臉是瑪莉安娜所見過的最俊帥面容之一。在這裡近距離看著他，他的美簡直讓她為之屏息。他有線條分明的下巴，性感雙唇，蓬亂的深色及肩長髮。有那麼一時半刻，她聯想到了愛德華·佛斯卡，不過，她卻立刻將這念頭拋諸腦後。原因之一，他們的眼睛很不一樣，佛斯卡雙眼是深色，但是丁尼生卻是淡藍眼眸，水藍色。

這張畫完成的時候，哈勒姆應該已經死了七年左右，也就是說，丁尼生還得度過另一個漫長十年，才終於完成《悼念集》，另一個悲痛的十年。

不過，這並不是一張被絕望全然籠罩的臉龐，令人意外的是，似乎還透露出一點什麼心緒，不是悲傷，完全看不出一絲憂鬱。面容有沉靜冰冷之美，但還是有別的情緒。

為什麼？

瑪莉安娜眯眼盯著照片，覺得丁尼生似乎是在看什麼……近處的某個東西。

她心想，沒錯——他那雙淡藍色眼眸就是盯著她看不到的某個東西，位於邊側，瑪莉安娜頭部的後方。

他在看什麼？

她離開了那幅畫，覺得很失望——彷彿丁尼生害她大失所望。她不知道自己期盼能在他眼中找到什麼，也許是一點安慰？慰藉或力量吧，就算是心碎感也好。

不過，什麼都沒有。

她將那幅畫的事拋諸腦後，匆匆回到了自己的房間。

在她的房門外頭，有東西在等著她。

地上放了一只黑色信封。

瑪莉安娜撿起來，打開，裡面有一張對摺的便條紙，她翻開之後，開始閱讀內容。

那是以黑色墨水寫下的優雅斜體字：

親愛的瑪莉安娜：

希望妳一切安好，不知能否在明天早上小聊一下？十點鐘在「教師花園」相見可好？

愛德華・佛斯卡　敬上

16

要是我出生在古希臘，那麼，在我出生的時候，想必會出現許多凶兆與占星預卜災難。月蝕與日蝕、燃燒的彗星，以及充滿不祥的各種跡象——

結果，其實什麼也沒有——其實我出生那一天的特色就是什麼大事也沒有。我的父親，扭曲我一生、逼我成魔的那個男人，當時正在與某些農場工人玩牌、抽雪茄，還有喝威士忌，直到入夜。

要是我努力想像我的母親——要是我細瞇雙眼——只能看到模模糊糊的她，失焦霧茫的畫面——我的美麗母親，年僅十九歲的女孩，待在醫院的私人病房裡面。她可以聽見走廊盡頭的護士笑語聲。她孤單一人，但這不成問題，只有她一個人，能夠找到一定程度的平靜，她可以在不需擔心被攻擊的狀況下、釐清思緒。她很期待寶寶降臨，因為，她發現嬰兒不說話。

她知道她丈夫想要兒子，但她卻私心期盼是女孩。如果是男娃，他終將長大成為男人。

而男人不可信。

宮縮再起，她鬆了一口氣，有狀況可以分神，她就不會胡思亂想。她寧可專注在身體狀態：呼吸、數息——可以抹消她心中所有念頭的那種劇痛，宛若粉筆在黑板上刮擦一樣。然後，那股痛楚讓她全然繳械，她失去了意識——

到了黎明時刻，我出生了。

母親大失所望，我不是女生。當我父親聽到消息，他有兒子了，他欣喜若狂。農人，就像是君王一樣，需要有眾多子嗣，而我是他的第一個。

為了慶祝我出生，他帶著一瓶廉價的氣泡酒，到了醫院。

但這值得頌揚嗎？

或者，其實是一場災難？

我的下場早在當時已經命定了嗎？是不是來不及了？他們當初是不是應該立刻悶死我？讓我在山坡斷氣腐爛？

要是我母親看到這一段文章，發現我在尋找罪魁禍首，追究責難的對象，我知道她會怎麼說，她一定是不耐至極。

她會這麼說，沒有任何一個人該負責，不要美化自己一生的所有事件、想要賦予它們什麼意義，沒有意義，生命沒有意義，死亡沒有意義。

她不是只有這一種樣貌。曾經，有另外一個人，會做壓花，會在詩句下方劃線：

這是我在某個櫥櫃後面的某個鞋盒裡發現的過往秘密。老舊的照片、壓扁的花朵、拼字錯誤百出的情詩，我爸爸求婚時寫下的字語。不過，我爸爸過沒多久之後就再也沒寫詩，我媽也不看了。

她嫁給了一個她根本不熟的男人。而且，她本來身處的是一個一個她認識所有人的世界，他把她帶走之後，引她進入一個令人不適的世界——冷冽的清晨、一整天的辛苦勞動：秤量小羊的體重、剃毛、餵養。重複，再重複，而且永不停歇。

當然，也有美妙的一刻——比方說羊隻繁殖的季節，天真無辜的小動物像是白色香菇一樣冒出來，這是最美好的時刻。

不過，她一直不肯對這些小羊放感情，她學習了割捨。

最慘不忍睹的就是死亡。持續不斷的死亡——而這一切都與程序息息相關。標記那些必須被宰殺的動物，不是太瘦就是太肥，不然就是無法受孕。然後，身穿佈滿可怕血跡工作服的屠夫出現，我父親會窩在旁邊，迫不及待想要幫忙，他喜歡屠宰，似乎是樂在其中。

宰殺進行的時候，我母親總是溜走躲起來，偷偷夾帶一瓶伏特加進浴室，進入淋浴間，她以為這樣一來就不會有人聽到她的哭聲。我會跑到農場的最遠端，越遠越好，我會摀住耳朵，不過卻依然聽得到尖叫。

等到我回到農場的時候，到處都是死亡的惡臭。被開腸剖肚的屍體，散落在敞開的穀倉裡面，最靠近廚房的那一間——溝渠裡流的是紅色血水。羊肉在我們的廚房裡秤重與包裝，所以散發出一股屍臭。一堆碎肉凝貼在桌上，表面還有一灘灘的血，肥碩的蒼蠅圍繞不去。

至於沒有人想要的那些屍塊——腸子、內臟，以及其他部分——就由我父親負則掩埋，他把它們全扔到了農場後面的坑洞裡。

那個坑是我一直避之唯恐不及的地方，我被它嚇得半死。我爸爸老是威脅我，要是我不乖乖聽他的話，或是膽敢洩露他的秘密，他就要把我活埋在裡面，他那時候是這麼說的，不會有人找得到你，永遠不會有人知道。

我經常幻想自己被活埋在那個坑裡面的畫面——四周全是腐爛的屍體，被蛆啊蟲啊還有其他噬肉的灰色生物重重包圍——我因為恐懼而全身顫慄不止。

當我回思過往，依然讓我嚇得發抖。

17

第二天早上十點，瑪莉安娜與佛斯卡教授見面。

當小教堂的鐘在十點鐘響起的那一刻，她到達「教師花園」，教授已經在那裡了，他身穿白色襯衫，脖子附近沒扣鈕釦，搭配深灰色燈芯絨外套。他頭髮放了下來，垂落在肩線周圍。

「早安，」他說道，「看到妳真開心，我不確定妳會不會來。」

「我來了啊。」

「而且超級準時。瑪莉安娜，我想這就等於表明了妳的心跡是不是？」

他露出微笑，但瑪莉安娜並沒有回笑。她下定決心，要盡量不動聲色。

佛斯卡打開了木門，朝花園裡面指了一下，「我們進去吧？」

她跟在他後頭走進去。「教師花園」僅供教職人員與客人進入，大學部學生不得入內，瑪麗安娜不記得自己以前有沒有來過這裡。

看到裡面如此寧靜美麗，立刻讓她驚豔不已。這是都鐸式低地花園，四周是凹凸不平老舊磚牆。磚頭間與裂縫中面冒出了茂盛的血紅色纈草，以極緩慢的速度撕裂牆面，周邊種滿了繽紛植物，一片片的粉紅、藍色，以及火紅。

「好漂亮的地方。」

佛斯卡點頭，「對，的確如此，我經常來這裡。」

他們開始沿著步道前行，佛斯卡若有所思，大談這座花園與劍橋的整體之美，「這裡有某種魔力，妳也感受到了，是不是？」他瞄向她，「我很確定，妳一開始的時候就感受到了……和我一樣。我可以想像妳那個時候……一個大學生，初來乍到，對於這個國家還感到很陌生……和我一樣……對於這段人生也感到陌生。純真……寂寞……是不是被我說中了？」

「你是在說你還是我？」

佛斯卡微笑，「我想我們有相當類似的體驗。」

「我很懷疑。」

佛斯卡瞄她，端詳她好一會兒，彷彿本想說些什麼，但最後欲言又止，兩人默默往前走。

終於，他開口，「妳好安靜，跟我預期的完全不一樣。」

「你本來預期的是什麼？」

佛斯卡聳肩，「不知道，一場詰問吧。」

「詰問？」

「那審訊好了。」他把菸遞到她面前，她搖頭。

「我不抽菸。」

「除了我之外，大家都不抽菸了。我也試過戒菸，最後還是失敗，我缺乏衝動的控制力。」

他把香菸含在嘴中，是美國品牌，末端有白色濾嘴。他劃了根火柴，點燃，吐出一口長煙。瑪莉安娜望著那道煙在空中飛舞，最後消失無蹤。

「我請妳來這裡與我見面，」他說道，「因為我覺得我們必須要好好談一談。我聽說妳對我很有興趣，問了我學生各式各樣的問題……對了……」他繼續說道，「我問過學監了，就他所知，他並沒有請妳與任何學生會談，非正規或其他管道都沒有。所以，問題來了，瑪莉安娜，妳到底想要做什麼？」

瑪莉安娜瞄了佛斯卡一眼，發現他正死盯著她，拚命想要以銳利雙眼解讀她的心思。她迴避他的目光，聳肩，「我只是覺得困惑而已……」

「對我特別困惑？」

「關於『少女團』。」

「『少女團』？」佛斯卡面露詫異，「為什麼？」

「有一群特殊學生團體，似乎很奇怪。想必它只會形成別人的敵對與仇視吧？」

佛斯卡微笑，吸了一口菸，「妳是團體心理治療師吧？所以，妳尤其應該知道小團體提供了完美環境，可以讓獨特的心靈得到滋長……我就是在做那樣的事而已，營造出那種空間。」

「為了獨特心靈而特設的……繭？」

「說得很好。」

「你指的是女性的心靈。」

佛斯卡眨眼，對她投以冷酷表情，「最聰穎的心靈通常都是女子……這個觀點有這麼難以令人接受嗎？裡面完全沒有任何不法情事。我只是一個愛喝酒的普通老師而已，如果說這裡有誰被不當對待，那就是我。」

「有誰提到了不當對待嗎？」

「瑪莉安娜，不需要這麼迂迴。我看得出來，妳把我當成了壞人，是掠食者，準備要吃掉我那些弱不禁風的學生。只不過妳也見過了這些年輕女孩，當然看得出來她們與脆弱完全沾不上邊。在這些聚會當中，完全沒有任何不當行為，只是一個小型讀書團體，討論詩、享受美酒與智識辯論。」

「不過，現在裡面卻有一個女孩死了。」

佛斯卡教授皺眉，他的目光中顯然閃過一抹怒火，他死盯著她，「妳覺得妳有本事可以看透我的靈魂？」

瑪莉安娜別過頭去，這問題讓她好尷尬，「沒有，當然不可能，我不是故意……」

「算了。」他又抽了一口菸，所有的怒氣似乎一消而散，「妳也知道，『心理治療師』這個字詞，起源於希臘的phyche，意思是『靈魂』，而therapeia的意思是『治療』。妳是靈魂治療師？要不要幫我治一下？」

「不能，只有你能治療你自己。」

佛斯卡把香菸丟在步道，以腳用力踩入泥地裡，「妳心意已決，就是不喜歡我，我不知道為什麼。」

瑪莉安娜聽了惱怒，她發現自己也不知道為什麼。她開口說道：「我們走回去吧？」

他們回頭，朝門口走去，他沿路都在瞄瑪莉安娜，「我對妳很好奇，」他說道，「我總是不自覺地想，妳究竟在想什麼。」

「我沒有在想什麼，我一直在聆聽。」

她的確如此。瑪莉安娜也許不是偵探，但她是心理治療師，她知道該如何聆聽。聆聽不只是要注意說出來的話，也該注意沒有說出的一切，所有不曾說出口的字詞——謊言、閃避、投射、移情，以及其他發生在兩人之間的心理學現象，都需要某種特殊的聆聽方式。瑪莉安娜必須要聆聽佛斯卡在不知不覺當中向她傳遞的那些情緒。在心理治療的情境當中，那種情緒被稱之為移情，而且，她需要知道有關這男人的一切、他是誰，還有他在隱藏什麼，都可以透過這方式弄清楚。只要她能夠將自己的情緒排除在外——當然，這一點並不容易。當他們在走路的時候，她努力聆聽她自己的身體，可以感受到一股緊張情緒在冒升：下巴緊繃，咬牙切齒。她覺得腹內有某種火燙感，皮膚刺癢——她聯想到的是怒火。

但那是誰的怒氣？她的嗎？

不——那是他的怒火。

他的怒火，對，她感受得到。他們在走路的時候，他沉默不語——不過，在沉靜的表象之下，隱藏了盛怒。當然，他不承認，但的確在底下沸騰：在這次的會面過程中，瑪莉安娜不知怎麼激怒了他，他一直高深莫測，很難參透，不好相處——觸動了他的怒氣。她突然想到，要是他這麼快就動怒——那麼當我真正挑釁他的時候，會發生什麼事？

她不知道自己是否真心想要知道答案。

然後，就在他們到達大門的時候，佛斯卡停下腳步。他瞄了她一下，似乎是在評估狀況，最後，他做出決定，「我在想，」他說道，「如果你想要繼續討論這話題……趁晚餐的時候吧？明天晚上怎麼樣？」

他盯著她，等待她的答覆。瑪莉安娜與他四目相接，眼睛連眨也沒眨一下。

「好啊。」

佛斯卡微笑，「很好……我的住所，八點鐘？還有一件事……」

她還沒來得及阻止他，他已經傾身向前——

他親吻她的雙唇。

只有一秒鐘而已，但當瑪莉安娜反應過來的時候，他已經抽身後退。

佛斯卡轉身，走出敞開的大門，瑪莉安娜聽到他離去的時候在吹口哨。

她用拳頭狠狠抹去那一吻。

他怎麼敢這樣？

她覺得自己被侵犯了——遭到攻擊，而且也不知道怎麼搞的，他贏了，成功殺得她措手不及，嚇到了她。

她站在那裡，在早晨陽光照耀之下，覺得又熱又冷，她怒火中燒，有一件事她十分確定。

這一次，她感受到的憤慨並非來自他身上。

而是她的怒火。

全都是她自己的怒火。

18

瑪莉安娜離開佛斯卡之後，取出了弗列德之前給她的那個啤酒杯墊。她打電話給他，詢問他是否有空見面。

二十分鐘之後，她與弗列德在聖克里斯多福學院的主門旁會面。她看著他把自己的腳踏車鎖在欄杆上，然後他把手伸入自己的包包，拿出了兩顆紅蘋果。

「我把這當成早餐，要不要來一個？」

他拿了顆蘋果給她，她本來不假思索打算拒絕，但發覺自己真的很餓，於是點點頭。

弗列德很開心，他挑了比較好的那一個，以袖子擦乾淨之後，交給了她。

「謝謝。」瑪莉安娜接過來，咬了一口，清脆香甜。

弗列德對她微笑，邊吃東西邊講話，「妳打電話給我，讓我好開心。昨天晚上……妳離開得有點突然……我想我應該是哪裡惹妳不高興。」

瑪莉安娜聳肩，「不是因為你，而是……納克索斯。」

「納克索斯？」

「那……是我丈夫死亡的地點，他……在那裡淹死。」

「啊天哪，」弗列德雙眼瞪得好大，「天，真是抱歉……」

「你之前不知道？」

「我當然不知道，怎麼可能？」

她小心翼翼盯著他，「所以純粹巧合？」

「這個嘛……我告訴過妳了，我有一點通靈體質。所以我可能有感應，所以納克索斯立刻就浮現在我的腦海中。」

瑪莉安娜皺眉，「抱歉，我不信這種事。」

「哎，是真的。」兩人陷入一陣尷尬的沉默，然後，弗列德開口，語速急快，「好，要是我讓妳的情緒受到傷害，我道歉……」

「真的沒有。不要緊，就忘了這件事吧。」

「這就是妳打電話給我的原因？要告訴我這個？」

瑪莉安娜搖頭，「不是。」

她也不確定自己為什麼要打電話給他，她很可能犯了錯。她先前告訴自己，她需要弗列德的幫助，但其實這是藉口——她很可能只是寂寞罷了，而且對於自己與佛斯卡的那場會面甚是心煩。她很氣惱自己約他出來，但已經太遲了，他人都已經在這了，兩人還不如就好好趁機利用這次機會。「來吧，」她說道，「我有東西要給你看。」

他們進入校園，穿過主院，進入拱道，到達了愛神庭院。

他們走進去的時候，瑪莉安娜抬頭望向卓伊的寢室。卓伊不在那裡，她在和克萊麗莎上課。瑪莉安娜當初刻意沒對她說出弗列德的事，因為她不知道到底該怎麼向卓伊解釋，或者，也不知道要怎麼對自己解釋。

當他們接近塔拉寢室樓梯口的時候，瑪莉安娜的下巴朝一樓窗戶指了一下，「這是塔拉的寢室。在她死去的那個晚上，她的寢室整理員在七點四十五分看到她離開這個房間。」

弗列德指向愛神庭院的後門，那方向通往「後場」，「她從那裡離開的嗎？」

「不是，」瑪莉安娜搖頭，她指向另一個方向，穿過拱廊，「她從主院出去的。」

「嗯，奇怪了……後門通向河邊……那是通往『天堂』的最快路徑。」

「也就是說……她去了別的地方。」

「與康拉德見面？就與他的說詞一樣？」

「有這個可能，」瑪莉安娜思索了一會兒，「還有另外一件事……根據門房莫里斯的說法，塔拉是在八點鐘從前門離開，所以如果她是在七點四十五分離開自己的寢室……？」

她刻意沒把問題講完，弗列德接口。

「明明是最多只需要花一兩分鐘的步行距離，為什麼花了她十五分鐘之久？我想……嗯，一定是有其他的事耽擱了。她可能傳簡訊給某人，或者見了某個朋友，或是……」

他忙著講話，瑪莉安娜盯著塔拉窗戶底下花壇，紫色與粉紅色的毛地黃。

然後，就在泥巴上面，有一截菸蒂。她彎身，把它撿起來，有獨特的白色濾嘴。

弗列德說道：「是美國的牌子。」

瑪莉安娜點點頭，「對……就像是佛斯卡教授抽的一樣。」

「佛斯卡？」弗列德壓低聲音，「我知道他。我有朋友念這個學院，聽到了很多故事。」

瑪莉安娜瞄他，「什麼故事？你在說什麼？」

「劍橋是小地方，大家都會討論。」

「他們說什麼？」

「佛斯卡很有名，或者應該說惡名昭彰……反正，就是他的那些派對。」

「什麼派對？你聽說了什麼？」

弗列德聳肩，「知道得不多。只開放給他的學生參加，不過，我的意思是……我聽說他們玩得很兇，」他專注盯著她，研究她的表情，「妳覺得他和塔拉的命案有關？」

瑪莉安娜仔細考慮了一會兒，決定和盤托出，「聽我說，」她說道，「我慢慢告訴你。」

他們沿著庭院周邊散步，她把塔拉對於佛斯卡的指控全告訴了他——還有他後續否認，以及其他人聯手為他作證的不在場證明；還有，儘管如此，她依然放不下懸念的心路歷程。她本來以為弗列德會哈哈大笑或嗤之以鼻，或者，至少是不信她的說法——但他並沒有，她對此心存感激。她發覺自己開始喜歡這個人了，而且這是她第一次覺得自己沒那麼孤單。

「除非薇若妮卡、瑟琳娜，以及其他人都撒謊，」瑪莉安娜作結，「佛斯卡一直與她們在一起……只有兩三分鐘除外，那時候他跑到外頭抽菸……」

「要是他透過窗戶看到塔拉，立刻下來，在庭院裡堵到她，」弗列德說道，「這時間綽綽有餘。」

「然後兩人約好十點鐘的時候在『天堂』見面？」

「沒錯。為什麼不可能？」

瑪莉安娜聳肩，「就算是這樣，他也不可能是兇手。如果塔拉是在十點遇害，他沒有辦法即時趕到那裡。走到那邊至少要二十分鐘，如果開車可能要更久……」

弗列德想了一會兒，「除非走水路。」

瑪莉安娜一臉茫然看著他，「什麼？」

「也許他是靠撐篙的方式。」

「撐篙？」她差點大笑，聽起來好荒謬。

「為什麼不行？沒有人會注意河面……沒有人會注意到有人撐篙……尤其是夜晚時分。他到達與離開的時候都神不知鬼不覺……而且只需要幾分鐘的時間。」

瑪莉安娜思索了一會兒，「也許你說得對。」

「妳會撐篙嗎？」

「技術不是很好。」

「我可以，」弗列德露出燦笑，「其實，我滿厲害的……這可不是自誇……妳覺得怎樣？」

「什麼怎樣？」

「我們去船庫，借一艘平底船……然後試驗一下？有何不可？」

瑪莉安娜還來不及回答，她的手機先響了，是卓伊，她立刻接起電話。

「卓伊？妳沒事吧？」

「妳在哪裡？」卓伊聲音中的那種焦急不安，等於向瑪莉安娜透露出事了。

「我在學校裡，妳在哪？」

「我和克萊麗莎在一起，警察剛過來……」

「為什麼？怎麼了？」

卓伊安靜了一會兒，瑪莉安娜聽得出來，她努力憋住不哭出來。卓伊壓低音量，悄聲說道：「又出事了。」

「什麼……這話是什麼意思？」

瑪莉安娜知道卓伊的意思。反正，她需要卓伊把它說出來。

「又有一起兇案，」卓伊說道，「他們發現了另一具屍體。」

第三部

因此，完美的故事情節，必須要具有單一議題，而不是（如同許多人告訴我們）的雙重議題；英雄命運的轉變不能是從悲慘轉為幸福，正好相反，要從幸福轉為悲慘；而且肇因不能是墮落，而是他自己犯下的某種重大疏失。

——亞里斯多德，《詩學》

1

屍體是在某處牧地被人發現，就在「天堂」的邊界。那是中世紀的共有地，農夫自古以來一直具有放牧權，而某名農夫一大早在那裡放牛吃草的時候，發現了這起慘案。

瑪莉安娜好焦急，想要立刻趕過去。雖然卓伊氣急敗壞反對，但瑪莉安娜就是不肯讓卓伊一起跟。她下定決心，要為卓伊盡量擋掉不愉快的一切，這當然屬於不愉快之事。

她反而與弗列德一起出發。他靠著手機裡的地圖讓他們找到了那一塊牧地。

當他們沿著河邊前行，經過了校園與草地的時候，瑪莉安娜聞到了綠草、泥土，以及樹木的氣味——也把她帶回到多年前剛來到英格蘭的第一個秋天，希臘的濕熱換成了東英格蘭的深灰天空與濕潤草地。

自此之後，對瑪莉安娜來說，英國鄉間的迷人魅力從來不曾消退，但今日卻發生了改變。現在，她感受不到欣喜，只有一股噁心的恐懼感。她深愛的原野與牧地，她與賽巴斯汀走過的這些小徑，已經留下了永遠的污痕。再也不是愛情與幸福的同義詞——從現在開始，它們唯一的意義就是鮮血與死亡。

他們走路的時候幾乎都沒說話，大約二十分鐘之後，弗列德指向前方，「就在那裡。」

某處牧地映入他們的眼簾。而牧地入口有一大排車輛，有警車以及新聞轉播車，一台接著一台，停放在泥巴路。瑪莉安娜與弗列德經過那些車輛旁邊，到達了警方封鎖線，好幾名警員負責圍堵媒體，此外，還有一小群圍觀民眾。

瑪莉安娜瞄了一下那些旁觀者，突然想起在賽巴斯汀屍體從水裡打撈上岸的時候，聚集在海濱的那一群殘忍群眾。她想起了那些臉孔——佯裝關切的表情，其實是熱切興奮的面具。天，她好恨他們——現在，在這裡看到同樣的表情，她好想吐。

「來啊，」她說道，「我們走吧。」

但弗列德沒有動作，他看起來有點猶疑，「我們要去哪裡？」

瑪莉安娜指向警方封鎖線的另一頭，「那邊。」

「我們要怎麼進去？會被他們看到啊。」

瑪莉安娜張望四周，「這樣好了，你過去那裡引開他們的注意力……幫我製造偷偷溜進去的機會？」

「沒問題，這我辦得到。」

「你真的不過來嗎？」

弗列德搖頭，不敢看她的眼睛，「老實說，我要是看到血啊屍體啊什麼的容易想吐，我還是在這裡等妳就好。」

「好，我不會耽擱太久。」

「一切順利。」

「你也是。」

他花了一點時間才鼓足勇氣。然後，他朝警察走過去，開始與他們講話，詢問問題，瑪莉安娜逮到了機會。

她走到封鎖線前面，將它拉起，從底下鑽過去。

然後，她挺直身體，繼續往前走，不過，才走了幾步，就聽到某人的聲音。

「喂！妳在做什麼？」

瑪莉安娜轉身，有名警員朝她衝過來。

「站住！妳誰啊？」

瑪莉安娜還來不及回答，朱利安已經先出手了。他從某頂鑑識科帳篷鑽出來，朝那警員揮揮手，「沒關係，她跟我是一起的，她是我的同事。」

那警察一臉懷疑，看了瑪莉安娜一眼，但還是站到一旁。瑪莉安娜望著他離去，然後面向朱利安，「謝謝。」

朱利安微笑，「妳就是不輕言放棄，對吧？我喜歡，那就希望我們不會遇到總督察嘍。」他對她眨眨眼，「想不想要看一下？這位病理學家是我的老友。」

他們走向帳篷，病理學家站在外頭，正在忙著傳簡訊。他四十多歲，很高，光溜溜的禿頭，還有一雙銳利的藍色眼眸。

「庫巴，」朱利安說道，「我帶了一個同事過來，希望不礙事。」

「當然沒問題。」庫巴望向瑪莉安娜，他的英語帶有一點波蘭腔，「先警告妳，狀況很慘，比上次還恐怖。」

他伸出戴著手套的手，指向帳篷後方，瑪莉安娜深呼吸，繞過去。

就在那裡。

那是瑪莉安娜見過最毛骨悚然的場景，她怕得不太敢看，感覺很不真實。

某名年輕女子的屍體，或者，應該說是屍塊，橫陳在草地之間。軀幹已經被砍殺得面目全非——只剩下鮮血、內臟、泥漿與土塊的混合體。頭顱完整，死者雙眼圓睜，在這種視而未見的凝望之中，有一條通往遺忘之路。

瑪莉安娜盯著那雙眼睛，一直無法別開目光，她被這種美杜莎的目光嚇呆了，那是一種即便是在死後，也依然有魔力把人石化的雙眼……

她的心中浮現了《馬爾菲公爵夫人》的某句台詞：「蓋住她的臉龐，我雙目昏眩——她青春早逝。」

她的確青春早逝，太年輕了，才二十歲而已，下個禮拜要過生日——她正在籌劃派對。

瑪莉安娜之所以知道這一切，是因為立刻就認出了她。

是薇若妮卡。

2

瑪莉安娜挪移腳步，離開屍體旁邊。

她真的想吐。必須讓自己與剛才所見的一切保持一點距離。她想要避而遠之，但她知道自己無路可逃——在接下來的這段日子當中，那場景將會對她苦纏不休，鮮血，頭顱，睜得大大的雙眼——

她告訴自己，夠了，不要再想了。

她繼續往前走，終於到達某個搖搖晃晃、作為相鄰牧場邊界的木頭圍欄，感覺很不穩，似乎可能會坍塌，她斜靠圍欄——支撐力很弱，但總比什麼都沒有好。

「妳還好嗎？」

朱利安出現在她身邊，憂心忡忡看著她。

瑪莉安娜點點頭，她發覺自己雙眼盈滿淚水，她立刻擦乾淨，心覺尷尬，「我沒事。」

「等到妳看過的犯罪現場跟我一樣多的時候，就會習慣了。我也不知道說這個有沒有用，但我覺得妳很勇敢。」

瑪莉安娜搖頭，「我不勇敢，一點都不勇敢。」

「還有，妳對康拉德．埃利斯的判斷是正確的。這次謀殺案發生的時候，他還在羈押中，所以也就讓他擺脫了嫌疑……」庫巴朝他們走來，朱利安看著他，「除非，你認為並非同一人所為？」

庫巴搖頭，從口袋裡取出了電子菸，「不，是同一人所為。相同的犯罪手法，我計算傷口，一共有二十二處。」他吸了一口，吐出了一團團的煙霧。

瑪莉安娜盯著他，「她手裡有東西，是什麼？」

「哦，妳有發現？是毬果。」

「我想也是，真是奇怪。」

朱利安瞄了她一眼，「為什麼這麼說？」

瑪莉安娜聳肩，「這附近並沒有松樹。」她思索了一會兒，「不知道是否有什麼清單？記載了在塔拉屍體身上發現的所有物件？」

「妳會這麼想，真巧，」庫巴說道，「我也想到了同一件事，所以我去檢查了一下。塔拉的屍身也有一個毬果。」

「毬果？」朱利安說道，「真有意思。對他來說，一定具有某種意涵……但我很好奇，究竟是什麼？」

當他說出這段話的時候，瑪莉安娜立刻想到佛斯卡教授上艾盧西斯課程時所展示的某張幻燈片：某個大理石毬果的浮雕。

她心想，對，的確別有意涵。

朱利安張望四周，露出挫敗表情，搖搖頭，「他是怎麼辦到的？在戶外行兇，然後在全身是血的狀況下，消失不見，沒有證人，沒有兇器，沒有可資辨識的證據……什麼都沒有。」

「果然一針見血，」庫巴說道，「但關於血跡的這一點，你就弄錯了。他不一定會全身沾血，畢竟，兇手是在對方斷氣後才拿刀砍殺。」

「什麼？」瑪莉安娜盯著他，「什麼意思？」

「就是我剛剛說的那樣，他先割斷她們的喉嚨。」

「確定嗎？」

「是啊，」庫巴點點頭，「兩起案件都一樣。死因是嚴重切傷……截斷了所有的組織，直達頸椎。就傷口的深度看來，一定是立即死亡……我想是從背後攻擊，可否讓我……？」

他走到朱利安後面，以優雅姿態進行示範——拿他的電子菸當成刀子。當瑪莉安娜看到他假裝割傷朱利安喉嚨的那一刻，不禁臉色抽搐。

「看到了嗎？動脈向前噴血。然後，把屍體放在地上，持刀戳屍的時候，鮮血只會慢慢流下，進入泥土之中，所以他可能身上完全沒有沾血。」

瑪莉安娜搖頭，「不過……不合理啊。」

「為什麼不合理？」

「因為這種行為……不是瘋狂暴行。完全沒有失控，不是暴怒……」

庫巴搖頭，「不，恰恰相反。他非常冷靜，控制一切，宛若在表演某種舞蹈一樣。非常精準，非常……rytualistyczny[2]……」他在找尋英文的對應詞語，「非常有儀式感？這個詞對嗎？」

瑪莉安娜望著他——她的心中有一連串畫面閃逝而過：愛德華・佛斯卡站在講台，對學生講述宗教儀式；塔拉寢室的明信片，要求獻祭的古希臘文神諭；還有，在她自己的心底，永難忘懷的亮藍色天空、灼熱驕陽，還有一座獻給充滿復仇心的女神的傾圮神廟。

有些事——有些事她必須要好好想清楚。但她還來不及繼續詢問庫巴，後頭卻傳出某人的聲音。

「這裡是怎麼回事？」

他們全都轉過頭去。桑格總督察站在那裡，臉色不是很好看。

❷波蘭語，儀式感的。

3

桑格蹙眉問道：「她在這裡做什麼？」

朱利安趨前解釋，「我帶瑪莉安娜過來，我覺得她可能有一些獨特想法……而且她真的幫了大忙。」

桑格旋開保溫瓶的蓋子，小心翼翼把它平放在圍欄柱子上面，然後倒了一些茶，面色疲倦。瑪莉安娜心想，他的這種工作，她一點也不會羨慕，現在他的調查工作量一下暴增兩倍，而且唯一的嫌犯也沒了。她陷入遲疑，不知現在是否該開口讓狀況雪上加霜？但她別無選擇。

「總督察，」她開口說道，「你知道受害者是薇若妮卡．德雷克？她是聖克里斯多福學院的學生。」

總督察有點驚愕，看了她一眼，「妳確定嗎？」

瑪莉安娜點點頭，「你還知道嗎？佛斯卡教授是這兩名受害者的老師，她們也是他的特殊團體的成員。」

「什麼特殊團體？」

「我真的覺得你應該要好好問他。」

桑格總督察喝完茶之後才開口，「我明白了。瑪莉安娜，還有別的線索嗎？」

瑪莉安娜不喜歡他的語氣，但還是露出客氣微笑，「目前就這樣。」

桑格把杯內的殘渣倒在地面，甩了甩蓋子，把它旋回去。

「我已經告訴過妳，不要干擾我辦案。要是妳再被我抓到擅闖其他犯罪現場，我會親自逮捕妳，知道了嗎？」

瑪莉安娜正張口打算回應，但朱利安卻立刻搶話。

「抱歉，不會再發生了。來吧，瑪莉安娜。」

他把心不甘情不願的瑪莉安娜帶開，回到警方封鎖線。

「我擔心桑格就是看妳不順眼，」朱利安說道，「如果我是妳的話，我會想辦法避開他。他傷人的力道遠比他講的話更可怕。」他對她眨眨眼，「別擔心，有任何進展，我一定會讓妳知道。」

「謝謝，感恩。」

朱利安微笑，「妳住哪裡？他們安排我住在車站附近的飯店。」

「我住在學校裡。」

「很好。今晚要不要一起喝一杯？聊聊近況吧？」

瑪莉安娜搖頭，「不，抱歉，我沒辦法。」

「哦？為什麼不行？」朱利安對她露出燦笑，然後，他沿著她的目光看過去，發現她正盯著在封鎖線另一頭對她招手的弗列德。

「哦，」朱利安皺眉，「看得出妳早有計畫了。」

「什麼？」瑪莉安娜搖頭，「不是。他只是朋友……卓伊的朋友。」

「是啦，」朱利安對她露出那種我才不信的笑容，「別擔心，瑪莉安娜，後會有期。」

朱利安似乎有些不爽，直接轉身走人。

瑪莉安娜也很不高興，但氣惱的對象是自己。她彎身鑽過封鎖線，準備回到弗列德身邊。她越來越生氣，為什麼要講出弗列德是卓伊朋友的愚蠢謊言？瑪莉安娜又沒有犯錯，沒有什麼好隱瞞的，所以為什麼要撒謊？

當然，如果她不願坦承自己對弗萊德的感覺，那就另當別論。有這個可能嗎？如果真是如此，著實令人心頭不安。

她還對自己撒了什麼謊？

4

聖克里斯多福學院第二名學生遇害的消息一傳出——而且死者還是某位美國參議員的女兒——立刻成為全球的頭條新聞。

德雷克參議員偕同妻子搭乘華府出發的最快航班，十多個小時之後，他們立刻到達聖克里斯多福學院，一堆美國媒體對這條新聞緊追不捨，全球其他媒體也持續關注。

這種情景讓瑪莉安娜聯想到中世紀的圍城。大批記者與攝影師進犯，而薄弱的防線只能由幾名制服員警與一些校園門房苦撐。莫里斯先生站在前線，捲起袖子，準備赤手空拳捍衛校園。

主門外的圓石鋪面街道已經有一大群媒體擺出陣仗，一路延伸到國王街，那裡已經停放了好幾排的衛星轉播車。河岸邊出現了某一特定媒體的帳篷，德雷克參議員與他的妻子在那裡接受電視訪問，發表感性懇求，請大家盡量提供線索，能夠將殺害他們女兒的兇手繩之以法。

在德雷克參議員的要求之下，蘇格蘭警場也介入辦案。倫敦派出額外警力——他們豎起路障、進行挨家挨戶查訪，以及巡邏街道。

大家知道現在要面對的是連續殺人魔，也就意味全城陷入警戒。就在這個時候，康拉德·埃利斯也被放出來，所有的指控全部撤銷。

空氣中瀰漫著一股緊張不安的躁動。在眾人之間，潛藏了一個持刀惡魔，在街上徘徊尋覓，顯然具有奇襲之後，馬上消融隱於黑暗之中的能力……他的隱形能力讓他染上了超越人類、超自然的特質：是某種從神話而出的生物，是幽魂。

不過，瑪莉安娜知道他並非幽魂，也不是禽獸，不過就只是個普通人。不值得替他神話化，他不配。

如果，她能夠從自己的心中擠出什麼情緒的話——他只配得上憐憫與恐懼。

根據亞里斯多德的理論，這些特質正是悲劇發揮淨化效果的元素。好，瑪莉安娜還不是很了解這個瘋子，沒辦法得到她的憐憫。

但她的確感受到了恐懼。

5

我媽媽經常說，她不希望我這樣，她不想讓我過這種人生。她曾經告訴過我，總有一天，我們會離開這裡，她和我，但其實並不容易。她總是這麼說，我沒念書，我十五歲就輟學，答應我，千萬不要步上我的後塵。你要好好受教育，這是賺錢的方法，生存之道，才能夠安全無虞。

我從來沒有忘記那段話，我最盼望的就是有安全感。

即便到了現在，我依然覺得不安穩。

因為，我父親是危險人物。他喝了威士忌一段時間之後，雙眼之中就會冒出微小火焰，變得越來越想要找人吵架。避開他的怒火就像是在地雷區一樣。

這一點我比我媽厲害——我比較會維持狀況穩定，思路超前了好幾步，讓對話內容維持在安全範圍之內，猜測接下來的走向——如有必要，必須以智取勝——只要是可能引發他怒火的話題，都要主動導引他避開討論。而我母親砸鍋卻只是遲早的事。可能是不小心，也可能是故意——因為有受虐狂傾向——她會說出某些話，採取某些舉動，與他唱反調，批評他，送上他不愛的東西。

他的雙眼會冒光，癟下唇，露出牙齒。等到她發現他暴怒的時候，太遲了，接下來是翻桌，摔杯子。當她衝向臥房找尋避難所的時候，我只能眼睜睜望著一切，想要為她辯護或保護她都無能為力。

她拚命想要鎖門……但已經太遲……他會破門而入，然後，接下來……

我不明白。

她為什麼不離開？為什麼不乾脆將我們的東西打包？趁著黑夜偷偷帶我一起逃走？我們可以一起逃離這裡，但她卻沒有做出這種抉擇。為什麼不要？是不是因為太害怕？或者，她不想要承認自己家人當初說的並沒有錯——她犯下了大錯，之後會夾著尾巴逃回家？

或者，她正處於否認階段，堅持盼望狀況會神奇好轉，也許是這樣吧。畢竟，對於明明就在她面前、死盯著她不放，但她卻不想看到的部分予以置之不理，哪怕這些事物就在她眼皮底下。

我也從她身上學到了這一點。

在年幼階段，我還學到了另一件事，我並非在地面行走——而是由隱形繩索交織而成、懸在半空中的窄網。我必須要謹慎前行，努力不要滑跤或摔倒。我性格中的某些部分具有攻擊性，似乎是如此。我藏有可怕的秘密——但我根本不知道它們是什麼。

不過，我父親知道，他知道我的惡行。

因此，他會處罰我。

他會把我拎上樓，丟進廁所，鎖門——

然後就開始了。

要是我現在想像他的模樣，那個嚇壞的小男孩——我會因為哀傷而揪心嗎？同理心而產生的痛苦？他只是個孩子，完全不需為我的罪行負責——他嚇壞了，痛苦不堪。我曾有一時半刻的憐憫感受嗎？我體會到他的困境與所有折磨嗎？

沒有，我沒有。

我驅趕了心中所有的憐憫。

我不配擁有憐憫。

6

薇若妮卡的最後身影是結束《馬爾菲公爵夫人》排演之後，離開業餘戲劇俱樂部劇院，時間是六點鐘。然後，她就此人間蒸發，第二天被人尋獲屍體。

怎麼可能呢？

兇手到底是怎麼突然冒出來？在光天化日之下綁架她？最後沒有任何證人？也沒有任何蛛絲馬跡？瑪莉安娜推斷只有一個結論：薇若妮卡是心甘情願與他一起離開，她高度配合，靜靜赴死，因為她認識也信任那個帶她離開的男子。

第二天早上，瑪莉安娜決定要查看薇若妮卡最後現身的地方，所以她前往位於公園街的業餘戲劇俱樂部劇院。

這間劇院本來是一間老舊的馬車驛站，在一八五〇年代完成改建，入口上方有黑色字體繪製的劇院名稱圖樣。

某個大型看板展示了近期即將演出的劇作海報，《馬爾菲公爵夫人》，瑪莉安娜心想，現在應該是不會上演了，因為沒有薇若妮卡扮演公爵夫人。

她走到大門口，試了一下，鎖住了，門廳裡沒有任何亮光。

她思索了一會兒。然後，轉身，繞過角落，到達建物側面。兩道鑄鐵大門圍住了某個庭院，這裡以前是馬廄。瑪莉安娜試了一下大門，沒鎖，輕而易舉就旋開了，所以她直接進入庭院。

舞台的門就在那裡，她走過去，試了一下，鎖住了。

她覺得好沮喪，正打算要放棄，就在這個時候，她突然靈機一動。她盯著逃生梯，通往樓上劇院酒吧的螺旋狀樓梯。

當瑪莉安娜還是學生的時候，業餘戲劇俱樂部劇院的酒吧因為開得晚而出名。她與賽巴斯汀有時候會在星期六晚上來到這裡點最後一輪的供酒，在酒吧裡跳舞，醉醺醺接吻。

她開始拾級而上，不停轉啊轉，到達了最上方，眼前出現了緊急逃生門。

瑪莉安娜不抱太大希望，伸手拉門把，她嚇了一跳，門開了。

她猶豫了一會兒，走了進去。

7

業餘戲劇俱樂部劇院酒吧是古典風格的劇院酒吧——有絲絨襯墊吧檯高腳椅，瀰漫著一股啤酒與老舊菸氣的味道。

裡面沒開燈，一片陰鬱幽暗，瑪莉安娜分神了好一會兒——因為她想起了曾在吧檯旁邊接吻的某對幽魂。

然後，傳出一陣巨大的砰響，害她嚇了一大跳。

又一聲砰，整棟建築物似乎因此在搖晃。

瑪莉安娜決定一探究竟。聲音從樓下傳來，她離開酒吧，深入建物內部。順著中央樓梯走下去，盡量保持靜悄悄。

又是一聲巨響。

似乎是來自表演廳。她在階底等待，靜靜聆聽，但一片靜寂。

她躡手躡腳走到表演廳門口，稍微推開，朝裡面張望。

表演廳狀似無人，舞台上有《馬爾菲公爵夫人》的佈景——德國表現主義風格的可怕監獄效果，還有傾斜的牆壁，以及以扭曲角度伸展而出的鐵條。

舞台上站了一個年輕人。

他沒穿上衣，軀幹在滴汗，似乎是想要拿槌子砸毀整個佈景，他的動作透露出一股暴戾之氣，令人相當不安。

瑪莉安娜小心翼翼走過通道，經過一排排的無人紅色座位，最後，到達了舞台。他一直沒注意到她，直到她站在他背後的時候才發現。他大約一百八十三公分高，黑色短髮，鬍子有一個禮拜沒刮了。他的年紀應該是沒超過二十一歲，但那張臉孔看起來不年輕，也並不友善。

他怒氣沖沖瞪著她，「妳是誰？」

瑪莉安娜決定說謊，「我……我是心理治療師……為警方工作。」

「嗯哼，他們剛剛才來過這裡。」

「沒錯。」瑪莉安娜覺得自己聽出了他的口音，「你是希臘人嗎？」

「為什麼這麼問？」現在他看她的表情不一樣了，很有興趣，「妳是嗎？」

說也奇怪，她當下的直覺是打算撒謊。也不知道為什麼，她不希望對方知道她的任何背景。不過，要是她可以展現出同鄉的親近感，一定可以從他身上挖出更多線索。「一半，」她說出口的時候露出淺笑，然後，又以希臘語說道：「我自小在雅典長大。」

聽到這句話，他很開心，似乎冷靜下來，怒氣也稍微冷卻了一點。「我來自塞薩洛尼基，幸會。」他露齒而笑，尖銳如刀的牙齒，「讓我幫妳，我把妳拉上來。」

然後，他突然使出猛力動作，不費吹灰之力伸手把她拉起來、讓她上了舞台，她雙腳落地的時候重心不穩，「謝謝。」

「我是尼可斯，尼可斯．考里斯。妳呢？」

「我是瑪莉安娜。你是學生嗎？」

「對，」尼可斯點點頭，「這由我負責。」他大手一揮，指向自己周邊的毀爛佈景，「我是導演，妳現在看到的是我劇場雄心壯志的毀滅結果，」他發出悲傷大笑，「演出取消了。」

「因為薇若妮卡的關係？」

尼可斯臉色一沉，「有個經紀人從倫敦趕來要看我導的戲。我努力了一整個夏天，拚命籌劃，卻落得一無所有……」

他狠狠推倒了某面牆，它重撞地面，地板也為之震晃。

瑪莉安娜仔細觀察他。他的一切舉動似乎都有怒氣，一種幾乎無法抑遏的憤怒，彷彿可能隨時大暴走，無差別發洩——而且痛扁的不是佈景而是她，他真的嚇到她了。

「不知道能不能……」她開口，「詢問有關薇若妮卡的事？」

「關於她的什麼？」

「我想知道你最後一次看到她是什麼時候？」

「彩排。我給了她一些批評意見，她不是很喜歡。如果妳要聽真話，她其實是很平庸的演員，根本不像她自以為的那麼有才華。」

「我明白了。她心情如何？」

「給了她批評意見之後嗎？不是很開心。」他說著露齒一笑。

「她是幾點離開的？記得嗎？」

「我想大約是六點鐘。」

「她有沒有說要去哪裡？」

「沒有，」尼可斯搖頭，「但我覺得她應該是要去與教授見面。」他又轉移注意力，開始疊椅子。

「教授？」

瑪莉安娜盯著他，她心跳越來越快，說話的時候還有點上氣不接下氣。

「對，」尼可斯聳肩，「不記得他叫什麼名字，」

「他長什麼樣子？可不可以描述一下？」

「身材高大，蓄鬍，美國人。」他瞄了一下手錶，「妳還要知道什麼？因為我很忙。」

「這樣就夠了，謝謝。但可否讓我看一下更衣室？薇若妮卡有沒有在這裡留下任何東西？你知道嗎？」

「我想是沒有，警方把一切都帶走了，裡面沒剩什麼。」

「如果可以的話，我還是想要看一下。」

「妳就直接過去吧，」他指向側台，「下樓梯，左邊。」

「謝謝。」

尼可斯盯著她好一會兒，彷彿在思忖什麼，但他不發一語，瑪莉安娜趕緊走向側台。

側台一片幽黑，過了好幾秒鐘之後，她的眼睛才適應過來。她心有懸念，讓她回頭張望，盯著舞台——她看到了尼可斯正在搗毀佈景，整張臉因盛怒而變得扭曲，她心想，他痛恨自己無法遂願。那個年輕人心中有一股真正的怒火，能夠遠離他，讓她覺得真是慶幸。

她轉頭，匆匆下了狹窄樓梯，進入劇院中央，然後是更衣室。

更衣室相當狹小，是所有演員共享的空間。戲服杆架與假髮、化妝品、道具、書籍，以及梳妝台爭地盤。她凝望眼前這一片凌亂場景——不可能知道到底哪些是薇若妮卡的東西。

瑪莉安娜覺得應該是很難找到有用線索，不過……

她看著那些梳妝台。每一座都有自己的鏡子，鏡面上有以口紅隨手亂畫作為裝飾的愛心、吻、祈求好運的短句，還有些卡片與相片夾在鏡框裡。

有一張明信片立刻吸引了瑪莉安娜的目光，格外與眾不同。

她凝神細看，那是一張宗教畫，某名聖者的圖像，聖者很美，一頭金色長髮……就像是薇若妮卡。有根銀色匕首穿破她的脖子，更恐怖的是，她拿著一個托盤，裡面有兩顆人的眼球。

瑪莉安娜看到這圖像，感到一陣噁心。當她要把它拿下來的時候，手一直在發抖。她從鏡框裡取下那張明信片，把它翻過來。

好——就跟之前一樣——古希臘文的某段手寫引言：

ἴδεσθε τὰν Ἰλίου

καὶ Φρυγῶν ἑλέπτολιν
στείχουσαν, ἐπὶ κάρα στέφη
βαλουμέναν χερνίβων τε παγάς,
βωμόν γε δαίμονος θεᾶς
ῥανίσιν αἱματορρύτοις
χρανοῦσαν εὐφυῆ τε σώματος δέρην
σφαγεῖσαν.

8

發生第二起命案之後，聖克里斯多福學院的氣氛變得一片驚愕死寂。

這感覺像是某種可怕傳染病，某種瘟疫，在學校裡瀰漫開來——宛若在希臘神話當中，疾病摧毀了底比斯，某種隱形的空氣傳播式病毒在各大庭院之間飄散，而這些古老城牆，本來是阻絕外在世界的避難地，再也無法提供任何的保護。

雖然學監抗議，而且再三保證安全無虞，但是把孩子接走的父母越來越多。瑪莉安娜不怪他們，也不會責怪那些想要離開的學生。她心中的某塊角落也有這種想望，把卓伊挖起來、把她帶回倫敦。但她知道最好別說出口：現在卓伊留下來已經是理所當然，瑪莉安娜也是。

薇若妮卡之死讓卓伊深受打擊，她會這麼難過，也讓卓伊自己吃了一驚。她說，她覺得自己像偽君子。

「我想說的是，我根本不喜歡薇若妮卡，但我不知道自己為什麼哭個不停。」

瑪莉安娜推測卓伊可能是利用薇若妮卡之死表達自己對塔拉身亡的部分悲痛，太沉重也太可怕，讓她無法面對的那種悲痛。所以，這些淚水是好事，很健康，瑪莉安娜把這些話告訴了卓伊，還坐在床上抱著她，前後搖晃，任由她嚎啕大哭。

「親愛的，沒關係，真的，妳會心情舒坦一點，盡量哭就是了。」

終於，卓伊哭聲稍歇。瑪莉安娜堅持要帶卓伊出去吃點午餐，在過去這二十四小時當中她幾乎沒有吃任何東西，而哭紅雙眼又疲憊的卓伊也同意了。前往食堂的途中，她們正好遇到了克萊麗莎，她向她們建議，可以和她一起在高級桌位用餐。

高級桌位是食堂專門保留給老師與他們客人的區域，位於這間大食堂的底端，在某個類似舞台的高台區，就在掛有歷任校長繪像的橡木鑲板牆面下面。而食堂的另一頭是給學生取用的自助餐，管理單位是食物儲藏室的員工，身穿背心與佩戴蝴蝶領結的他們，衣裝帥氣。至於大學部的學生們，全部都坐在食堂長側的那些長桌。

食堂裡的學生並不多。瑪莉安娜忍不住盯著他們，大家在取用食物的時候低聲交談、面色憂慮，他們跟卓伊的慘況幾乎是半斤八兩。

卓伊與瑪莉安娜和克萊麗莎坐在高級桌位的尾端，與其他老師相隔甚遠。克萊麗莎一臉興味端詳食譜，雖然發生了這些可怕事件，但是絲毫不減她的胃口。

「我要吃野雞來補一補，」她說道，「然後……也許來份酒煮燉梨吧，或是太妃糖布丁。」

瑪莉安娜點點頭，「卓伊，那妳呢？」

卓伊搖頭，「我不餓。」

克萊麗莎憂心忡忡看著她，「親愛的，妳一定得吃點東西……妳看起來氣色不好，需要食物提振元氣。」

「嫩煮鮭魚和蔬菜怎麼樣？」瑪莉安娜說道，「這樣好嗎？」

卓伊聳肩，「嗯。」

服務生過來，讓她們點餐，然後，瑪莉安娜拿出她在業餘戲劇俱樂部劇院找到的明信片給她們兩人看。

克萊麗莎接下明信片，仔細端詳圖片，「好，要是我沒弄錯的話，這是聖路濟亞。」

「聖路濟亞？」

「妳不熟嗎？我覺得就聖者故事來說，她的比較不為人知。她是在戴克里先迫害基督徒時的殉教者，大約是西元三百年左右，她的眼珠被挖出來之後，被刀刺死。」

「可憐。」

「的確。因此她成了庇護盲人的聖者。她的繪像常常就像是這樣，手拿托盤，上面放著自己的眼珠。」克萊麗莎把明信片翻過來，悄聲唸出那段希臘文的時候，嘴巴默默動個不停，「好，」她說道，「這一次，是尤里比底斯的作品。《伊菲革涅亞在奧利斯》。」

「上面寫什麼？」

「關於伊菲革涅亞被帶去獻祭的時候。」克萊麗莎喝了一大口紅酒，開始翻譯，「『注視那位少女』……髮上有花冠……聖水潑灑在她身上……走向無法言語的女神的獻祭祭壇……等一下會流淌鮮血……『αἱματορρύτοις』這個希臘字詞……『當她美麗頸項被切斷的時候』。」

瑪莉安娜覺得一陣作嘔，「天哪。」

「我同意，的確不是很討喜的文字。」克萊麗莎把明信片還給了瑪莉安娜。

瑪莉安娜望向卓伊，「妳覺得呢？會是佛斯卡寄的嗎？」

「佛斯卡教授？」克萊麗莎面色驚詫，而卓伊則在此時端詳明信片。「難道妳的意思是……難道妳覺得教授……」

「克萊麗莎，妳知道嗎？佛斯卡有一群他偏愛的學生，」瑪莉安娜瞄了一下卓伊，「她們在私下聚會，秘密行動，他把她們稱之為『少女團』。」

「少女團？」克萊麗莎問道，「我是第一次聽說，也許是戲仿『使徒』？」

「『使徒』？」

「丁尼生的秘密文學社團的名稱，他就是在那裡認識了哈勒姆。」

瑪莉安娜盯著克萊麗莎，她好不容易才終於發出聲音，她點點頭，「也許吧。」

「當然，『使徒』是清一色男性，我猜『少女團』的成員都是女性？」

「沒錯。而塔拉與薇若妮卡兩人都是成員。妳不覺得這是一種詭異的巧合嗎？卓伊？妳覺得呢？」

卓伊似乎很不安，但還是點點頭，看了一下克萊麗莎，「老實說，我覺得類似寄明信片的這種行為，就是他會做的那種事。」

「為什麼這麼說？」

「我的意思是，教授就是那種老派人士……寄明信片啊。他經常會給別人手寫字條。上學期的時候，他還針對書信作為某種藝術形式的重要性發表演說……我知道說這些也不能證明任何事。」

「不能嗎？」瑪莉安娜說道，「我倒是沒那麼篤定。」

克萊麗莎輕敲那張明信片，「妳覺得這是什麼意思？我……我不懂它的目的為何。」

「它的意思就是……遊戲。以這種方式宣布他的意圖……這是挑戰……他樂在其中。」她字斟句酌，「還有別的部分……他可能連自己也沒有意識到，他選擇這些引言必有原因，對他來說別具意義。」

「哪一方面的意義？」

「我不知道，」瑪莉安娜搖頭，「我不明白……我們必須要搞清楚，這是我們能夠阻止他的唯一方法。」

「妳提到了『他』，妳指的是愛德華．佛斯卡？」

「也許。」

克萊麗莎聽到這答案似乎非常不安，她搖搖頭，但沒有繼續說話，而瑪莉安娜則凝視面前的那張明信片。

然後，她們的食物送上來了，克萊麗莎專心吃午餐，瑪莉安娜的注意力回到卓伊，確認她多少有吃一點東西。

在用餐過程中，沒有人再提起愛德華．佛斯卡。不過，他依然留存在瑪莉安娜的心頭，高懸在幽暗地帶，宛若在她腦中的蝙蝠。

9

用完午餐之後，瑪莉安娜與卓伊前往學院酒吧喝酒。酒吧顯然比平常安靜許多。只有幾個學生待在那裡喝酒，瑪莉安娜發現瑟琳娜一個人自己坐在那裡，她並沒有注意到她們。

卓伊點了兩杯紅酒，而瑪莉安娜則走到吧檯末端——瑟琳娜坐在某張高腳凳上頭，正在喝琴通寧，還忙著傳簡訊。

瑪莉安娜開口，「嗨。」

瑟琳娜把頭抬起來，沒回應，又繼續低頭傳訊。

「瑟琳娜，妳好嗎？」

沒回應。瑪莉安娜望向卓伊求援，但卓伊假裝在喝酒，瑪莉安娜點點頭。

「要不要我請妳喝一杯？」

瑟琳娜搖頭，「不了，我馬上得要離開。」

瑪莉安娜微笑，「妳的秘密愛慕者？」

顯然這句話是講錯了。瑟琳娜面向瑪莉安娜，帶著一股令人意外的盛怒。

「媽的妳到底有什麼問題啊？」

「什麼？」

「妳為什麼這麼討厭佛斯卡教授？看起來妳是很偏執啊什麼的，妳跟警察說了他什麼？」

「我不知道妳在說什麼。」

但瑪莉安娜其實心中鬆了一口氣，原來桑格總督察有把她的話當一回事，真的訊問了佛斯卡。

「我並沒有對他進行任何指控，」她說道，「只是建議警方要去問他一些問題。」

「哦，他們真的跑去問了，問了他一堆問題，也問了我。妳現在開心了吧？」

「妳跟他們說了什麼？」

「真相。星期三晚上，薇若妮卡遇害的時候，我一直和佛斯卡教授在一起，整個晚上都在上課，可以嗎？」

「他從頭到尾都沒有離開？連抽菸也沒有？」

「連抽菸也沒有。」

瑟琳娜冷冷看了瑪莉安娜一眼，但立刻轉移注意力，因為手機有簡訊，她看了之後，站起來。

「我得要走了。」

「等等，」瑪莉安壓低聲音，「瑟琳娜，我希望妳一定要非常小心，好嗎？」

「幹妳去死吧。」瑟琳娜抓起包包走了出去。

瑪莉安娜嘆氣，卓伊坐在瑟琳娜那張已經空出來的吧檯高腳椅。

「不是很順利吧。」

「很不順，」瑪莉安娜搖頭，「真的。」

「現在要怎麼辦呢？」

「我不知道。」

卓伊聳肩，「如果薇若妮卡遇害的時候、佛斯卡教授與瑟琳娜在一起，那麼下手的就不是他。」

「瑟琳娜說謊就另當別論。」

「妳真的覺得她會為他說謊？而且還兩次？」卓伊一臉懷疑看著她，聳肩，「我不知道，瑪莉安娜……」

「怎樣？」

卓伊迴避她的目光，還沉默了一會兒，「妳對他的態度……很詭異。」

「妳這是什麼意思？詭異？」

「這兩起命案，教授都有不在場證明……但妳依然不肯放手。這是他的問題……還是妳？」

「我？」瑪莉安娜不敢相信自己的耳朵，她發覺自己的雙頰因為怒火而紅燙。

「妳在說什麼？」

卓伊搖頭，「當我沒說。」

「如果妳想要對我說什麼，直接講出來就是了。」

「不重要。我知道我越努力勸妳不要跟佛斯卡教授沾染到那種事，妳就會越陷越深，妳就是這麼固執。」

「我才沒有。」

卓伊哈哈大笑，「賽巴斯汀總說妳是他見過最固執的人。」

「他從來沒跟我講過這種話。」

「哦，可是他有對我說過。」

「卓伊，我不知道這裡出了什麼狀況，我不明白妳想要說什麼，佛斯卡的什麼事？」

「妳自己說吧。」

「什麼？如果妳是在暗示我喜歡他，我並沒有！」

她知道自己的音量越來越大，酒吧另一頭的兩名學生聽到她講話，好奇盯著她。就她記憶所及，這是她第一次與卓伊瀕臨吵架邊緣，瑪莉安娜氣得失去理性，為什麼會這樣？

她們互瞪了好一會兒。

卓伊先讓步，「抱歉，」她搖搖頭，「對不起，我亂講話。」

「我也得向妳道歉。」

卓伊看手錶，「我得走了，要去上《失樂園》的課。」

「好，快去吧。」

「那就晚餐見嘍？」

「嗯……」陷入遲疑，「我不行，我要見……」

她不想告訴卓伊她與佛斯卡教授的晚餐計畫，現在還不是時候，會害卓伊誤判一切。

「我……我要見一個朋友。」

「誰？」

「妳不認識，是我的老同學。妳該走了，不然等一下會遲到。」

卓伊點點頭，她迅速吻了一下瑪莉安娜的臉頰，瑪莉安娜掐了掐她的手臂，「卓伊，妳自己也要小心，好嗎？」

「妳是說不要上陌生男人的車嗎？」

「別鬧了，我是認真的。」

「瑪莉安娜，我照顧自己不成問題，我才不怕。」

卓伊語氣中所流露的那股蠻勇之氣，讓瑪莉安娜最是憂心不已。

10

卓伊離開之後，瑪莉安娜在吧檯繼續待了一會兒，慢慢啜飲杯中的紅酒，腦中一直在思索她們剛剛的對話。

萬一被卓伊說中了呢？佛斯卡真的是無辜的？

這兩起兇殺案，佛斯卡都有不在場證明，不過，儘管如此，瑪莉安娜還是在他周邊編織了一張可疑的網，靠的不過就是幾條……嗯，到底怎麼說，根本連事實都稱不上的線索，完全不可靠。都是小事：卓伊眼中的恐懼神情、他是塔拉與薇若妮卡的希臘悲劇老師，還有，瑪莉安娜認定是佛斯卡寄出這些明信片。

而她的直覺告訴了她，不論是誰把這些明信片寄給這些女孩，此人就是兇手。對於桑格總督察這類的人來說，這可能會是不理性的跳躍式結論，甚至是幻想，但對於類似瑪莉安娜的心理治療師來說，她能夠持續下去通常靠的都是直覺。話說回來，這聽起來太不可思議了——這間大學的某個教授居然會殺害自己的學生，手段如此殘忍，如此明目張膽，而且想要逍遙法外。

……如果她是對的……

那麼佛斯卡就成功逃過制裁。

但萬一她是錯的呢？

瑪莉安娜需要釐清思緒——但她現在無法思考，她的腦袋混沌，並不是因為酒精作祟。她覺得壓力沉重，而且對自己越來越沒有把握。所以現在呢？她不知道自己的下一步該怎麼辦。

她心想，冷靜，要是我面對某名病患，遇到這種狀況——超出我的能力範圍——我會怎麼處理？

答案立刻浮出心頭。當然，她會尋求幫助，找尋導師幫忙。

不錯的想法。

探望她的導師正好可以幫忙，而且，遠離這裡——前往倫敦，逃離這間學院與可怕的氣氛，即便只是幾個小時——也可以讓她大大鬆一口氣。

她心想，對，等一下就這麼做吧——我會打電話給蘿絲，明天在倫敦見她一面。

不過，首先要赴今晚的約，在劍橋這裡。

晚上八點，她要與愛德華．佛斯卡共進晚餐。

11

八點鐘，瑪莉安娜到了佛斯卡的住所。

她盯著那道雄偉的大門，門旁有一塊黑色飾板，漆有白色花體字的愛德華・佛斯卡教授。

她聽到裡面傳出古典音樂的樂聲，她敲門，沒有回應。

她再次敲門，這次比較大聲。沉靜了一會兒之後——

「門沒關，」遠處傳來聲音，「上來吧。」

瑪莉安娜吸了一口氣，穩定心緒，打開了門。

迎面而來的是一道榆木樓梯：老舊、狹窄，而且木頭曲翹之處凹凸不平，她拾級而上，必須要小心注意自己的步伐。

現在，音樂變得比較大聲。是拉丁文，某種宗教詠嘆調或是入樂的聖詩，她以前不知道在哪裡聽過，但真的想不起來。很美的旋律，但有一種不祥感，宛若心跳、不斷搏動的弦音，正在諷刺模仿瑪莉安娜爬階的焦慮心跳。

梯頂的那道門開了一個小縫，她進去了。映入眼簾的第一個物品是掛在玄關的大型十字架，很美，深色原木材質，裝飾得很華美、哥德風、精雕細琢，不過，那巨大尺寸卻讓它產生了威嚇感，瑪莉娜趕緊快步從它旁邊離開。

她進入客廳，很難看得清楚，唯一的光源是已經半融殘燭的點點微光。她過了好幾秒之後、雙眼才適應這種陰沉黑暗，空氣中充滿焚香氣味，它的黑煙讓燭光更顯逸散，更難以看清一切。

這空間很大，還有可俯瞰庭院的窗戶，好幾扇通向其他房間的門。牆面掛滿了畫，書架已經被書壓彎了層板。壁紙是深綠搭配黑色，某種葉片與葉飾的重複圖案，帶來某種令人心神不寧的效果——讓瑪莉安娜聯想到置身叢林的感覺。

壁爐架與桌面擺放了雕塑與裝飾品：某個人類骷髏頭在黑暗中發光，還有一個彼得潘的小型雕像——亂糟糟的頭髮，抓著葡萄酒皮袋，有大腿，頭上有長角，還有羊尾巴，而它的旁邊放了一顆毬果。

瑪莉安娜突然驚覺有人在看她——對方目光盯著她的頸後，她轉過身去。

愛德華．佛斯卡正站在那裡，她並沒有聽到他走進來的聲音。難道他從頭到尾都躲在暗處，一直在觀察她？

他開口，「晚安。」

在燭光的映照之下，他的深色眼眸與白色牙齒出現閃光，一頭亂髮垂放，落在肩頭附近。他身穿黑色晚宴外套，俐落白色襯衫，佩戴黑色領結。瑪莉安娜心想，他看起來超帥，但立刻好氣自己居然會有這種念頭。

她說道：「我不知道我們要去高級桌位那裡用餐……」

「並沒有。」

「但你穿成這樣……」

「啊，」佛斯卡瞄了一下自己的衣服，露出微笑，「我很少有機會與這樣的大美女共進晚餐，我覺得應該要為這樣的場合盛裝打扮，我來幫妳倒酒。」

他沒等她回應，逕自從銀色冰桶拿了一瓶已經開過的香檳。他重新為自己斟滿酒杯，然後又為瑪莉安娜斟酒，交給了她。

「謝謝。」

愛德華．佛斯卡站在那裡好一會兒，緊盯著她，那雙深色眼眸正在打量她。

他說道：「敬我們。」

瑪莉安娜沒有回應他的乾杯邀請，自己舉杯湊到嘴邊，啜飲香檳。泡沫豐盈，微甜清新。很好喝，她希望可以靠這個消弭自己的不安，她又啜飲了一小口。

有人在敲底下的大門，愛德華微笑，「啊，一定是葛雷格。」

「葛雷格？」

「餐飲部的人。」

傳來一陣急急忙忙的腳步聲，穿著背心與領帶、動作敏捷身體柔軟的葛雷格出現了，一手拿著熱食盒，另一手是冷盤盒，他對瑪莉安娜微笑。

「晚安，小姐，」他瞄了一下教授，「可否讓我——？」

「當然，」佛斯卡點點頭，「進去吧，放好就行了，我自己上菜。」

「先生，好的。」

他消失了，進入用餐室。瑪莉安娜一臉狐疑，看著佛斯卡，他露出微笑。

「我希望我們可以擁有比食堂用餐更多的隱私，但我不是什麼大廚——所以我說服餐飲部的員工把食堂的菜送過來。」

「你是怎麼辦到的？」

「靠的是非常豐厚的小費，我不會告訴妳到底多少錢，以免讓妳太得意。」

「教授，你真是大費周章。」

「請叫我愛德華就好。還有，瑪莉安娜，這是我的榮幸。」

他微笑不語，默默望著她。瑪莉安娜有點不自在，別過頭去，目光飄向了咖啡桌……還有毬果。

「那是什麼？」

佛斯卡依循她的目光看過去，「妳指的是毬果？沒什麼，只是讓我睹物思鄉而已。為什麼這麼問？」

「我記得你上課講到艾盧西斯的時候，曾經看過一張毬果的幻燈片。」

佛斯卡點點頭，「對，的確，妳說得沒錯，入會者進入秘密教派的時候，都必須要拿出一顆毬果。」

「我明白了。為什麼是毬果？」

「哦，重點不是毬果本身，而是它的象徵意義。」

「是什麼？」

他微笑，盯著她好一會兒，「是因為種子——毬果裡面的種子。我們內心的種子——肉身之內的靈魂。重點是要為它敞開心胸，這是要觀看內心找尋靈魂的承諾。」

佛斯卡拿起那顆球果，交給了她。

「我把這一顆送給妳，這是妳的了。」

「不用了，謝謝，」瑪莉安娜搖頭，「我不想要。」

她沒想到自己的語氣這麼尖銳。

「明白了。」

佛斯卡對她露出促狹一笑，他把毬果放回桌上，兩人陷入沉默。過了一會兒之後，葛雷格現身。

「先生，一切都處理好了，布丁在冰箱裡。」

「謝謝。」

「晚安。」他對瑪莉安娜點點頭，離開客廳。瑪莉安娜聽到他下樓與關門的聲響。

現在只剩下他們兩個人。

兩人都沒說話，互看對方，形成了一股緊繃氣氛。至少，瑪莉安娜感覺到了，她不知道佛斯卡有什麼感覺，在那冷靜又魅力十足的行為舉止之下，到底有什麼情緒，這個人簡直是是莫測高深。

他伸手指向隔壁房間。

「可否移駕？」

12

在這間燈光昏暗的鑲木用餐室，長桌已經鋪好了白色亞麻桌布。銀色燭台裡的長燭在燃燒，一瓶已經醒好的紅酒放在邊桌上面。

透過桌子後面的那扇窗戶，可以看見昏暗天色映襯之下的庭院中央橡樹，枝葉之間有星星在眨眼。瑪莉安娜心想，要是換作其他情境，能夠在如此美麗的古老空間裡用餐，一定是浪漫得不得了，但此時此刻並非如此。

佛斯卡開口，「坐吧。」

瑪莉安娜走到桌前，兩個相對而坐的桌位已經安排就緒。她坐下來，佛斯卡朝陳列食物的邊桌走了過去——羊腿、烤馬鈴薯，還有生菜沙拉。

「聞起來還不錯，」他說道，「相信我——這一定會比我萬一自己下廚煮東西好得太多了。我很挑嘴，但我的廚藝平平，只有典型義大利媽媽傳授給兒子的一般麵食食譜而已。」

他對瑪莉安娜微笑。然後拿起了一把巨大的切肉刀，刀面在燭光中發出了閃光，她看著他以迅速熟練的手法切羊肉。

她問道：「你是義大利人？」

佛斯卡點點頭，「第二代了，我的祖父母從西西里搭船到了美國。」

「你在紐約長大？」

「不能這麼說。是紐約州，某間偏僻農場。」

佛斯卡為瑪莉安娜準備了幾塊羊肉、一些馬鈴薯，還有沙拉，也為自己盛了一盤差不多的食物。

「妳在雅典長大？」

「對，」她點點頭，「就在雅典郊外。」

「真是充滿了異國風情，我好羨慕。」

瑪莉安娜微笑，「對我來說，紐約州的某間農場也充滿了異國風情。」

「要是妳去過那裡就不會這麼想了。那裡根本是垃圾堆，我迫不及待想要離開那鬼地方。」說出這段話的時候，他的笑容消失了，也不知道為什麼，他的表情變得大不相同，更冷酷，更蒼老。他把盤子放在她面前，然後拿了自己的盤子到了桌子的另一邊，坐了下來，「我喜歡三分熟，希望合妳的口味。」

「沒問題。」

「請慢用。」

瑪莉安娜盯著面前的盤子，如刀面一樣薄的羊肉實在太生了，沒怎麼煮，所以還滲出了一灘亮紅色的血，染紅了整個白色瓷盤，她光看就快要吐了。

「瑪莉安娜，謝謝妳答應與我共進晚餐。正如我在『教師花園』裡所說的一樣，妳讓我很好奇，只要有人對我有興趣，都會引發我的好奇心，妳很成功，這一點毋庸置疑。」他咯咯笑，「今天晚上是我回報的機會。」

瑪莉安娜拿起叉子，但她實在沒有辦法把肉吞下肚，轉而專心對付馬鈴薯與沙拉，她移動綠葉的位置、遠離那一灘面積越來越大的鮮血。

她感覺得出來，佛斯卡正盯著她——目光冷酷至極，宛若蜥蜴。

「妳根本沒碰羊肉吧？」

瑪莉安娜點頭。她切了一小塊肉，將一片紅肉送入口中，感覺血濕，有鐵腥味，她費盡全力才嚼了吞下去。

佛斯卡微笑，「很好。」

瑪莉安娜伸手拿酒杯，靠著剩下的香檳滌淨血味。

佛斯卡發現她的杯子空了，起身問道：「我們喝點紅酒吧？」

他走到邊桌旁邊，倒了兩杯深紅色的波爾多，回來之後，拿了一杯給瑪莉安娜。

她把酒杯湊到嘴邊，喝了一口，有泥香，氣味繁複，酒體厚重。她空腹喝香檳，已經感受到它的作用力，不該繼續喝酒才是，不然很快就會喝醉了，但她並沒有停下來。

佛斯卡又坐下，盯著她，露出微笑，「跟我說妳丈夫的事。」

瑪莉安娜搖頭，不。

他面露詫異，「不要？為什麼不要？」

「我不想說。」

「連名字都不想說？」

瑪莉安娜低聲回道：「賽巴斯汀。」

也不知道為什麼，光是說出他的名字，就能在一瞬間將他召喚出來——她的守護天使——她覺得安心多了，冷靜多了，而且賽巴斯汀在她耳畔低語，親愛的，不要害怕，要捍衛自己，不要恐懼——

瑪莉安娜決定聽從他的建議。她抬頭，眼睛眨也不眨一下，與佛斯卡四目相接，「教授，跟我說一下你自己的事吧。」

「叫我愛德華。妳想要知道什麼？」

「說說你的童年。」

「我的童年？」

「你母親是怎麼樣的人？你喜歡她嗎？」

佛斯卡哈哈大笑，「我媽媽？妳是要在晚餐的時候對我做心理分析？」

瑪瑪莉安娜回道：「純粹好奇罷了，不知道除了義大利麵料理之外，她還教了你什麼？」

佛斯卡搖頭，「很可惜，我母親沒教什麼給我。妳呢？妳母親是怎麼樣的人？」

「我從來就不認識我母親。」

「嗯，」佛斯卡點點頭，「我也不覺得我真的認識我母親。」

他打量瑪莉安娜好一會兒，陷入思忖。她看得出來他腦袋轉個不停——她心想，這人真的聰明，銳利如刀。她必須要小心。她採取輕鬆語調，「是幸福的童年嗎？」

「我看得出來，妳就是想要把今天的聚會變成心理治療療程。」

「不是心理治療療程——只是閒聊。」

「瑪莉安娜，聊天是要互有往來。」

佛斯卡微笑以待。她看出自己別無選擇，她接受挑戰。

「我童年過得不是特別開心，」她說道，「也許是偶爾吧。我很愛我父親，可是……」

「可是怎麼了？」

瑪莉安娜聳肩，「太多死亡事件了。」

兩人互相凝視了好一會兒，佛斯卡緩緩點頭，「對，我從妳的雙眼中看得出來，有一種深沉的哀傷。妳知道嗎，妳讓我想到了丁尼生筆下的某位女英雄——〈瑪莉安娜在護城河農莊〉：『他不來了，』她說道，『我厭倦，我好厭倦，我寧可一死。』」

他微笑，瑪莉安娜別開目光，她覺得自己毫無招架之力，而且被激怒了。她伸手拿酒，喝得一滴不剩，然後，她面向他。

「教授，換你了。」

「很好，」佛斯卡啜飲了一些酒之後才開口，「我是個幸福的小孩嗎？」他搖頭，「不是。」

「為什麼這麼說？」

他並沒有立刻回答，他起身拿酒，一邊為瑪莉安娜斟酒，一邊說話。

「講真心話嗎？我爸爸個性非常暴戾，我的生活充滿恐懼，我母親也是，而且我多次目睹他對我母親施暴。」

瑪莉安娜沒想到對方會這麼坦白。顯然，這些話聽起來像是真的，不過，卻聽不出有任何的情緒，彷彿他完全無感。

「很遺憾，」她說道，「太可怕了。」

他聳肩以對，好一會兒沒吭氣，他再次坐下。「瑪莉安娜，挖掘人們的內心世界，妳很有一套，妳是很優秀的心理治療師，我看得出來。雖然我不想向妳坦露自我，但妳最後還是把我弄到了妳的沙發上頭。」他微笑，「我指的是心理治療。」

瑪莉安娜遲疑了一會兒，「你結過婚嗎？」

佛斯卡哈哈大笑，「妳這是順向思考，我們現在是要從沙發轉到床上嗎？」他微笑，又多喝了一點酒，

「我沒有結過婚，沒有，我一直沒有遇到真命天女。」他盯著她，「還沒結過。」

瑪莉安娜沒回答。他一直凝視著她，目光陰沉、濃烈，力道久久不散。她覺得自己像是被車頭燈強光照耀的小兔子，她想到了卓伊使用的那個形容詞——「頭暈目眩」。終於，她再也受不了而別過頭去，這舉動似乎讓他覺得很有趣。

「妳是美女，」她聽到他說道，「但妳擁有的不只是姿色而已，妳有一種特殊的氣質……某種沉靜。宛若深海中的沉靜，浪潮之下的遙遠地帶，一切動也不動。非常寂靜……也非常悲傷。」

瑪莉安娜不發一語。她不喜歡現在的態勢——她發覺自己逐漸失去優勢，其實她應該從頭到尾都不曾佔過上風。而且她也有點醉了，對於佛斯卡突然把話題從調情轉為謀殺，完全沒有心理準備。

「今天早上，」他說道，「桑格總督察來訪，他想要知道薇若妮卡遇害的時候我人在哪裡。」

他望著瑪莉安娜，可能是期盼她有所回應，但她不理會他，「你怎麼說？」

「實話實說。我在自己的住所幫瑟琳娜上私人課程，我還建議他，如果他不相信我的話，可以去問她。」

「嗯。」

「總督察問了我一大堆問題，最後一個與妳有關。妳知道他問什麼嗎？」

瑪莉安娜搖頭，「我不知道。」

「他想知道妳為什麼對我這麼有偏見？」

「你怎麼說？」

「我說我不知道，但我會問妳。」他微笑，「所以我就問了，瑪莉安娜，這是怎麼一回事？自從塔拉命案發生之後，妳就精心安排一場要與我作對的戰役。如果我告訴妳，我是無辜的呢？妳要是想要把我當戰犯，我很樂意配合，不過——」

「我沒有要推你出去當戰犯。」

「不是嗎？一個外來者——待在英國學術圈最菁英領域的藍領美國人？我明明格格不入。」

「根本不是這樣，」瑪莉安娜搖頭，「我認為你適應得非常好。」

「好，我當然會想盡辦法融入，但追根究柢，與美國人相比，英國人恐懼外國人的症狀可能一直比較幽微，但我永遠是外國人，因此也會招來懷疑目光。」他望著瑪莉安娜，目光灼熱，「而妳——妳也不屬於這裡。」

「我們現在討論的不是我。」

「哦，但現在的確在討論我們——我們的處境一模一樣。」

她皺眉，「不是，我們完全不一樣。」

「哎呀瑪莉安娜，」他哈哈大笑，「妳不會真以為我殺了我學生吧？太荒謬了，但某些學生要是被老師宰殺也是罪有應得。」他再次哈哈大笑——那種笑聲不禁讓瑪莉安娜背脊為之一顫。

她盯著他——覺得她剛剛正好瞥見他的真貌：尖酸、殘酷、完全沒有任何同情心。她正進入危險領地，她知道，但酒精讓她變得大膽無畏，而且，接下來恐怕再也沒有這樣的機會了。她開口，措辭小心翼翼。

「那麼，我很想知道，你覺得到底是什麼樣的人會殺害她們？」

佛斯卡看著她，彷彿這問題讓他大感驚訝，不過，他點點頭，「很巧，我還真的有仔細思索。」

「我想也是。」

「好，」他說道，「首先我注意到的是，它具有宗教的本質，這一點很清楚，他是個有宗教信仰的人，至少在他自己眼中是如此。」

瑪莉安娜想起了他玄關裡的十字架，她心想，就和你一樣。

佛斯卡喝了一點酒，繼續說道：「那兩起兇案並非是隨機攻擊。我覺得警方還沒有搞懂那一點，這些謀殺案是一種獻祭的行為。」

瑪莉安娜突然看著他，「獻祭的行為？」

「沒錯，那是一種儀式，有關重生與復活。」

「我看不出有什麼復活，只有死亡。」

「這完全要看妳的觀點，」他微笑，「我還要告訴妳別的重點，他喜歡引發關注，他熱愛表演。」

她心想，就和你一樣。

「這些謀殺案讓我想到了詹姆斯時期的悲劇，」他說道，「暴力與恐懼，讓觀眾受到驚嚇，看得過癮。」

「過癮？」

「這是劇場用詞。」

他露出微笑。瑪莉安娜突然想要離他遠遠的。她推開自己的盤子，「我已經吃飽了。」

「確定不要再來一點嗎？」

她點點頭，「已經夠了。」

13

佛斯卡教授提議他們可以在客廳喝咖啡吃甜點，瑪莉安娜心不甘情不願跟他進入隔壁房間，他伸手朝壁爐旁的深色大沙發指了一下，「妳為什麼不坐下來？」

瑪莉安娜不想坐在他旁邊，而且距離他那麼近——也不知道為什麼，她覺得這樣很不安心。而且，她突然想到——如果她與他獨處的時候這麼不自在，那麼一個十八歲的女孩又會是什麼感覺？

她搖頭，「我好累，甜點我心領就好。」

「別急著走，再待一會兒，我幫妳煮咖啡。」

她還來不及抗議，佛斯卡已經離開客廳，進入了廚房。

瑪莉安娜很想要逃跑，遠離這裡，但還是按捺衝動。她覺得自己有點醉了，沮喪，而且氣惱自己。她一事無成，完全沒有挖出新的線索，全都是她已經知道的事。她應該趁他回來之前就直接走人，以免等一下被迫反抗他的色慾進犯，甚至是更可怕的狀況。

當她正在思量該怎麼做的時候，目光一直在房內四處游移，最後落定在咖啡桌上的那一小疊書。她盯著最上頭的那一本，側著頭，閱讀書名。

《尤里比底斯選集》。

瑪莉安娜轉頭望向廚房，沒有看到人，她急忙走到那本書的前面。

她伸手把它拿起來，有只紅色真皮書籤露出外頭。

她打開書籤夾住的那一頁，那是《伊菲革涅亞在奧利斯》的某一場景。文字採英文與古希臘文對頁並置排列。

有好幾行字的下方被加了底線，瑪莉安娜立刻就認了出來，與薇若妮卡收到的那張明信片的字句完全一樣：

ἴδεσθε τὰν Ἰλίου
καὶ Φρυγῶν ἑλέπτολιν
στείχουσαν, ἐπὶ κάρα στέφη βαλουμέναν χερνίβων τε παγάς, βωμόν γε δαίμονος θεᾶς
ῥανίσιν αἱματορρύτοις
χρανοῦσαν εὐφυῆ τε σώματος δέρην σφαγεῖσαν.

「妳在看什麼？」瑪莉安娜嚇了一大跳，他的聲音從她正後方傳來。

她趕緊啪一聲闔上書，轉身面對他，勉強擠出一笑，「沒什麼，只是隨便看看。」

佛斯卡給了她一小杯義式濃縮咖啡，「請用。」

「謝謝。」

他瞄了一下書，「妳搞不好已經猜到了，尤里比底斯，是我的最愛之一，我把他當成了我的好友。」

「是嗎？」

「嗯，沒錯，他是唯一會道出真相的悲劇劇作家。」

「真相？關於什麼的真相？」

「一切，生命、死亡、令人無法置信的人性殘酷面，他全部如實呈現。」

佛斯卡啜飲咖啡，盯著她。當瑪莉安娜盯著他的黑色雙眸，她已經再也沒有疑念，她百分百確定：

她正在凝視某個殺人犯的眼睛。

第四部

所以，當某個男人成長過程時的說話方式類似他父親，行為舉止亦然，就連到了成人階段也還是如此……那麼就會屈從於他，稱讚他，允許自己被他操弄，完全信任他，最後就會完全臣服於他，絲毫沒有意識到自己已經成為對方的奴隸。一個人對於自身童年延續的結果通常是無知無覺。

——愛麗絲．米勒，《全是為你好》

童年現示的是成人階段。
正如同早晨所現示的是接下來的一整天。

——約翰．米爾頓，《復樂園》

1

死亡，以及其後之種種，一直是我非常關注的課題。

我想，就是在雷克斯事件之後。

雷克斯是我最早的回憶。牠是美麗的生物——黑白相間的牧羊犬，全世界最棒的動物。牠忍受我扯牠的耳朵，拚命想要把牠當坐騎，但牠一看到我的時候還是一直搖尾巴，充滿愛意歡迎我。這是關於寬恕的一堂課——不止一次，而是不斷上演。

牠教導我的不只是寬恕，還有死亡。

在我快要十二歲的時候，雷克斯已經逐漸衰老，幾乎已經無法牧羊。媽媽建議讓牠退休，找隻更年輕的狗兒取代牠的崗位。

我知道我爸爸不喜歡雷克斯——有時候，我懷疑他根本是對牠恨之入骨。或者，他憎惡的對象是我媽？我媽媽好愛雷克斯——甚至比我更愛牠。她深愛牠無條件付出的情感——而且沉默寡言。牠一直陪伴在她身旁，與她工作一整天，而且她為牠煮東西、照顧牠的熱忱，根本超過了她對我父親所展現的愛。我記得我父親在某次爭吵的時候、曾經提過這一點。

我記得當我母親提議再養一隻狗的時候，他說了什麼話。我們在廚房裡。我坐在地上撫摸雷克斯，我母親在爐前煮菜，我父親自顧自猛喝威士忌，這不是他的第一瓶。

他說道，我才不會花錢養兩隻狗，我要開槍斃了第一隻。

我花了好幾秒才消化他所說的話，弄懂他到底說的是什麼意思，我媽媽搖頭。

她說道，不可以，要是你動那隻狗，我就……

我父親問道，就怎樣？妳是在威脅我嗎？

我知道接下來會出現什麼狀況，你需要真正的勇氣才能為某人擋下子彈。那一天，她為雷克斯挺身而出的時候，就是做出這種事。

當然，我爸開始抓狂。摔杯子的動作告訴我，已經太遲了——我應該要逃跑躲起來才是，就像雷克斯一樣，牠早就跳出我的懷抱，逃出門口。我別無選擇，只能坐在地板上，動彈不得，我父親翻桌，差個幾公分就砸中我，而我母親也對他不斷丟盤子反擊。

他怒氣沖沖，穿過佈滿碎片的地板，朝她走過去，他揚起雙拳。她靠在流理台，被困住了，然後……

她拿起刀子，一把大刀——專門拿來切羊肉的刀。她舉起刀子，對準我爸爸的胸膛，指向他的心臟。

她說道，我要殺死你，我說真的。

大家沉默片刻。

我驚覺她真的有可能拿刀刺死他。而我大失所望，她並沒有這麼做。

我父親再也沒講話，他只是轉身，走了出去，廚房門砰一聲關上了。

我媽媽動也不動了好一會兒，然後，她開始哭，看到自己媽媽哭泣，很可怕，會覺得自己居然這麼無能，力不從心。

我說道，我會為了妳殺死他。

但這句話只是讓她哭得更傷心。

然後……我們聽到了槍響。

又一聲。

我不記得我是怎麼離開了屋子——或是踉蹌進入庭院。我只記得我看到雷克斯軟綿綿的身體在流血，倒臥在地，而我父親邁步離開，手裡拿著來福槍。

我望著雷克斯最後一絲生息逐漸耗竭。牠的雙眼變得迷濛，什麼都看不見，舌頭發藍，四肢慢慢變得僵直。我不忍看牠。在當時，雖然年紀那麼小——我當時就產生了一種直覺——親眼目睹這種死亡動物的屍身，將會摧毀我的一生。

柔軟潮濕的狗毛，殘爛的身軀，鮮血。我閉上雙眼，但我依然看得到。

鮮血。

後來，當我母親與我扛著雷克斯前往坑洞，把牠拋入深處，與其他無用屍肉一起腐爛的那一刻，我知道我體內的某一部分也與牠同時入土，良善的那一塊。

我努力想要為牠擠出一些淚水，但我哭不出來。那隻可憐的動物從來不曾傷害我，牠讓我看到的只有愛，只有仁善。

然而我卻無法為牠掉淚。

我反而因此學會了仇恨。

有一顆冷酷堅硬的仇恨種子在我的心中成形，宛若在某塊黑炭裡的鑽石。

我發誓，我永遠不會原諒我父親。總有一天，我會復仇，不過，在此之前，在我長大之前，我只能被困在這裡。

所以，我退縮到自己的幻想世界。在那種情境之中，我的父親飽受煎熬。

我也是。

躲在上鎖的浴室之中、或是在乾草棚，抑或是在穀倉後面，沒有人注意我的時候，我就會逃跑——遠離這具肉體……遠離這樣的心靈。

我會發洩演出殘酷駭人的暴戾死亡場景：身受劇毒、兇殘砍殺——屠宰與分屍，我會被五馬分屍，我流血不止。

我會站在自己的床上，等待自己成為異教徒祭司的獻祭品，他們會抓住我，把我推下懸崖，抛入大海深淵——有海獸環繞，等著吞噬我。

我會閉上雙眼，跳下床。

我將會被撕裂成千萬碎片。

2

瑪莉安娜離開佛斯卡教授住處之後，步履搖搖晃晃。

倒不是因為紅酒與香檳——雖然她的確喝多了。而是她剛才親眼所見景象的震撼——他書本中以底線標示的希臘語引言。她心想，真是奇怪，思路極度清晰的時刻，通常具有酒醉狀態的相同特徵。

她不能憋在心裡，她必須找人談一談，但要找誰？

她在庭院裡停下腳步，仔細思索。現在沒必要去找卓伊——不是現在，在她們上次對話結束之後，現在並不是適當時機，卓伊就是不會把她的話當成一回事。

她需要的是有共鳴的耳朵。她一度考慮找克萊麗莎，但不確定對方是否願意相信她的說詞。

所以，現在只剩下一個人了。

她拿出手機，打電話給弗列德。他說他非常樂意與她談一談，還提議大約十分鐘之後可以在「梔子」見面。

「梔子」餐廳，深受各個世代學生的喜愛，它是位於劍橋市中心的希臘簡餐店，提供宵夜速食。瑪莉安娜沿著彎曲的行人小徑走過去，還沒有看到「梔子」，就已經先聞到了味道——熱油裡滋滋作響的薯條，還有炸魚的香氣熱情相迎。

「梔子」是個小地方，裡面同時塞個四、五名客人就滿了，所以大家都聚在外頭，窩在巷子裡吃東西。弗列德在餐廳門口等她，他站在綠色遮棚與「以希臘人的方式小憩」的招牌下方。

瑪莉安娜走過去，弗列德一臉燦笑。

「嗨，想不想吃點薯條，我請客。」

炸物的味道讓瑪莉安娜想起自己餓了。她剛剛在佛斯卡住所幾乎沒碰那血淋淋的晚餐，她滿懷感激點點頭。

「我很想吃一點。」

「小姐，馬上來。」

弗列德蹦蹦跳跳進去，在階梯上絆倒，撞到了另一名客人，對方開口飆髒話。瑪莉安娜忍不住微笑，他是她見過最笨手笨腳的人之一。過沒多久之後，他再次現身，拿了兩個白色紙袋，裡面塞滿了冒煙的薯條。

「來嘍，」他說道，「要番茄醬還是美乃滋？」

瑪莉安娜搖頭，「都不用，謝謝。」她吹了吹薯條，等它們冷卻，過了一分鐘之後，她試了一根。很鹹也很嗆，有一點嗆過頭了，都是因為醋。她咳嗽，弗列德一臉憂心看著她。

「加太多醋了嗎？抱歉，我手滑。」

「沒關係，」瑪莉安娜微笑，搖頭，「很好吃。」

「太好了。」

他們站在那裡好一會兒，默默吃著薯條。瑪莉安娜一邊吃一邊偷瞄他，柔和的路燈燈光讓他的男孩五官更顯得青春。她心想，他不過就是個孩子罷了。一個熱心的男童軍。在那一瞬間，她對他產生了一股真心的喜愛。

弗列德發現她在看他，對她怯生生一笑。他趁大啖薯條的空檔講話，「我知道我說出這些話會後悔，但我真的很高興妳打電話給我。這就表示妳一定想念我，雖然只有那麼一丁點……」弗列德看到她的表情，笑意也慢慢褪淡，「哦，我看得出來我搞錯了，妳打電話給我的原因不是這個。」

「我之所以打給你是因為出事了，而我想要找你談一談。」

弗列德現在看起來稍微重燃希望，「所以妳是真心想要找我講話？」

「哦拜託，弗列德，」瑪莉安娜翻白眼，「聽我說就是了。」

「那妳就講吧。」

弗列德吃薯條，瑪莉安娜則忙著細述一切——關於發現明信片，還有在佛斯卡的書裡找到了相同的劃線段落。

她講完之後，他依然沉默，終於，他開口，「妳打算怎麼辦？」

瑪莉安娜搖頭，「我不知道。」

弗列德拍掉嘴邊的殘屑，把紙袋揉成一團，丟入垃圾桶。她盯著他的一舉一動，想要判讀他的表情。

「難道你不覺得這……是出於我的想像？」

「不，」弗列德搖頭，「我覺得不是。」

「即便他有不在場證明？兩起謀殺案都一樣？」

他聳肩，「為他提出不在場證明的其中一個女孩已經死了。」

「對。」

「而瑟琳娜可能說謊。」

「對。」

「當然，還有另外一個可能……」

「什麼？」

「他和某人一起犯案，有共謀。」

瑪莉安娜盯著他，「我倒是沒想到那一點。」

「為什麼不可能？這樣一來就可以解釋他為什麼能夠同時出現在兩個地方。」

「有可能。」

「妳看起來不是很相信。」

瑪莉安娜聳肩，「我不覺得他是那種有同夥的人，他很像是孤狼。」

「也許吧，」弗列德想了一會兒，「反正，我們需要一些證據，妳也知道，罪證確鑿的證據，不然的話，沒有人會相信我們。」

「我們要怎麼弄到呢？」

「我們一定會想出辦法的。」

「我明天沒辦法……我得回去倫敦。不過，等到我回來的時候，我會打電話給你。」

「好，」他壓低聲音，「不過，瑪莉安娜，妳要聽我說。佛斯卡一定知道妳在盯著他，所以……」

他只點到這裡為止，剩下的就沒多說，瑪莉安娜點點頭。

「別擔心，我一直很小心。」

「好，」弗列德停頓了一會兒，「只剩下一件事要說，」他笑得燦爛，「妳今晚看起來美得不得了……我是否有這個榮幸娶妳為妻？」

「不可能，」瑪莉安娜搖頭，「我不會嫁給你的。不過，非常謝謝你的薯條。」

「不客氣。」

「晚安。」

他們相視而笑，然後，瑪莉安娜轉身離開。走到街底的時候，她臉上依然掛著微笑。她回頭張望，但弗列德已經走了。

好詭異——他似乎就這麼人間蒸發了。

在瑪莉安娜回學校的路上，手機響了，她從口袋裡拿出來，瞄了一下，來電者隱藏號碼。

她猶豫了一會兒，還是接聽，「喂？」

對方沒回應。

「喂？」

又是一陣沉默——然後，對方輕聲細語開口。

「嗨，瑪莉安娜。」

她愣住不動，「哪位？」

「我看得到妳，瑪莉安娜，我在監視妳——」

「亨利？」她確定是他——她認得他的聲音，「亨利，是你嗎……」

對方切斷電話。瑪莉安娜愣在原地，盯著手機好一會兒。她惴惴不安，四處張望——不過街上空無一人。

3

第二天早晨，瑪莉安娜一大早起來，準備前往倫敦。

當她離開房間、穿過主院的時候，瞄了一下通往天使院的拱道。

他站在那裡——愛德華．佛斯卡——站在他住所階梯外頭，抽菸。

但他並不是一個人，他正在與某人講話——背對著瑪莉安娜的某名學院門房。從那巨大體型與身高看來，顯然是莫里斯。

瑪莉安娜匆匆走向那條拱道，她躲在後頭，然後小心翼翼挨牆偷看。

眼前的狀況告訴她，這值得好好調查一下，佛斯卡的臉部表情，她從所未見的持續不耐模樣。她的腦中冒出弗列德所說的話——佛斯卡有共犯。

難道會是莫里斯嗎？

她看到佛斯卡把某個東西塞入莫里斯的手中，看起來像是很厚的信封，裡面塞了什麼？是錢嗎？

瑪莉安娜發覺自己的想像力從心中竄逃而出，她也就任它恣意奔行。莫里斯在勒索佛斯卡嗎？是不是這樣？他是不是收了封口費？難道——這就是她所需要的某種確切證據？

莫里斯突然轉身。離開了佛斯卡，朝瑪莉安娜的方向走過來。

她立刻往後一縮，緊貼牆面，莫里斯邁步穿越拱廊，經過她身邊的時候，完全沒有注意到她的存在。瑪莉安娜望著他穿越主院，走出大門之外。

她立刻跟過去。

4

瑪莉安娜匆匆走出大門，在路上與莫里斯保持安全距離。他似乎沒有察覺到自己被人跟蹤，他輕鬆漫步，自顧自吹口哨，對於散步頗是享受，似乎是不慌不忙。

他徐步經過艾曼紐學院，街道旁的聯排屋宅，經過了扣鎖在欄杆上頭的那一排單車，然後，他左轉，進入某條小巷，消失了。

瑪莉安娜趕緊進入巷口，仔細觀察。這是條窄道，兩側是成排屋宅。

前面是死巷，路突然就沒了。一堵牆橫亙在路中央，老舊的紅磚牆，上頭爬滿了常春藤。

瑪莉安娜嚇了一跳，因為莫里斯繼續走，直接走到牆面。

他把手伸出去，手指扣住左側某處比較鬆脫的磚牆空隙，緊緊抓住，引體向上，輕鬆登上牆頂，翻過去，消失在另外一頭。

她心想，靠，考慮了好一會兒。

然後，她趕緊走到那堵牆前面，仔細研究，不確定自己能否辦得到。她掃視磚塊，總算看到了一處可以攀抓的空間。

她伸手，緊抓不放——但那磚頭卻從牆壁滑落，留在她手中，害她往後摔倒。

她把磚頭丟到一旁，再次嘗試。

這一次，瑪莉安娜好不容易撐住，歷經千辛萬苦才成功翻牆……然後，掉到了另外一頭……

她墜入了另一個世界。

5

在牆壁的另外一頭，沒有路，也沒有房子。只有野草、針葉樹木，還有蔓生的黑莓灌木叢。過了好幾秒之後，瑪莉安娜才搞清楚自己在哪裡。

這是米爾路的廢棄墓園。

瑪莉安娜來過這裡一次，將近是二十年前的事了。在某個酷熱的夏日午後，她與賽巴斯汀一起過來探險。她當時不喜歡這個墓園，覺得它邪氣又淒涼。

她現在依然不喜歡這地方。

她站起來，張望四周，沒看到莫里斯。她專心聆聽，好安靜，沒有腳步聲，連鳥囀也聽不到，只有一片死寂。

她凝視前方的交錯小徑，它們的周邊是被青苔與巨大冬青灌木淹沒的大片墓碑。許多墓碑都早已傾圮，或者是斷成兩截，在野草上投射出凹凸不平的黑暗幽影。因為歲月與惡劣天候，這些墓碑上頭的名字與日期都早被消磨殆盡。這些不在大家記憶中的人，這些被遺忘的生靈，讓人產生嚴重的失落、無力感，瑪莉安娜恨不得能夠立刻離開這裡。

她朝最靠近牆面的那道小徑前進，她不想失去方向感，現在不行。

她停下腳步，專心聆聽——不過，還是一樣，完全沒有聽到腳步聲。

什麼都沒有，根本沒有聲音。她跟丟了。

也許他看到了她，所以刻意躲避她？繼續下去也沒有意義。

當她正準備要轉身的時候，某座巨大雕像吸引了她的目光：一個男天使，固定在某個十字架上頭，伸出雙臂，他擁有一對殘缺不全的大型翅膀。瑪莉安娜盯著那天使好一會兒，看得癡迷。這座雕像髒污破損，但依然美麗——他長得有點像是賽巴斯汀。

就在這時候，瑪莉安娜注意到異狀——就在雕像後面，從葉縫之間可以看到有某名年輕女孩在小徑行走，瑪莉安娜立刻就認出了她。

是瑟琳娜。

瑟琳娜沒有看到瑪莉安娜，她走向某個長方形石窖的平面頂板，它本來是潔白的大理石，現在佈有灰色與苔綠色斑痕，周邊長滿了野花。

她坐在上面，拿出了手機，盯著螢幕。

瑪莉安娜躲在附近的某棵樹後面，透過樹枝隙縫觀察動靜。

她看到瑟琳娜抬頭——有個男人從枝葉之間現身。

是莫里斯。

莫里斯走向瑟琳娜，兩人都沒說話。他脫掉了禮帽，把它穩穩放在某塊墓碑上頭，然後，他抓住瑟琳娜的頭，突然使出猛烈力道，把她整個人拉起來，狠狠吻她。

瑪莉安娜盯著莫里斯把瑟琳娜放到大理石板上面，同時依然在狂吻她。他爬到了她身上，兩人開始做愛——充滿攻擊感、狂如野獸的性愛。瑪莉安娜心生厭惡，但依然目不轉睛——無法移開視線。接下來，兩人高潮，隨後陷入靜默——來得突然，就像當初開始的時候一樣。

他們靜靜躺著不動好一會兒，然後，莫里斯起身，整理衣衫，拿起了他的圓頂禮帽，拂拍灰塵。

瑪莉安娜覺得自己最好還是盡快離開現場。她退後一步，某根軟枝在她腳下應聲而斷。發出了巨大的吱嘎聲響。

她透過樹枝間隙看到莫里斯在四處張望，他向瑟琳娜示意要保持安靜，然後，他繞到某棵樹後面，瑪莉安娜就沒看見他了。

瑪莉安娜轉身，匆匆回到步道，但到底哪一條路通往出口？她決定選擇原路，靠牆的那一條，她掉頭——

莫里斯就站在她的背後。

他氣喘吁吁，死盯著她，兩人沉默了好幾秒。

莫里斯壓低聲音，「媽的妳在這裡幹什麼？」

「什麼？抱歉……」她想要從他身邊繞過去——但莫里斯卻擋住她的路，他露出微笑。

「想必妳看得很開心吧？是不是？」

瑪莉安娜雙頰火燙，別開目光。

他哈哈大笑，「我早就看透妳了，妳別想要我，一刻都別想。打從一開始我就在注意妳了。」

「什麼意思？」

「意思就是妳少管別人的閒事，就像是我祖父生前常說的一樣，多管閒事就會被碎屍萬段，懂了嗎？」

「你是在威脅我嗎？」

瑪莉安娜語氣中的勇敢程度超過了她的真正感受。莫里斯只是哈哈大笑，看了她最後一眼之後，掉頭，揚長而去。

瑪莉安娜站在那裡，全身顫抖，恐懼，憤怒，淚水差點奪眶而出。她覺得自己站在原地動彈不得，然後，她抬頭，看到了那座雕像——天使盯著她，伸出雙臂，主動要給她一個擁抱。

就在那一刻，她無比想念賽巴斯汀——讓他擁她入懷，抱住她，為她奮戰，但他已經不在了。

瑪莉安娜必須要學習如何為自己奮戰。

6

瑪莉安娜搭乘最快的列車前往倫敦。

這段車程沒有任何的中停站，而且似乎是急奔目的地。感覺速度太快了，不斷搖晃，而且在鐵軌上瘋狂顛簸行進，一路失控東搖西晃。軌道發出尖吼，高頻聲響在瑪莉安娜的耳內呼嘯——彷佛某人在狂叫。而且車廂門沒有關好，一直不斷開啟，又重重關上，每一次的砰響都令人心驚，頻頻打斷她的思緒。

她有好多心事，與莫里斯正面衝突的那一段過程讓她深感不安，她想要努力釐清一切。所以他就是瑟琳娜偷偷約會的男子？難怪他們要偷偷摸摸，要是莫里斯與學生的緋聞曝光的話，他一定會丟了飯碗。

瑪莉安娜盼望僅是如此而已，但也不知道為什麼，她懷疑恐怕另有內情。

莫里斯與佛斯卡有往來？但所為何事？與瑟琳娜又有什麼關係？他們是不是共同勒索佛斯卡？如果是這樣的話？這就成了一場危險遊戲，與某個心理變態作對——而且此人已經犯下了兩起殺人案。

瑪莉安娜現在才看出來，她一直錯估了莫里斯，被他的古典風範所蒙蔽——但他並非紳士。她想到了他威脅她的時候眼中流露的那種兇惡神情。他想要害她心生恐懼，他的確成功了。

砰——車廂門重重關上，害她嚇了一大跳。

她心想，夠了，這樣下去會把妳自己逼瘋的。她必須讓自己分散注意力，思考其他的事情。她拿出了一直放在包包裡的《英國心理學期刊》，隨便亂翻，想要專心閱讀，但就是沒有辦法。還有另一件事困擾著她：她無法放下自己當初偷窺時的那種快感。

她回頭張望，打量車廂的各個地方——是坐了一些乘客，但她都不認識，或者，至少是沒有她認識的面孔，看來似乎是沒有人在盯著她。

不過，她還是沒有辦法將那種感覺拋諸腦後——被人暗中觀察的感覺。列車即將抵達倫敦，她開始苦惱。

萬一她對佛斯卡的判斷失準？萬一兇手是某個陌生人——就在這個當下，坐在這裡，正對她虎視眈眈，而她卻完全看不出來？這念頭不禁讓瑪莉安娜全身顫抖。

砰——車門撞擊聲。

砰。

砰。

7

過沒多久之後，火車駛入國王十字站。當瑪莉安娜離開車站的時候，被人暗中盯梢的感覺依然揮之不去，某人的目光盯著她頸後、那種令人全身刺癢的毛骨悚然感。

她突然覺得有人就在她背後，她立刻旋身——覺得可能就是莫里斯——

但他並沒有現身。

不過，那種感受依然盤據不去。當她到達蘿絲家的時候，還是緊張不安又恐慌。她心想，

也許我瘋了，可能就是如此。

不管她有沒有瘋，她現在最想見到的人，就是在瑞德豐馬廄街五號等待她的那位老太太。當她按下門鈴的那一刻，感覺真的是如釋重負。

當瑪莉安娜還是學生的時候，蘿絲是她的培訓心理治療師，等到瑪莉安娜取得資格之後，蘿絲的角色成了她的導師。在心理治療師的職涯之中，導師扮演了重要的角色——瑪莉安娜會向她回報自己的病患以及心理治療團體的狀況，蘿絲會幫助瑪莉安娜卸除情緒，將她病患的情緒與她自己的情緒區隔開來，有時候這並非易事。要是沒有導師協助，心理治療師很可能會被自己必須吸納的悲痛而不知所措，情緒崩潰，而且對於執業而言甚為重要的公正性，也會因而喪失。

在賽巴斯汀離世之後，瑪莉安娜來探望蘿絲的頻率變高了，她需要蘿絲的支持，更甚以往。其實這根本就是心理治療，只是沒點出來而已——蘿絲建議她應該要全心投入：好好接受心理治療，由蘿絲負責。但是瑪莉安娜拒絕了，她沒辦法解釋清楚為什麼，只說她不需要治療，因為她只需要賽巴斯汀，而這世界上無論是什麼樣的談話內容都無法取代他的地位。

「親愛的瑪莉安娜，」蘿絲開門，對她報以溫暖微笑，「怎麼不進來？」

「嗨，蘿絲。」

能夠走進去、踏入總是可以聞到薰衣草氣味的客廳、聽到壁爐架上頭的銀色時鐘發出令人心安的滴答聲，感覺真是舒暢。

她坐在自己習慣的位置，褪色藍沙發的邊緣，蘿絲坐在她對面的扶手椅。

「妳在電話裡聽起來很沮喪，」蘿絲說道，「瑪莉安娜，不如就把狀況告訴我吧？」

「該從何說起呢？我想，應該是卓伊從劍橋打電話給我的那一個晚上吧。」

然後，瑪莉安娜開始娓娓道來，盡可能保持清晰，不要有任何遺漏。蘿絲專心聆聽，偶爾點點頭，但很少說話。等到瑪莉安娜講完之後，蘿絲沉默了一會兒，然後，發出嘆息，幾乎是聽不出來的聲音——某種憂傷疲憊的嘆息，呼應了瑪莉安娜的痛苦，遠勝千言萬語。

「我可以感受到它帶給妳的緊繃感，」她說道，「堅強之必要。為了卓伊，為了這間學院，以及為了妳自己……」

瑪莉安娜搖頭，「我不重要。但卓伊，還有那些女孩……我好害怕……」她眼眶盈滿淚水，蘿絲傾身向前，把面紙盒推過去給她。瑪莉安娜抽了一張，拭去淚水，「謝謝，不好意思，我連我自己為什麼會哭都不知道。」

「妳會落淚是因為無力感。」

瑪莉安娜點點頭，「的確。」

「不過，那並不是真相，妳知道這一點吧？對不對？」蘿絲對她點點頭，以示鼓勵，「妳的能力遠遠超過了妳自己的想像。學院畢竟只是另一個團體……它的核心病了。要是這種特質的某種面向——狠毒、邪惡、殘忍——在妳的某個團體裡發生影響力……」

「我會怎麼做？好問題。」她點點頭，「我想……我會和大家談一談……我的意思是，以團體的方式。」

「與我的想法正好不謀而合，」當蘿絲說出這句話的時候，眼眸閃耀光芒，「和那些女孩談一談，那個『少女團』，不是個人……而是團體。」

「妳的意思是，組一個治療團體？」

「有何不可？和她們開一次團體治療療程……看看會發生什麼事。」

瑪莉安娜忍不住露出微笑，「很吸引人的構想，我不知道她們會作何反應。」

「考慮一下，就這樣。妳也知道，治療某個團體的最佳途徑……」

「就是以團體方式進行治療，」瑪莉安娜點點頭，「對，我了解。」

她沉默了一會兒，這是很好的建議——不容易達成，但這已經稍微提到了她其實已經知道與深信的理念，現在她的不知所措感也沒那麼嚴重了，她露出感激的微笑，「謝謝。」

蘿絲遲疑了一會兒，「還有一點，這個比較難啟齒……關於這個名叫愛德華．佛斯卡的男子，讓我突然想到一件事，我希望妳要小心。」

「我一直很小心。」

「小心妳自己嗎？」

「什麼意思？」

「是這樣的，想必這引發了妳各式各樣的情緒與聯想……而妳一直沒有提到妳父親，我很意外。」

瑪莉安娜面露驚色，望著蘿絲，「我爸爸與佛斯卡有什麼關係？」

「好，他們都是有領袖魅力的人，在各自的社群裡都是位高權重人士，而且，聽起來都相當自戀。我在想，妳是不是有同樣的衝動，想要贏得這個男人的心，也就是愛德華．佛斯卡，一如當初妳對妳父親一樣。」

「沒有，」瑪莉安娜聽到蘿絲的說法，很不高興，「沒有，」她又重複了一次，「反正，我對於愛德華．佛斯卡有強烈的負向移情。」

蘿絲遲疑了一下，「妳對妳父親的感受也並非全然正面。」

「那又不一樣。」

「是嗎？即便到了現在，批評他，或是承認他在各種重要的現實面向、害妳失望——對妳來說依然很艱難，是不是？妳所需要的愛，他從來沒有給過妳，妳花了很長一段時間才終能看清這一點，把它說出來。」

瑪莉安娜搖頭，「老實說，蘿絲，我不覺得我爸爸和這件事有任何關係。」

蘿絲一臉悲傷看著她，「我覺得妳父親在這個事件中多少算是關鍵，就妳的角度看來，現在可能不是很合理，不過，也許有一天，它會出現重大意義。」

瑪莉安娜不知該怎麼回應，只是聳肩。

「那賽巴斯汀呢？」蘿絲沉默了一會兒才問道，「妳對他有什麼樣的感覺？」

瑪莉安娜搖搖頭，「我不想講賽巴斯汀的事，今天不適合。」

之後，她並沒有停留太久。蘿絲提起了她父親，等於為這次的治療療程蓋上了棺罩，當她站在蘿絲家玄關的時候，那種感覺還是沒有完全散去。

瑪莉安娜離開的時候，給了這位老太太一個擁抱。在那個擁抱之中，瑪莉安娜感受到了溫暖與關愛，她熱淚盈眶，「真是謝謝妳，蘿絲，感謝妳給我的一切。」

「要是有需要的話，隨時找我都不成問題，」

「謝謝。」

「妳知道嗎？」蘿絲稍稍遲疑了一會兒才開口，「也許妳找李歐談一談會有幫助。」

「李歐？」

「有何不可？畢竟，精神病態是他專長科目。他很優秀，而且他的見解一定會讓妳獲益匪淺。」

李歐當初與她一起在倫敦受訓，他是鑑識心理治療師，雖然蘿絲是他們兩人的心理治療師，但其實他們並不熟。

「不確定這樣是否妥當，」她說道，「我的意思是，我已經很久沒見到李歐了……妳覺得他會介意嗎？」

「當然不會。妳可以想辦法在回劍橋之前見他一面，我打電話跟他說一聲。」

蘿絲打電話給李歐——他說，對啊，他當然記得瑪莉安娜，而且很樂意與她聊一聊，他們約好了在卡姆登的某間酒吧會面。

當晚，六點鐘的時候，瑪莉安娜與李歐·法博見面。

8

先到達「牛津徽章」的是瑪莉安娜，她買了一杯白酒等待對方。

與李歐見面，讓她充滿好奇——但也有提防之心。蘿絲是他們共同的心理治療師，讓他們之間的關係有點像是手足。瑪莉安娜以前對李歐有些嫉妒，甚至是怨恨——因為她知道蘿絲對他格外偏心，只要一提到他，蘿絲的語氣就會變得保護心切，這一點讓瑪莉安娜為自己編造了一個不甚合理的幻想，李歐是孤兒。當他的父母好端端出現在他們的畢業典禮的時候，瑪莉安娜嚇了一大跳。

其實，李歐的確有一種弱不禁風的特質，瑪莉安娜也注意到了——某種獨特性。這與他的體型無關，反而完全是他的行為舉措：某種沉默寡言，與他人微微保持距離——某種彆扭的態度，這是瑪莉安娜在自己身上也會發現的特質。

李歐遲到了幾分鐘，他向瑪莉安娜熱情問好。他在吧檯點了健怡可樂，然後與她共坐一桌。

他看起來還是老樣子，一點都沒有變。四十歲左右的年紀，身材偏瘦。他身穿破爛燈芯絨外套，皺巴巴的白色襯衫，散發淡淡的菸味。她心想，他有令人喜愛的面孔，神情流露出關切，不過，他的眼中卻有某種情緒——該怎麼說？——焦慮吧，甚至可以說是飽受折磨。她發覺自己雖然喜歡這個人，但與他相處的時候卻不是很自在，她也不是很清楚為什麼。

「謝謝你願意見我，」她說道，「約得真的非常倉促。」

「不客氣。我很好奇，我就跟大家一樣，一直在關注這條新聞，很吸引人，」李歐立刻修正用詞，「我的意思是，當然，很可怕，但也很吸引人。」他微笑，「我很想請教妳的看法。」

瑪莉安娜微笑，「其實……我倒是想聽聽你的意見。」

「哦？」李歐似乎十分驚訝，「不過，妳在那裡，妳待在劍橋，我沒有。妳的觀察遠比我所能告訴妳的都重要多了。」

「我對於這種事……鑑識領域，沒有什麼經驗。」

「其實，完全沒差……因為就我的經驗看來，每一個案件都獨一無二。」

「真有意思，朱利安與你的論點完全相反，他說每一個案件都一樣。」

「朱利安？妳是說朱利安．艾許克洛夫特？」

「對，他跟警方一起工作。」

李歐挑眉，「我記得朱利安在訓練中心的樣子，我覺得……他有一點古怪，有一點嗜血性格。反正，他說錯了，每一個案子都很不一樣，畢竟，沒有人會擁有相同的童年。」

「對，我同意，」瑪莉安娜點頭，「不過，難道你不覺得我們還是可以有什麼追查方向嗎？」

李歐啜飲了一小口可樂，聳肩，「好，假設我是妳要追捕的人，假設我病況嚴重，高度危險，但我在妳面前隱藏一切，也是很有可能的事。我指的倒不是一直隱藏下去，也許，是在某種治療的情境裡……不過，是很表淺的層次，很容易就可以對世界呈現某種虛假的自我，即便是面對我們天天見到的人也一樣，」他玩弄了一下婚戒，在指間轉個不停，「想要聽從我的建議嗎？不要再去想鎖定誰，而要開始追問為什麼。」

「你的意思是，他的殺人動機？」

「對，」李歐點頭，「我覺得有哪裡不太對勁。這些受害人——有遭受性侵嗎？」

瑪莉安娜搖頭，「沒有，完全不像。」

「所以這告訴了我們什麼？」

「也許殺戮本身、刀傷、毀屍提供了快感？我覺得沒那麼簡單。」

李歐點頭，「我也這麼想。」

「病理學家說死因是切斷喉嚨，而刀傷是發生在死亡之後。」

「我明白了，」李歐似乎很有興趣，「換言之，這一切具有相當程度的表演特色。經過了精心安排，是為了觀眾著想。」

「而觀眾就是我們？」

「沒錯。」李歐點頭，「妳覺得，是為了什麼？為什麼他想要我們看到這種殘暴惡行？」

瑪莉安娜沉吟片刻，「我覺得……他希望我們誤以為她們是在對方盛怒的狀況下遇害……兇手是某個連續殺人魔，某個持刀的瘋狂男子。不過，事實上，他極其冷靜自制……這些謀殺案都是縝密精心的策劃。」

「就是如此。也就是說我們交手的對象更加聰明……而且更加危險。」

瑪莉安娜想到了愛德華．佛斯卡，她點點頭，「對，我想也是。」

「讓我問妳一件事，」李歐盯著她，「當妳近距離觀看屍體的時候，第一個想到的是什麼？」

瑪莉安娜眨了眨眼睛——在那一瞬間，她看到了薇若妮卡的雙眼，她趕緊把它拋諸腦後，「我……我不知道……很可怕。」

李歐搖搖頭，「不，妳的念頭不會是這個。跟我說真話，妳第一個想到的是什麼？」

瑪莉安娜聳肩，有些不好意思，「很詭異……是某齣戲劇的一句台詞。」

「很有意思，繼續講下去。」

「《馬爾菲公爵夫人》，『蓋住她的臉龐……我雙目昏眩……』」

「對，」李歐的雙眼突然一亮，他傾身向前，面露興奮神色，「對，就是了。」

「我……我不確定自己是不是真的懂了。」

「『我雙目昏眩』。屍體以那種方式呈現出來……就是要讓我們感到昏眩。以恐懼讓我們眼盲，為什麼？」

「想一想，他為什麼要蒙住我們的雙眼，他不希望我們看到什麼？他企圖誘使我們不要關注什麼？瑪莉安娜，回答那個問題……妳就會抓到他。」

瑪莉安娜沉澱思緒，點頭。兩人沉思不語了一會兒，凝視彼此。

李歐微笑，「妳具有發揮同理心的罕見天賦，我感覺得出來，難怪蘿絲對妳評價這麼高。」

「不敢當，但還是謝謝你，聽到這樣的話真叫人開心。」

「不需要這麼謙虛。能夠如此敞開心胸接納他人，體會他們的感受，並不容易……就許多方面來看，它就像是一杯被下了毒的聖餐杯，看似美好，其實不然，我一直這麼覺得。」然後，他停頓了一會兒，壓低聲音說道：「原諒我，我不該說這個……但我發現妳心中有別的情緒……」他過了一會兒才繼續說道：「某種……恐懼。妳在怕某種事物。妳覺得它在那裡……」他伸手朝空中一指，「但不在那裡……而是在這……」他摸自己的胸膛，「在妳心深處。」

瑪莉安娜眨眼，覺得自己被人看透，好尷尬，她搖搖頭。

「我……我不知道你這話是什麼意思。」

「好，我的建議是……要注意它，對它抱持和善態度。當我們的身體要對我們說些什麼的時候，我們應該要永遠保持專注，這是蘿絲的叮嚀。」

他突然面色有點尷尬，可能意識到自己踩了線，他看了一下手錶，「我該走了，得和老婆見面。」

「沒問題。李歐，非常感謝你與我見面。」

「別客氣，見到妳很開心。瑪莉安娜……露絲說妳現在自己執業？」

「沒錯，你待在布羅德摩精神科醫院？」

「我自討苦吃，」李歐微笑，「老實說，我不知道自己還能在那裡撐多久，那裡超級苦悶。我想要找新工作，不過，妳也知道，就是抽不出時間。」

他說出這段話的時候，瑪莉安娜突然靈機一動。

她說道：「等我一下。」

她把手伸入包包，拿出隨身攜帶的《英國心理學期刊》，迅速翻閱，找到了她要的那一頁，她把期刊拿給李歐，指向框框裡的廣告。

「你看。」

葛洛夫的徵人廣告，那是某間位於埃奇維爾的精神病戒護療養院，他們在找鑑識心理治療師。

瑪莉安娜瞄了他一下，「你覺得怎麼樣？我認識迪奧米德斯教授，那裡由他負責。他的專長是團體治療，還教過我一陣子。」

「嗯，」李歐點點頭，「我知道他是誰。」他端詳徵人廣告，顯然興趣濃厚。

「葛洛夫？艾莉西亞．拜倫森殺死老公之後，不就是被關在那裡嗎？」

「艾莉西亞．拜倫森？」

「那個……一直不肯說話的畫家。」

「哦，我想起來了，」瑪莉安娜對他露出鼓勵的微笑，「也許你可以去應徵？讓她再次開口？」

「也許吧。」李歐微笑，思索了一會兒，自顧自點頭，「也許我可以再讓她開口。」

9

回到劍橋的那一趟旅程，倏忽而過。

瑪莉安娜從頭到尾都陷入沉思，不斷咀嚼自己與蘿絲的對話，以及與李歐的會面過程。他認為殺人兇手是刻意使用駭人手法，目的是為了要轉移對某件事物的注意力，這個想法激發了瑪莉安娜的好奇心，而且就某種她無法具體解釋的情感層次來說，也很合理。

至於蘿絲建議找「少女團」組織一個心理治療團體——嗯，不容易，搞不好根本難以成功，但絕對值得一試。

至於蘿絲提到有關瑪莉安娜父親的那些事，就麻煩多了。

她不明白蘿絲為什麼要提起他，蘿絲是怎麼說的？

現在可能不是很合理，不過，也許有一天，它會出現重大意義。

那段話隱晦至極。蘿絲顯然是在有所暗示，不過，是什麼呢？

瑪莉安娜陷入苦思，盯著窗外急速掠過的原野。她想到了自己在雅典的童年，還有她的父親：她小時候極其景仰這位英俊、聰明、富有領袖氣質的男人——崇拜他，把他當成了偶像。

瑪莉安娜過了許久之後，才發覺她父親並不是她所想像的那個男人。

她是在二十出頭，從劍橋畢業之後才恍然大悟。當時她住在倫敦，受訓準備要當老師。她開始接受蘿絲的心理治療，原本的目的是說出喪母之事，但最後卻發現大部分的時候講的都是爸爸。

她覺得自己得要讓蘿絲相信他是一個多麼偉大的人：何其聰明、何其勤奮、做出了多大的犧牲，獨自一人撫養兩個小孩——還有他有多麼愛她。

露絲聽瑪莉安娜講了好幾個月，而她自己幾乎都沒說什麼……某一天，露絲終於打斷她。她的話語簡單、直接，而且殺傷力強大。

露絲的語氣盡力展現溫柔，說出了瑪莉安娜其實一直在否定她的父親。根據蘿絲所聽到的一切，對於瑪莉安娜認定他為可親的爸爸，她必須提出質疑。露絲聽到關於這男人的描述似乎是威權、淡漠、難以親近、性好批評、態度非常不和善——甚至可說是冷酷，而這些特質與愛完全沒有關係。

「愛沒有條件，」蘿絲說道，「它不能靠著表演特技跳圈圈去取悅某人……而且這樣註定失敗。要是妳懼怕某人，妳不可能深愛對方。瑪莉安娜，我知道這樣的話很難聽進去，這算是某種盲點……但除非妳自己清醒過來，看得透澈，不然的話，它會跟著妳一輩子，影響到妳看待自己，以及別人的方式。」

瑪莉安娜搖頭，「妳對我父親有誤解，」她說道，「我知道他不好相處……但是他愛我，而且我也愛他。」

「不是這樣，」蘿絲斬釘截鐵，「最好聽的說法，我們就把它稱之為被愛欲望；最嚴重的說法，那是對某個自戀男子的病態依附：感激、恐懼、期待、恭順服從集合而成的某個熔爐，它與愛這個字詞的真正意義毫無關係。妳並不愛他，妳不知道這一點，也不知道如何愛妳自己。」

蘿絲沒說錯——這樣的話很難聽進去，遑論是坦然接受了。瑪莉安娜起身，走了出去，憤怒的淚水撲簌簌從臉頰落下，她發誓永遠不會回來。

不過，就在蘿絲家外頭的街道上，某件事卻讓她轉念。她突然想到了賽巴斯汀——每每當他稱讚她的時候，她總是渾身不自在。

賽巴斯汀老是這麼說：「妳都不知道自己有多美。」

「夠了哦。」這是瑪莉安娜一貫的回答，她會因為不好意思而臉頰發燙，同時還會頻頻揮手，對於這樣的讚詞感到不以為然。賽巴斯汀搞錯了，她不聰明也不漂亮——她看待自己的方式並非如此。

她是以誰的角度凝視自己？她自己的眼睛？

或是她父親的雙眼？

賽巴斯汀並不會以她父親或別人的角度看待她，因為他是以他自己的雙眼注視她。如果瑪莉安娜也這麼做呢？如果，她就像「夏洛特少女」一樣，不再透過鏡子觀看人生——反而開始進行直接凝視呢？

所以，一切就此開始——幻象與否認的牆面出現了某道裂縫，有光線因此透了進來，不是很強，但足以看透。這一刻對瑪莉安娜來說是某種頓悟，逼迫她開啟了一段她根本不想成行的自我發現之旅，她最後退出實習老師的課程，開始接受心理治療師的訓練。雖然，自此之後多年過去，她依然無法化解自己對父親的感受，現在，他已經死了，她應該是永無機會了。

10

瑪莉安娜在劍橋火車站下車，整個人陷在悲傷情緒之中，走回聖克里斯多福學院的時候，幾乎沒有注意周遭環境。她回去的時候，看到的第一個人是莫里斯，他站在門房守衛室，旁邊有好幾名警察。一看到他，就害她回想起他們正面交鋒時的所有不快記憶，她的胃一陣作嘔。

她不肯看他——走過他旁邊的時候，對他置之不理。她看到他對她微微點了一下帽子，彷彿若無其事一樣，顯然他覺得自己佔了上風。

她心想，很好，就讓他這麼想吧。

她當下做出決定，對於那場事件，她不會透露半個字——部分原因是因為她可以猜想到桑格總督察的反應：她暗示莫里斯與佛斯卡狼狽為奸，只會引來懷疑與奚落。就像是弗列德所說的一樣，她需要證據。她保持緘默比較好，就讓莫里斯以為自己已經安然逍遙法外——讓他自取滅亡。

她突然好想打電話給弗列德，和他講講話——然後，她突然停下腳步。

她到底在想什麼？她是不是對他，對那個小男生，漸生情愫？不可能——這樣的念頭，連想都不能想。這樣是背叛——而且也令人驚恐。其實，她最好永遠不要再打電話給弗列德。

當瑪莉安娜走到自己房間外頭的時候，她發現房門露出一道縫。

她愣住不動。仔細聆聽，卻沒有發現任何異狀。

她以極慢的速度伸手，推門，房門開啟的時候，發出了吱嘎聲響。

瑪莉安娜往裡面一看，眼前的景象讓她瞠目結舌。似乎有人要拆了這個房間一樣：所有的抽屜與櫃子都被打開亂翻，瑪莉安娜的個人物品四處散落，她的衣服被撕成了碎片。

她立刻打電話給門房守衛室的莫里斯，請他找警察過來。

過了一會兒之後，莫里斯與兩名警察到了她的房間，檢查損失。

其中一名警察問道：「確定沒有東西遭竊？」

瑪莉安娜點頭，「應該是沒有。」

「我們沒有看到任何可疑人物離開校園，很可能是內賊所為。」

「看起來像是出於某個懷恨在心的學生，」莫里斯說道，他還對瑪莉安娜微笑，「小姐，是否最近惹到了什麼人？」

瑪莉安娜沒理他。她向警察道謝，也覺得這應該不是闖空門案件。他們主動說要蒐集指紋，瑪莉安娜正打算開口說好的時候，卻看到了某個讓她改變心意的東西。

那張桃花心木書桌，被刀子，或者是某種銳器，用力鑿出一個十字刻痕。

「不需要，」她說道，「就到此為止吧。」

當他們離開房間的時候，瑪莉安娜以指尖撫摸十字形的溝紋。

她站在那裡，想到了亨利。

這是她第一次覺得這個人好可怕。

11

我正在思索時間。

也許，一切從來不曾遠離，一直在這裡——我指的是我的過往——它一直對我苦纏不休，原因就是它一直在這裡，不曾離開。

我會以某種詭異方式一直處在那種狀態，永遠的十二歲——我被時間困住了，卡在那可怕的一日，就在我生日的隔天，一切發生巨變。

當我寫下這段話的時候，感覺就像是正在親身經歷的當下。

我媽媽叫我坐下來，有事要告訴我。我知道狀況不對勁，因為她把我帶進了前面的起居室，我們從來不曾使用的地方，然後，她叫我坐在那張很不舒服的木椅上面，要對我宣布重大消息。

我本來以為她要說自己快死了，得了不治之症——她的那種表情害我誤判狀況。

不過，其實比病重還糟糕。

她說她要離開了，與我爸爸之間的關係變得非常糟糕——她在我面前展示了她的烏青眼睛和破裂的嘴唇，她終於鼓足勇氣要離開他。

我一陣狂喜——「喜悅」是唯一接近的字詞了吧。

不過，我的燦爛笑容消失了，因為我聽到母親滔滔不絕說出她目前的計畫，借住某個表親家裡的客廳沙發，然後，等到她站穩腳步之後，就會去找她父母——顯然她一直避開我的目光，還有一直不曾說出口的某句話，顯然她不會帶我走了。

我一臉驚愕盯著她。

我沒有辦法感受或是思考——對於她還說了什麼，我也不太記得了。不過，最後她答應我，等到她在新家安頓好之後，她會找人來協助我。對於我所面臨的一切現實狀況來說，講出這種話，還不如直接把我放生就好。她要拋下我，把我扔在這裡，逼我和他在一起。

我被犧牲了，被送入地獄。

然後，她表現出自己那種常常令人不解的愚鈍。她說她還沒有把她要離家的事告訴我爸爸，她想要先告訴我。

我不相信她打算告訴他，對於當下的我，這是她最好的道別詞。然後，她的腦袋要是還管用的話，她就會打包，趁夜逃家。

如果換作是我，我就會這麼做。

她叫我要保守她的秘密，絕對不能告訴任何人。

我的美麗、有勇無謀、輕信別人的母親——就許多方面來看，我比她老成多了，也比她更聰明。當然，我也更邪惡。我只需要告訴他就是了。將她打算棄船的計畫告訴性格暴烈的那個男人，那麼她就走不了，我也不會失去她，我不想要失去她。

真的嗎？

我愛她——難道不是這樣嗎？

我發生了變化——我的思維起了變化。這是在與我母親對話結束之後的那幾個小時之後的事——某種緩慢、令人毛骨悚然的覺醒——某種詭譎的頓悟。

我以為她愛我。

不過，其實她的內心不只有一個人而已。

現在，突然之間，我開始看到了她心中的另一個人——我看到她站在那裡，躲在後頭，眼睜睜盯著我的父親虐待我。她為什麼不阻止他？為什麼不保護我？

她為什麼沒有教導我？其實我值得被好好保護？

她為了雷克斯起身反抗——拿刀對準我爸爸的胸膛，威脅要刺死他，但她從來沒有為我做過那種事。

我可以感受到有一團火在燃燒——越來越強烈的怒氣，不會熄滅的怒火。我知道這樣不對——我應該要控制它，不然我會承受不住。不過，我卻不斷對著火焰搧風，我整個人都在燃燒。

我所承受的所有恐懼——我為了她而百般忍耐，要確保她安全無虞。但她從來沒有把我放在第一順位。看來，每一個人都只想到自己。我爸爸說得沒錯，她自私、驕縱，完全不為別人著想，根本就是冷酷。

她必須受到懲罰。

當時，我一直沒有對她說出這段話，我找不到措辭。但多年之後，也許有機會可以與她當面對質──可能是我二十出頭的時候吧──年紀的洗練讓我更加能言善道。喝多了之後，用完晚餐之後，我會痛罵這個老太太，拚命想要傷害她，如同她曾經傷害我一樣。我會逐一細數我的不滿──然後，在我的幻想世界中，她會崩潰，匍匐不起，乞求我的原諒。而我會大發慈悲，直接寬恕她。

寬恕──那將會是一大樂事，但是我沒有那樣的機會。

那一晚我上床的時候，全身灼燙，充滿恨意……儼然像是在火山裡冒出的紅燙岩漿。我睡著了……夢到我下樓，從抽屜裡取出一把大型切肉刀，拿它砍斷了我媽媽的頭。我拿刀用力砍下去，一直鋸，直到完全截斷為止。然後，我把那顆頭藏在她的紅白條紋相間的毛線袋裡面──把它放在床底下，我知道那裡很安全。我棄屍的地點是那個坑洞──與其他動物殘屍在一起──絕對不會有人找到。

我從夢境中醒來，身處在可怕的黎明黃光之中，我覺得一片昏沉，茫然無措──而且對於所發生的一切感到恐懼又困惑。

我疑念太深，逼我下樓進入廚房，我打開放置刀具的那個抽屜。

我拿出最大的一把刀，仔細檢視，想要找出是否沾有任何血跡。沒有。刀鋒在陽光之下閃動，光芒潔淨。

然後，我聽到了腳步聲，立刻把刀子藏入口袋，我媽媽進來了，活得好好的，毫髮無傷。

說來詭異，看到我母親的頭依然完好貼黏在她身上，並沒有讓我安心。

其實，我大失所望。

12

第二天早上，瑪莉安娜與卓伊、克萊麗莎在食堂共進早餐。

老師的自助餐在高級桌位邊側的某間凹室裡面。各式各樣的麵包、甜點，以及一壺壺的奶油、果醬，以及酸果醬；大型含蓋銀盤裡面有各種熱食，比方說炒蛋、培根，以及香腸。

當她們排隊取餐的時候，克萊麗莎開口讚頌豐盛早餐的好處，「它可以讓人好好迎接這一整天，」她說道，「對我來說，沒有比這更重要的了。通常，只要狀況允許，我一定會挑燻鮭魚。」

她凝視她們面前的各種選項，「但今天不要。今天，就來點印度燴飯好了，妳們應該覺得不錯吧？傳統美味的舒心食物，讓人好放心。黑線鱈魚、雞蛋、米飯，這樣絕對不會有問題。」

當她們一坐下來，克萊麗莎才剛吃了第一口，她的這番宣言顯然是立刻出包了。她滿臉漲紅，哽住——然後，她從口中取出了一根大魚骨。

「我的天哪，看來主廚是打算要殺死我們。親愛的兩位，務必小心哪。」

克萊麗莎小心翼翼以叉子仔細挑篩剩下的魚肉，而瑪莉安娜則向她們報告這趟倫敦行——重述蘿絲的建議，找「少女團」組織一個心理治療團體。

瑪莉安娜發現卓伊聽到的反應是挑眉，她開口問道：「卓伊，妳覺得呢？」

卓伊緊張兮兮看了她一眼，「我不需要過去吧？」

瑪莉安娜覺得逗趣，還是忍了下來，「不需要，妳不必在場，別擔心。」

卓伊如釋重負，聳肩，「但老實說，我覺得她們不會同意，除非是他對她們下令。」

瑪莉安娜點頭，「妳說的應該沒錯。」

克萊麗莎推了一下她的手臂，「說人人到。」

瑪莉安娜與卓伊同時抬頭——愛德華・佛斯卡出現在高級桌位。

佛斯卡坐在距離她們三人的另一頭，他察覺到瑪莉安娜在對他行注目禮，他抬頭看了她一下，目光在她身上停留了好幾秒，然後，他別過頭去。

瑪莉安娜突然站起來，卓伊神色緊張盯著她。

「妳要幹什麼？」

「只有一個方法可以找出答案。」

「瑪莉安娜……」

但她沒有理會卓伊，走向長桌的另一頭，也就是佛斯卡教授的位置。他正在啜飲黑咖啡，閱讀某本薄薄的詩集。

瑪莉安娜站在那裡，他發現了，抬頭。

「早安。」

「教授，」她說道，「我有個請求。」

「是嗎？」佛斯卡一臉促狹看著她，「瑪莉安娜，是什麼？」

她與他四目相接了好一會兒，「要是我找你的學生談一談，我的意思是那群特殊學生，『少女團』，你是否會反對？」

「我想妳已經找過她們了。」

「我的意思是團體方式。」

「團體？」

「對，心理治療團體。」

「這是她們決定吧，怎麼會是我？」

「我覺得如果不是你開口要求的話，她們根本不會同意。」

佛斯卡微笑，「所以，妳其實不是在請求我的允諾，而是要找我合作？」

「我想你這麼說也可以。」

佛斯卡依然緊盯她不放，嘴唇帶著淺笑，「妳決定了這場心理治療的舉辦地點與時間嗎？」

瑪莉安娜思索了一會兒，「今天五點鐘……在傳統團體活動室？」

「瑪莉安娜，妳似乎覺得我對她們有很強大的影響力，我向妳保證，絕非如此，」他稍作停頓，「我可否請問這個團體的真正目的是什麼？妳希望達成什麼樣的目標？」

「我並沒有期待要達成任何目標，這並不是治療的運作方式。我純粹是想要為這些年輕女孩提供一個空間，處理她們最近面對的某些可怕事件。」

佛斯卡啜飲咖啡，仔細思忖，「這個邀請也包括我嗎？我也算是團體小組成員吧？」

「我是希望你不要來，我覺得你出現的話，可能會壓抑這些女孩說出心事。」

「如果我把它當成是同意幫忙的某一項條件呢？」

瑪莉安娜聳肩，「那我就別無選擇了。」

「反正我應該會參加。」

他對她微笑，她並沒有對他回笑。

「教授，這不禁讓我懷疑，」她微微皺眉，「你到底在拚命隱藏什麼？」

佛斯卡微笑，「我並沒有打算隱藏什麼。這麼說吧，我希望出現在那裡，可以保護我的學生。」

「保護她們？你是在提防什麼？」

「就是妳，瑪莉安娜，」他說道，「就是妳。」

13

當天下午五點，瑪莉安娜在傳統團體活動室等待「少女團」出現。

她預定的時間是從五點到六點半。傳統團體活動室是學校老師拿來休憩的大型房間：裡面有幾張大型沙發、咖啡矮桌，還有足足橫跨一整面牆的長型餐桌。四周牆面掛有老校長們的畫像，低調、暗沉的作品，底下映襯的是深紅與金黃色的細絨壁紙。

大理石壁爐裡有微火在燃燒──閃爍的火光映照在房間周邊的鍍金傢俱表面。裡面有一種包容舒適的氣氛，瑪莉安娜心想，對團體治療來說非常完美。

她把九張靠背椅排成了一圈。

然後，她坐在其中一張椅子裡面，確定自己可以看到壁爐架上的時鐘，現在已經是五點過了好幾分了。

瑪莉安娜不知道她們到底會不會現身，要是沒有人來，她也不會太訝異。

不過，過沒多久之後，房門開了。

一個接著一個，一共有五個女孩魚貫進入。從她們的冷酷表情看來，想必是因為被迫而來到這裡。

「午安，」瑪莉安娜微笑打招呼，「謝謝妳們過來，何不入座呢？」

女孩們盯著那些排好的椅子，互相交換眼色，一臉擔心坐下來。高挑的金髮女孩似乎是老大，因為其他人似乎都對她唯命是從，她先坐下，然後其他人也跟著照做。

她們排排坐，留下瑪莉安娜身旁的那兩個位子，面對著她。突然之間，看到那一張張不友善的年輕面孔，她覺得自己有一點被威脅的感覺。

她心想，真是荒謬，幾個二十歲的女生，不管她們有多美或多聰明，卻讓她覺得受到威脅。瑪莉安娜覺得自己又回到了校園時代，一隻醜小鴨站在學校操場的邊緣，與一群受到大家歡迎的女生正面對決。瑪莉安娜心中年輕稚嫩的那一塊感到害怕，她閃過一個疑問，不知道這些年輕女孩心中年輕的那一個部分是什麼模樣——不知道她們看來自信的面具裡是否隱藏了類似自卑的感受？在她們優越的態度之下，她們是否和她有一樣渺小的感覺？也不知道為什麼，很難想像她們會有這種樣態。

瑟琳娜是她唯一先前有講過話的人，她似乎沒有辦法盯著瑪莉安娜的雙眼。莫里斯一定把他們衝突的事告訴了她。她一直低著頭，雙眼緊盯大腿，似乎面色尷尬。

其他人則是一臉空茫看著她，似乎在等待她開口。她沒說話，大家就這麼安安靜靜坐在那裡。

瑪莉安娜瞄了一下時鐘，現在是五點十分，佛斯卡教授還沒有來——但願是他決定放棄出席了。

她終於開口，「我覺得我們該開始了……」

金髮女孩問道：「那教授呢？」

「他一定是有事耽擱了。沒有他，我們還是應該要開始了，大家何不先自我介紹？我是瑪莉安娜。」

片刻沉默之後，金髮女孩聳肩，「卡拉。」

其他人跟著報出名字。

「娜塔夏。」

「迪亞。」

「莉莉安。」

最後一個開口的是瑟琳娜。她瞄了一下瑪莉安娜，聳肩。「妳知道我是誰。」

「對，瑟琳娜，我知道妳的名字。」

瑪莉安娜鎮定心緒，然後，開始以帶團體治療小組的方式對她們說話。

「我不知道像這樣坐在一起，大家有什麼感受？」

女孩們的反應是沉默，完全沒有反應，連聳肩也沒有。瑪莉安娜可以感受到她們對她的冷酷敵意，她不氣餒，繼續說下去。

「我可以把我的感覺告訴妳們，很詭異。我會一直盯著那些空椅，」她的下巴朝圓圈裡的三張椅子點了一下，「應該出現在這裡的人卻沒出現。」

卡拉說道：「就和教授一樣。」

「我指的不只是教授，妳覺得我指的還有誰？」卡拉瞄向空椅，翻白眼，露出嘲弄神情，「是說其他位子要給誰嗎？塔拉和薇若妮卡？蠢爆了。」

「為什麼這麼說？」

「因為她們不會來了啊，想也知道。」

瑪莉安娜聳肩，「那並不表示她們已經不屬於這個團體。各位知道嗎，我們經常在團體治療的時候提到那一點——就算是已經不在我們身邊的人，強大的影響力依然可以維持不墜。」

當她說出這段話的時候，她望向某張空椅——看到賽巴斯汀坐在那裡，一臉興味看著她。

她將那畫面拋諸腦後，繼續說下去。

「我不禁在想，」她說道，「成為這種團體的一分子有什麼感覺……對妳們有什麼意義？」

女孩們無人回應，只是一臉茫然看著她。

「在進行團體心理治療的時候，我們通常會把團體當成家人。我們會為各個成員分派手足與雙親的角色，還有叔伯與阿姨。我想，這應該也有點像是一個家庭吧？就某種方面看來，妳們失去了兩位姊妹。」

沒有回應，她繼續說下去，

「我猜佛斯卡是妳們的『父親』？」她停頓了一會兒，再次努力嘗試，「他是個好父親嗎？」

娜塔夏大聲發出不爽的嘆氣聲，「真是鬼扯，」她講話帶有強烈的俄羅斯口音，「妳在做什麼，大家都看得出來。」

「是什麼？」

「妳想要叫我們說出教授的壞話，欺騙我們，要對他設計圈套。」

「妳為什麼覺得我在對他設計圈套？」

娜塔夏發出不屑長嘆，根本懶得回答。

卡拉幫她講話，「好，瑪莉安娜，我們都知道妳在想什麼，但教授與這些謀殺案沒有關係。」

「對，」娜塔夏用力點頭，「我們一直和他在一起。」

她的聲音裡有一陣突然冒出的激動感，某種強烈的憤恨。

「娜塔夏，妳很生氣，」她說道，「我感覺得出來。」

娜塔夏大笑，「很好，因為這完全是針對妳而來。」

瑪莉安娜點點頭，「對我生氣很容易，我並沒有因此而覺得受到威脅。要是對妳們的『父親』生氣……因為他任由他底下的兩個孩子死去……想必是比較困難。」

「拜託，她們死掉又不是他的錯。」開口的是莉莉安，這是她第一次說話。

瑪莉安娜問道：「既然這樣，是誰的錯？」

莉莉安聳肩，「她們的錯。」

瑪莉安娜盯著她，「什麼？怎麼會是她們的錯？」

「塔拉和薇若妮卡應該要更小心才是。她們很蠢，兩個都一樣。」

迪亞附和，「沒錯。」

卡拉與娜塔夏點頭表示同意。

瑪莉安娜盯著她們，瞬間落入無語狀態。她知道怒氣是比哀傷更容易感受到的情緒——不過，一直在努力感應與她們對頻、想要抓出各種情緒的她，在這裡卻完全沒有感受到哀傷。沒有悲痛，沒有懊悔或失落，只有憎惡，只有不屑。

好奇怪——通常在面對外在攻擊的時候，類似這樣的團體會同心協力、團結合作——但瑪莉安娜猛然驚覺，在聖克里斯多福學院裡，唯一對塔拉之死，或是薇若妮卡之死顯露真實情感的人，只有卓伊而已。

瑪莉安娜突然想起倫敦那個亨利的心理治療團體。這裡的情景也似曾相識——亨利一出現，就造成團體內部四分五裂，他會攻擊團體，造成它無法正常運作。

難道這個團體也是如此嗎？要是這樣的話，那就表示這個團體對於外在威脅不會有任何反應。

也就是說，威脅早已存在於此。

就在這個時候，有人敲門，門開了——

佛斯卡教授站在那裡。

他露出微笑，「可以讓我加入嗎？」

14

「抱歉我遲到了，」佛斯卡說道，「剛剛有一定得與會的活動。」

瑪莉安娜微微蹙眉，「抱歉，我們已經開始了。」

「哦，那還可以讓我參加嗎？」

「決定權不在我，而是這個團體，」她瞄向其他人，「有誰覺得佛斯卡教授應該要加入？」

她連話都還沒說，小組裡已經有五隻手舉了起來，她自己除外。

佛斯卡微笑，「瑪莉安娜，妳沒有舉手。」

她搖頭，「沒有，我不贊成，但我寡不敵眾。」

當佛斯卡一加入這個小圈圈之後，瑪莉安娜立刻發現房內的能量發生改變，女孩們變得緊張，她也發現佛斯卡入座的時候，與卡拉迅速交換了一下眼神。

佛斯卡對瑪莉安娜微笑，「請繼續。」

瑪莉安娜稍微停頓了一下，決定採取不一樣的策略，她露出天真無邪笑容。

「教授，你是這些女孩的希臘悲劇老師，對嗎？」

「是的。」

「你們曾經研讀過《伊菲革涅亞在奧利斯》？阿加曼農與伊菲革涅亞之間的故事？」

當她說出這段話的時候，她仔細端詳教授，不過，他對於她所提到的那齣戲劇並沒有明顯反應，他點點頭。

「的確是有的，妳也知道，尤里比底斯是我最鍾愛的作者之一。」

「沒錯。嗯，是這樣的，我一直覺得伊菲革涅亞這個角色相當令人好奇……我很想知道你學生們的想法。」

「好奇？怎麼說？」

瑪莉安娜思索片晌，「好，我覺得我困惑的是，她居然如此被動……如此順從。」

「順從？」

「她並沒有為了自己的性命奮戰。她沒有被五花大綁或是被限制人身自由，她心甘情願，任由她父親將她處死。」

佛斯卡微笑，望向其他人，「瑪莉安娜提出了一個很有意思的觀點，有誰想要回答……？卡拉？」

卡拉被點名，似乎很開心。她對瑪莉安娜微笑，彷彿在迎合小朋友一樣，「伊菲革涅亞的死法就是關鍵。」

「妳的意思是？」

「意思就是她靠這個方式完成了她的悲劇成就——這是英雄的死法。」

卡拉瞄了一下佛斯卡，等待他的讚許，他對她微微一笑。

瑪莉安娜搖頭，「抱歉，但我不這麼認為。」

「妳不這麼認為？」佛斯卡面露好奇表情，「為什麼？」

瑪莉安娜望向坐成一圈的那些年輕女子，「我覺得解答的最好方式就是……把伊菲革涅亞帶來這裡，加入這場團體治療……跟我們一起參與，坐在其中一張空椅？大家怎麼認為？」

其中兩個女孩互相交換眼色，滿是不屑。

娜塔夏說道：「蠢斃了。」

「為什麼這麼說？她跟妳年紀相仿吧？也許年輕一點，十六歲？還是十七歲？她這麼勇敢，表現非凡。試想一下，要是她逃過死劫……她會怎麼過她的一生？會有什麼樣的成就？如果，伊菲革涅亞現在坐在這裡的話，我們可能會對她說出什麼？我們會想要對她提出什麼忠告？」

「無話可說。」迪亞表情無動於衷，「是要說什麼？」

「無話可說？妳難道不想要警告她？提防她心理變態的父親？幫忙拯救她？」

「拯救她？」迪亞一臉輕蔑看著她，「是要遠離什麼？她的宿命嗎？悲劇不是那樣處理的。」

「反正，那又不是阿加曼農的錯，」卡拉說道，「要求伊菲革涅亞一死的是阿提米絲，那是神的旨意。」

「如果沒有神呢？」瑪莉安娜問道，「就只是一個女孩與她的父親，如果是這樣呢？」

卡拉聳肩，「那就不是悲劇了。」

迪亞點點頭，「只不過是一個亂七八糟的希臘家庭。」

佛斯卡全程保持靜默不語，露出偷笑的表情盯著大家辯論。不過，現在他的好奇心已經忍不住了。

「瑪莉安娜，如果換作是妳，對於這個為了拯救希臘而赴死的女孩？妳會對她說什麼？對了，她比妳想像的更年輕，接近十四或十五歲。如果她在現場，妳會對她說什麼？」

瑪莉安娜思索了一會兒，「我覺得，我想要知道她與她父親之間的關係。還有，她為什麼覺得一定要為他犧牲自己的生命。」

「妳為什麼會有這種想法？」

瑪莉安娜聳肩，「我相信孩子會使出渾身解數，只為求得被愛。當他們年紀非常小的時候，這是與生理有關，然後，是心理生存層次，他們為了要得到關愛，會無所不用其極，」她壓低聲音，說話的對象不是佛斯卡，而是坐在他附近的那些年輕女子，「某些人會趁機佔便宜。」

他問道：「究竟是什麼意思？」

「也就是說，如果我是她的心理治療師，我會幫助伊菲革涅亞看清某一件事，她的盲點。」

卡拉問道：「那是什麼？」

瑪莉安娜字斟句酌，「伊菲革涅亞把傷害誤解為愛。而這樣的錯誤污染了她看待自己……

還有她看待周遭世界的觀點。阿加曼農不是英雄……他是瘋子，殺嬰的心理變態。伊菲革涅亞不需要愛他與尊敬他，不需要為了取悅這個男人而赴死。」

瑪莉安娜盯著那些女孩的眼眸，她渴望能夠與她們展開互動，希望可以打動她們……但有嗎？她無法判斷。她可以感受到佛斯卡對她虎視眈眈，而且正準備要打斷她，她趕緊繼續說下去。

「如果伊菲革涅亞對於父親的事不再自欺欺人……如果她能夠清醒，看到可怕驚駭的真相，這並不是愛，他並不愛她，因為他不知道如何去愛……就在那一瞬間，她就不再是把頭放在砧板、毫無抵抗能力的少女，她會從劊子手的雙手之間奪走斧頭，她會成為女神。」

瑪莉安娜轉頭，盯著佛斯卡，她拚命壓抑語氣中的怒意，但其實很難藏得住。

「不過，這並不是伊菲革涅亞的結局，對嗎？不是塔拉的結局，也不是薇若妮卡的結局。她們永遠沒機會成為女神，永遠沒機會長大。」

她盯著小圈子另一頭的他，看得出他雙眸冒出了怒氣的火光，不過，佛斯卡和她一樣，並沒有表露出來。

「我想，妳以某種方式把我投射為現在這種情境中的父親吧？把我當成了阿加曼農？妳是在做這種暗示嗎？」

「你會這麼說還真巧。在你到來之前，我們正在討論你身為這個團體『父親』的價值。」

「哦？真的嗎？那麼大家的共識是什麼？」

「我們沒有達成共識。不過，我詢問了『少女團』，既然現在有兩名成員死亡，她們是否會覺得在你的照護之下、安全感不若以往？」

當她說出這段話的時候，她望向其中兩張空椅，佛斯卡的眼眸也隨著她的目光飄過去。

「哦，我現在懂了，」他說道，「無人入座的空椅象徵了這個團體失去的成員……一個是給塔拉的位子，另一個是薇若妮卡？」

「沒錯。」

「如果是這樣的話，」他停頓了一會兒，繼續開口，「不就還少了一張椅子嗎？」

「什麼意思？」

「妳不知道？」

「知道什麼？」

「哦，原來她沒有告訴妳，真有趣。」佛斯卡依然保持微笑，似乎是被逗樂了，「瑪莉安娜，也許妳應該把那種強大的分析透鏡調轉回去，對準妳自己吧？妳又是什麼樣的『母親』？」

「要治療別人，先治療自己吧。」卡拉說完之後，哈哈大笑。

佛斯卡咯咯笑個不停，「對，沒錯，就是這樣。」

他轉頭面向其他人，徵求她們的反應，語氣中還聽得出戲仿心理治療的意味，「我們要怎麼理解這種欺瞞……以團體的角度？我們覺得這具有什麼意義？」

「哦，」卡拉說道，「我覺得對於她們的關係而言，意義非常豐富。」

娜塔夏點點頭，「嗯，對啊，其實她們之間並不如瑪莉安娜所以為的那麼親近。」

莉莉安開口，「顯然她們並不信任她。」

佛斯卡低聲說道，臉上依然掛著淺笑，「我不禁在想，為什麼不信任她？」

瑪莉安娜感覺到自己臉頰開始漲紅，發燙，被他們在玩的小遊戲給氣到了——完全就是當年操場事件翻版，就像是所有的霸凌一樣，佛斯卡操弄這個小團體，讓她們拉幫結派與她作對，大家都沉浸在那個笑話之中，笑得開懷，嘲弄她。突然之間，她好恨他們。

她問道：「你們到底在說什麼？」

佛斯卡看了一下這個小圈圈，「好，誰願意幫忙服務一下？瑟琳娜？可以麻煩妳嗎？」

瑟琳娜點頭，起身，離開大家，走到餐桌旁邊。她拿起另一張靠背椅，把它塞在瑪莉安娜身旁的空隙裡，然後自己又坐了下來。

佛斯卡說道：「謝謝，」然後他望向瑪莉安娜，「妳看，少了張椅子，這是要給『少女團』的最後一個成員。」

「是誰？」

但瑪莉安娜已經猜到佛斯卡要說什麼了，他露出微笑。

「妳的外甥女，」他說道，「卓伊。」

15

聚會結束之後，瑪莉安娜腳步踉蹌走出來，進入主院，驚愕不已。

她必須要找卓伊談一談，聆聽她自己的說詞。這個團體以其殘酷的方式點出了關鍵：瑪莉安娜需要仔細檢視自己與卓伊——還有，搞清楚卓伊為什麼當初沒有向她坦白自己也是「少女團」的成員之一，瑪莉安娜必須要知道原因。

瑪莉安娜朝卓伊寢室走去，想要找到卓伊與她對質。不過，當她走到通往愛神院的拱道的時候，瑪莉安娜卻遲疑了。

她必須要小心處理這個問題。不只是因為卓伊脆弱，容易受傷，而且，不論卓伊覺得自己無法對她講出實情的原因為何，瑪莉安娜就是忍不住認定這一定與愛德華·佛斯卡有關係。

而且，佛斯卡剛剛刻意背叛了卓伊的信任——企圖激怒瑪莉安娜。所以，重點就是瑪莉安娜不能上鉤，她不能衝入卓伊的寢室、質問她為什麼要說謊。

她必須要支持卓伊，思索接下來該如何進行。

她決定先睡一覺再說——等到早上自己稍微冷靜一點之後，再找卓伊談一談。瑪莉安娜轉身，沉浸在自己的思緒之中，完全沒有注意到從暗處冒出來的弗列德。

他擋住了她的去路。

「嗨，瑪莉安娜。」

她嚇得暫停呼吸，「弗列德，你在這裡做什麼？」

「我在找妳，我想確定妳平安無事。」

「嗯，是啊，應該算吧。」

「是這樣的，妳說妳從倫敦回來之後會聯絡我。」

「我知道，抱歉，我……我一直在忙。」

「妳確定妳自己沒問題嗎？妳看起來……需要喝酒平靜一下。」

瑪莉安娜微笑，「其實，我可以來一杯。」

弗列德也對她回笑，「哦，如果是這樣的話……來喝酒吧？」

瑪莉安娜陷入遲疑，不確定該不該答應，「哦，是這樣的，我……」

弗列德滔滔不絕，「我正好有一瓶非常好的勃艮第，從某場正式學生餐會偷來的東西。我一直留著，打算要等到特殊場合再開酒……妳覺得怎麼樣？酒在我寢室裡。」

瑪莉安娜心想，幹嘛管那麼多？她點點頭，「好啊，有何不可？」

「真的嗎？」弗列德臉色一亮，「嗯，太好了，來吧……」

他微舉自己的手臂，但瑪莉安娜並沒有打算挽著他。她開始往前走，弗列德趕緊匆匆跟上她的腳步。

16

弗列德位於三一學院的寢室比卓伊的大多了，不過，裡面的傢俱卻比較破舊。瑪莉安娜注意到的第一件事是超級整齊：沒有雜物，完全不凌亂，只不過到處都是紙張，全都是寫有潦草筆跡與數學方程式的紙。靠著紙頁邊緣上下交錯的箭頭與無法辨識的字跡串連而起的紙張——看起來很像是瘋子——抑或是天才的工作成果。

瑪莉安娜唯一看到的私人物品是書架上的兩幅相框照片。其中一張有點褪色，似乎是在八〇年代拍攝：一對好看的年輕男女，應該是弗列德的父母，兩人站在尖頭圍欄與牧草地的前方。另一張照片是小男孩與狗，留著西瓜頭的小男生，表情凝重。

瑪莉安娜偷瞄弗列德。他正在專注點蠟燭，臉上依然有一模一樣的表情。然後，他放了音樂，巴哈的《哥特堡變奏曲》。他把沙發上的紙張全部收好，放在書桌上不太穩固的某疊紙頂端，「抱歉，這裡真是亂七八糟。」

「那是你的論文嗎？」她指向那一疊紙張。

「不是，」弗列德搖頭，「只是……只是我在寫的東西，我想，多少算是……某種書吧。」他似乎不知道該怎麼形容它，「妳怎麼不坐下來呢？」

他指向沙發，瑪莉安娜入座，感覺到底下有根斷掉的彈簧，她稍稍挪移了一下位置。

弗列德拿出那瓶勃艮第古酒，驕傲展示給她看，「不錯吧，對不對？要是他們抓到我偷酒，一定會宰了我。」

他拿了開瓶器，奮力開酒。瑪莉安娜一度以為他會摔破酒瓶。不過，他成功拔去軟木塞，發出巨大砰響，然後將深紅色的酒倒入兩個並非對杯、邊緣缺角的酒杯，他把損傷比較少的那個酒杯給了瑪莉安娜。

「謝謝。」

他舉杯，「乾杯。」

瑪莉安娜啜飲了一點點——當然，是很好的酒。弗列德顯然也是這麼想，他發出開心的嘆息聲，嘴唇周邊留下了紅酒的污印。

他讚道：「好喝。」

兩人沉默了一會兒。瑪莉安娜聆聽音樂，沉浸在巴哈起起伏伏的音階之中，如此優雅，結構充滿了數學感，這應該就是它們為什麼會吸引弗列德的數學腦袋吧。

她的目光飄向桌上的那一疊紙，「你在寫的書……是關於什麼？」

「說真話嗎？」弗列德聳肩，「不知道。」

瑪莉安娜大笑，「你一定有想法。」

「嗯，」弗列德目光閃避，「我想，應該算是……關於我的母親吧。」

他害羞看著她，彷彿在擔心她會大笑。

但瑪莉安娜並不覺得好笑，反而好奇看著他，「你的母親？」

弗列德點頭，「對。她離開我……在我小時候。她……死了。」

「很遺憾，」瑪莉安娜說道，「我母親也是。」

「是嗎？」弗列德雙眼瞪得好大，「我不知道這件事，那我們都是孤兒了。」

「我不是孤兒，我還有爸爸。」

「嗯，」弗列德點點頭，低聲說道，「我也是。」

他拿起酒瓶，為瑪莉安娜再次斟酒，她開口，「已經夠了……」但他沒理會她，還是斟酒斟到滿杯。其實，她不在意——這是她數天來第一次感到放鬆，對他很感激。

「好，」弗列德開口，同時又為自己倒了更多的酒，「我母親過世，吸引我進入純粹數學以及平行宇宙的領域，那就是我的論文主題。」

「我不確定自己有沒有聽懂。」

「老實說，我自己也不確定。但如果有其他的宇宙，就和我們的一樣，那就表示我母親並沒有死的另一個宇宙，確實存在於某處，」他聳肩，「所以……我是在找她。」

她問道：「你找到她了嗎？」

他聳肩，「多多少少吧……我發現時間並不存在——其實並沒有——所以她並沒有到別的地方，就在這裡。」

當瑪莉安娜拚命想要弄懂他在說什麼的時候，弗列德放下酒杯，摘掉眼鏡，正對著她。

「瑪莉安娜，聽我說……」

「拜託，不要。」

「什麼？妳又不知道我要講什麼。」

「你要講什麼愛的宣言……我不想聽。」

「宣言？不是，只是個問題而已，我可以問妳問題嗎？」

「看狀況。」

「我愛妳。」

「這不是問題啊。」

「要不要嫁給我？這就是我要問的問題。」

「弗列德，拜託閉嘴……」

「我愛妳，瑪莉安娜……我坐在火車上一看到妳的那一刻，我就愛上妳了。我想要和妳在一起，我想要照顧妳，我想要呵護妳……」

他講錯話了。瑪莉安娜發覺自己火氣冒上來了，雙頰因為憤怒而漲紅，「喂，我不想要被呵護！我想不出還有什麼比這更可怕的事了。我不是憂傷小女生，不是什麼……等待被救援的少女。我不需要身穿閃亮盔甲的騎士……我要……我要……」

「什麼？妳想要什麼？」

「我想要自己一個人。」

「不可能，」弗列德搖頭，「我不相信。」然後，他又迅速補上一段，「妳要記得我的預言：總有一天，我會向妳求婚，然後妳會說好。」

瑪莉安娜忍不住大笑，「抱歉，弗列德，在這個宇宙是不可能的。」

「哦，妳知道嗎，在其他的宇宙，我們早就成婚了。」

她來不及抗議，弗列德傾身，溫柔將雙唇貼住她的嘴，她感受到他這一吻的柔軟，它的暖意與溫情。她覺得驚恐，但也卸下了心防。

它來得快，去得也快。他往後退，目光在搜尋她的雙眼，「抱歉，我……我情不自禁。」

瑪莉安娜搖頭，沒說話。她的心為之一凜，但到底是哪一個面向她也說不上來。

「弗列德，我不想傷害你。」

「我不介意。妳知道嗎，妳傷害我也沒有關係，畢竟……『寧可曾經愛過又失去，總比從來沒愛過來得好。』」

弗列德大笑，然後，他發現瑪莉安娜臉色一沉，他甚是擔心，「什麼？我講錯什麼了嗎？」

「沒事，」她看手錶，「時間晚了，我該走了。」

弗列德露出難過神情，「現在就走嗎？好吧，我送妳下樓。」

「你不需要……」

「我就是想送妳下去。」

弗列德的態度似乎出現了些微變化，變得比較強硬。他的某些熱情消失了。他起身，根本不看她。

他說道：「我們走吧。」

17

弗列德與瑪莉安娜默默步下階梯，走到街上的時候才再次開口，瑪莉安娜瞄了他一眼，「那就晚安了。」

弗列德沒有動作，「我等一下要去散步。」

「現在？」

「我經常在晚上散步，有什麼問題嗎？」

他的語氣帶刺，透露出某種敵意。她看得出來，他感覺自己被拒絕了。也許這樣說並不公平，但他讓她很不高興。不過，他的感受不在她關心範圍之內，她還有更重要的事必須要擔心。

「好吧，」她說道，「再見。」

弗列德動也不動，一直盯著她。然後，他突然開口，「等我一下。」他的手伸入口袋，拿出好幾張對摺的紙，「我本來想要之後再給妳。但是……妳還是現在收下吧。」

他交給她，她不肯收。

「那是什麼？」

「一封信。寫給妳的。裡面說明了我的感情，比我當面說更清楚。然後妳就會懂了。」

「我不想拿。」

他再次硬塞到她手中，「瑪莉安娜，收下。」

「不要，住手，我不會接受脅迫。」

「瑪莉安娜……」

但她轉身離開了。她走到街上，一開始的時候覺得憤怒，然後，繼之而來的是一陣令人驚訝的哀傷——然後是後悔。她沒有傷害他，但她拒絕了他，關上了這一扇通往可能會看到其他故事的大門。

可能嗎？瑪莉安娜會不會漸漸愛上他？這個認真的年輕人？她會在夜晚的時候抱著他，對他娓娓道出她自己的過往？雖然她心中浮現那個畫面，但她知道絕無可能。

她怎麼可能辦得到？

她的故事太沉重，而唯一的聽眾就是賽巴斯汀。

當瑪莉安娜回到聖克里斯多福學院的時候，並沒有立刻回到自己的房間。反而在主院裡遊晃……進入儲藏食物的那棟建物。

她在那條幽黑走道漫步而行，最後，與那張畫面對面。

丁尼生的畫像。

那張畫一直留在她的心中——而且她不斷苦思，也不知道為什麼，那個悲傷英俊的丁尼生。

不——不是悲傷，想要描述他眼眸裡的神情，這個字詞並不正確，到底是什麼？

她在他的臉龐不斷找尋，努力判讀那樣的神情。然後，她又產生了那種奇怪的感覺，他正在看她的後方，就在她肩膀後頭，凝神細望……遙遠之處的什麼吧。

不過到底是什麼？

瑪莉安娜突然頓悟，她知道他在看什麼了，或者，應該說是在看誰。

哈勒姆。

丁尼生正盯著哈勒姆——就站在燈光後方的哈勒姆……簾幕後方。那就是他眼裡的神韻，那是正在與死者對話的人的雙眸。

丁尼生很迷茫……他愛上鬼魂，他選擇背對生命。而瑪莉安娜呢？

她心想，曾經吧。

現在呢……？

現在，也許……她不是很確定。

瑪莉安娜在那裡又多待了好一會兒，陷入沉思。然後，正當她準備要離開的時候，她聽到了腳步聲，她停了下來。

某個男人的硬底靴，緩慢走在這條漫長幽黑石板通道的聲響……

而且他越來越近。

一開始的時候，瑪莉安娜看不到任何人，不過……當他逐漸近身的時候，她看到陰影地帶有人在晃動……還有刀子的閃光。

她站在原地，愣住不動，幾乎不敢呼吸，她想要看清楚對方是誰。然後……亨利從暗處慢慢冒了出來。

他死盯著她。

他的眼神很可怕，不是很理性，約略看得出瘋狂。他才剛打過架，而且鼻子在流血。他臉上有血污，襯衫也看得到濺血。他手裡拿著刀，刀長將近有二十公分。

「亨利？拜託你放下刀子。」

他不吭氣，只是盯著她。他眼睛睜得好大，宛若路燈，而且他顯然是嗑了藥，情緒高亢。

「你在這裡做什麼？」

亨利過了一會兒之後才開口，「我需要見妳，不是嗎？妳不肯在倫敦見我，所以我必須要特地來到這裡。」

「你是怎麼找到我的？」

「我在電視上看到妳，妳站在警察旁邊。」

瑪莉安娜講話態度小心翼翼，「我不記得了，我一直很小心，不要被攝影機拍到。」

「妳覺得我在撒謊？認為我一路跟蹤妳到這裡來？」

「亨利，就是你闖入我房間，對不對？」

他的聲音慢慢浮現某種歇斯底里的語調，「妳拋棄了我，瑪莉安娜，妳……妳犧牲了我……」

「什麼？」瑪莉安娜緊張不安望著他，「為……為什麼要使用那種字眼？」

「是真的，對不對？」

他舉起刀子，又向她趨前一步，但瑪莉安娜站在原地不動。

「亨利，放下刀子。」

他繼續往前走，「我不能繼續這樣下去，我要解放自己，我要一了百了。」

「亨利，拜託別這樣……」

「我現在要自殺，就在妳的面前，」他說道，「我要讓妳全程目睹。」

「亨利……」

他的刀子舉得更高，然後——

「喂！」

亨利聽到他後面的聲音，轉頭——莫里斯從暗處冒出來，撲向了亨利。兩人為了爭刀扭打在一起，莫里斯輕鬆壓制對方，把他甩在一旁，儼然把他當成了稻草人一樣，亨利整個人軟趴趴倒地。

「別碰他，」瑪莉安娜對莫里斯說道，「千萬不要傷害他。」

她走到亨利身邊，想要幫助他站起來，

「我恨妳……」他的聲音聽起來像是個小男孩，血絲雙眼盈滿淚水，「我恨妳……」

莫里斯打電話報警，亨利被逮捕，但瑪莉安娜堅持他需要精神病照護——他被送去了醫院，住在隔離區。院方給予他抗精神病藥物，瑪莉安娜準備一早與精神科主治醫師好好談一談。當然，對於發生這種事，她很自責。

亨利說得沒錯，她把他當成了犧牲品，被她照顧的其他脆弱病人也一樣。要是在亨利需要她的時候他能夠找到她，那麼應該就不會出現這種結局，這就是真相。

現在，瑪莉安娜下定決心，這麼巨大的犧牲絕對不能白費……無論代價是什麼。

18

瑪莉安娜回到自己房間的時候，已經是將近凌晨一點鐘。她累壞了，但精神太清醒也無法入睡，她焦慮難耐，惴惴不安。

房間很冷，所以她打開了壁掛的老式電暖器。自從去年冬天過後，應該都沒有再使用過，所以熱機的時候產生了濃重的熱灰氣味。瑪莉安娜坐在硬直的靠背椅上面，盯著電熱器的長槓在黑暗中發出紅光，感受它的熱度，聆聽它的低鳴聲。她坐在那裡思考，思索愛德華．佛斯卡的事。

這個人非常自以為是，充滿無比自信。她心想，他覺得自己可以逍遙法外，他覺得他已經贏了。

但並沒有，還沒有。瑪莉安娜下定決心要智取，必須如此。她打算整夜不睡，苦思對策。她坐在那裡好幾個小時之久，宛如守靈，進入某種出神狀態，思考，不斷思考、回憶在星期一晚上，卓伊一開始打電話給她之後所發生的一切。她思索過往的每一起事件，抽絲剝繭，從各式各樣的角度進行檢視，努力想要釐清，看個透澈。

一定顯而易見，想必答案就在她的面前。不過，她還是抓不到訣竅，這儼然像是在一片黑暗之中組拼圖一樣。

弗列德一定會說要是換作在其他的宇宙，瑪莉安娜一定已經想出了答案，在其他的宇宙之中，她比較聰明。

很可惜，在這個宇宙之中並非如此。

她一直坐在那裡，最後已經頭痛欲裂。然後，到了黎明時分，她疲憊又沮喪，放棄了，上床，立刻入睡。

瑪莉安娜睡著的時候，做了惡夢。夢到自己在荒涼景色之中找尋賽巴斯汀，她在風雪之中跋涉前行。終於找到他了，在暴風雪之中，窩在某間破爛的飯店酒吧，位於遙遠的阿爾卑斯山區，她十分狂喜，與他打招呼，不過，她陷入驚恐，賽巴斯汀不認得她。他說她變了，她成了一個截然不同的人，瑪麗安娜頻頻發誓，她還是一樣：她在大喊，是我，是我啊。而當她想要吻他的時候，賽巴斯汀卻閃開，離開了她，進入暴風雪之中。瑪莉安娜崩潰大哭，傷心欲絕，就在這時候，卓伊出現了，為她披上藍色毯子。瑪莉安娜告訴卓伊，她有多麼愛賽巴斯汀，他比呼吸比生命還重要。卓伊搖頭，她說愛只會產生哀愁，瑪莉安娜應該要清醒過來。「快醒來，瑪莉安娜！」

「什麼？」

「醒來啊！快醒來！」

然後，瑪莉安娜突然嚇醒，一身冷汗，心跳速度飆升。

有人在猛敲房門。

19

瑪莉安娜在床上坐起來，心臟噗通噗通狂跳，敲門聲持續不斷。

「等等，」她大吼，「馬上就過來！」

現在是幾點了？明亮的陽光已經悄悄溜進窗簾的邊緣，八點？還是九點？

「誰啊？」

對方沒開口，敲得越來越大聲，她腦中的轟響也越來越可怕。她頭痛欲裂，想必是因為沒想到自己喝多了。

「好，馬上過來。」

瑪莉安娜起床，她一片茫然又昏沉，拖著腳步走向門口。她解開門鎖，打開房門。站在那裡的是艾希，她正作勢準備要再次敲門，她露出開心笑容。

「親愛的，早安。」

她腋下夾著雞毛撢子，手裡抓著一桶放滿清潔用品的水桶。她畫的眉型是角度尖銳的彎眉，讓她的面容看起來很嚇人，而且，她的眼睛裡閃動一抹興奮光芒，讓瑪莉安娜聯想到邪惡與掠食的某種幽光。

「艾希，現在是幾點鐘？」

「親愛的，剛過十一點，我沒有吵醒妳吧？」

她向前挨身，從瑪莉安娜旁邊往內看，盯著亂七八糟的床鋪。瑪莉安娜可以聞到她散發的菸味，她呼吸時散發的是酒味嗎？抑或她其實聞到的是自己的味道？

「我沒睡好，」瑪莉安娜說道，「我做了惡夢。」

「哦，親愛的，」艾希發出同情的嘖嘖聲，「發生了這些事，不意外。親愛的，恐怕我還有更多的壞消息，但我覺得應該要讓妳知道。」

「什麼？」瑪莉安娜睜大眼睛盯著艾希，她突然清醒過來，感到一陣恐懼，「出了什麼事？」

「妳要是給我機會，我就會告訴妳。妳不邀請艾希進去嗎？」

瑪莉安娜退後，讓艾希走進房內，她對瑪莉安娜微笑，放下了她的水桶，「這樣好多了。親愛的，妳要做好心理準備。」

「什麼？」

「他們發現了另一具屍體。」

「什麼？什麼時候的事？」

「今天早上。在河邊，另一個女孩。」

瑪莉安娜過了一會兒才恢復聲音開口。

「卓伊？卓伊人呢？」

艾希搖頭，「妳就別操心卓伊了。她很安全，如果我對她的判斷沒錯，她應該還懶洋洋躺在床上吧。」她微笑，「我看得出來這是家族遺傳。」

「天哪，艾希，是誰？快告訴我！」

艾希微笑，她的表情當中透露一種十分殘忍的氣息，「是可憐的瑟琳娜。」

「啊天哪……」瑪莉安娜雙眼突然滿是淚水，她差點開始啜泣，努力忍住。

艾希發出同情的嘖嘖聲，「小可憐瑟琳娜。唉，上帝的舉動莫測高深……我得繼續去幹活了，事情永遠做不完。」

她正準備轉身，但又停下腳步，「天哦，我差點忘了。親愛的，這是在妳房門底下的東西。」

艾希把手伸入水桶，拿出了某個東西，交給了瑪莉安娜。

「這個。」

那是一張明信片。

上頭是瑪莉安娜認得的影像，黑白古董希臘花瓶，有數千年悠久歷史，描繪的是遭阿加曼農獻祭的伊菲革涅亞。

瑪莉安娜翻到背面的時候，手在顫抖。她已經知道會看到什麼，一段手寫的古希臘文引言：

τοιγάρ σέ ποτ᾽ οὐρανίδαι

πέμψουσιν θανάτοις: ἢ σὰν
ἔτ᾽ ἔτι φόνιον ὑπὸ δέραν
ὄψομαι αἷμα χυθὲν σιδάρῳ

當瑪莉安娜盯著手中的明信片，出現一種詭譎的暈眩昏脹感，彷彿站在極高處俯視，很可能會失去平衡，墜落，進入某個幽暗深淵。

20

瑪莉安娜有好一段時間動也不動。她覺得全身僵麻，被卡在原地，幾乎沒注意到艾希已經離開了寢室。

她一直盯著雙手之間的那張明信片，無法別開目光，怔怔發呆，彷彿那些古希臘字母在她心中著火一樣，而且火勢熾烈，燒向她的腦袋。

她好不容易將那張明信片翻過去，打破了它的魔咒。她需要想清楚，需要想出下一步該怎麼做。

當然，她必須要告訴警方，就算他們覺得她發瘋了也一樣，其實，他們很可能早覺得她瘋了，她再也不能隱藏這些明信片，必須要告訴桑格總督察。

她必須要找到他。

她把明信片塞入屁股口袋，離開房間。

這是個多雲的早晨，晨光還沒有穿透雲層，宛若煙塵的縷縷薄霧依然披覆地面，徘徊不去。瑪莉安娜透過這層陰鬱水氣，在庭院的另一側認出了某個男人的身形。

愛德華．佛斯卡站在那裡。

他在做什麼？等著看瑪莉安娜對那張明信片的反應？送出明信片之後，享受折磨她的快感？她看不到他的表情，但她很篤定他一定在微笑。

瑪莉安娜突然好憤怒。

失控不像是她平常的舉動，不過，因為她幾乎沒睡，而且她的憤怒、恐懼以及怒火攻心……所以她就不管了。這並不是什麼英勇行為，比較像是不顧一切：痛苦的猛烈爆發，完全針對愛德華．佛斯卡而來。

她還沒回過神來，已經朝站在庭院另一頭的他衝過去。他是不是面色抽搐了一下？有可能。這種突如其來的迫近，完全出乎意料之外，她已經站定在他面前，距離他的臉只相隔幾公分而已，她雙頰漲紅，目光狂暴，呼吸變得急促，不過，他依然紋風不動。

她不發一語，只是死盯著他，怒火不斷醞釀而生。

他對她露出猶疑微笑，「早安，瑪莉安娜。」

瑪莉安娜舉起明信片，「這是什麼意思？」

「嗯？」

佛斯卡接下那張明信片，看了一下後面的題詞，低聲唸出希臘文，他的雙唇露出一抹淺笑。

她重複剛才的問題，「這是什麼意思？」

「這是出自尤里比底斯的《厄勒克特拉》。」

「跟我說到底寫了什麼。」

佛斯卡微笑，凝視瑪莉安娜的雙眸，「意思就是：『天神已經決定要讓你一死——過沒多久之後，鮮血將會從你的喉嚨汩汩流出，噴流到劍面。』」

瑪莉安娜一聽完，火氣爆發，滾燙的盛怒泡沫迸裂而出，雙手緊握成拳。她使出全身力氣，朝他的臉揍下去。

佛斯卡連忙後退，「天啊……」

他還來不及吸氣，瑪莉安娜又出拳，然後再一記。

他舉起雙手保護自己，但是她一直打，拳頭猛搥個不停，而且還大吼大叫。

「禽獸！你這個變態禽獸！」

「瑪莉安娜，住手！夠了！」

但瑪莉安娜沒辦法停手，她也不會停手——後來，她發覺有人伸出雙手從後頭抓住她，硬是把她往後拖。

某名警員硬是架住了她。

一群人聚集圍觀，朱利安也在裡面，一臉不可置信盯著她。

另一名警員過來協助佛斯卡，但教授忿忿揮手叫他離開。佛斯卡鼻子在流血，鮮血濺滿了他的淨白襯衫。他面色惱怒又尷尬，這是瑪莉安娜第一次看到他失去了平日的鎮定自若，不禁讓她有些小小的得意。

桑格總督察出現了，他一臉吃驚望著瑪莉安娜，彷彿他眼前的這個人是瘋子。

「這到底是怎麼回事？」

21

過沒多久之後，瑪莉安娜進了學監辦公室，被警方要求解釋為什麼會出現那些舉動。她的對面坐的是桑格總督察、朱利安、學監，還有愛德華．佛斯卡。

要找出合適措辭實在困難。她越說越多，她覺得自己的話越來越可疑。大聲說出她自己看到的一切，她發覺聽起來實在難以令人置信。

愛德華．佛斯卡早已恢復鎮定，整個過程都面露微笑看著她，彷彿她在講什麼很長的笑話，而他在等待她說出最後的笑梗。

瑪莉安娜也已經平靜下來，努力保持鎮定。她努力以簡單清晰的方式進行描述，盡量不要帶任何情緒。她解釋自己是如何一步步推導出這種驚人結論——教授殺害了他的三名學生。

她說，「少女團」一開始就讓她起疑，他鍾愛的一群學生，全都是年輕女子。沒有人知道在會面的時候發生了什麼狀況。瑪莉安娜身為團體心理治療師，身為女性，很難不感到憂心忡忡。她提到佛斯卡教授對於學生有一種宛若大師的詭異控制力。她曾經親眼見證，就連她自己的外甥女也以緘默的方式，洩露出她對佛斯卡與這個團體的觀感。

「這是不健康團體行為的典型表現，拚命想要適應與順從。想要表達反對團體、或是團體領導人的意見，就會引發嚴重焦慮——如果，真的有發聲機會的話。我覺得卓伊提到教授的時候，偶爾感覺不太對勁，我可以感覺得出來，她很怕他。」

瑪莉安娜解釋，類似這樣的小團體，比方說「少女團」，對於無意識的操弄或傷害特別欠缺招架之力。這些女孩可能是在不知不覺的狀況下，以自己小時候對待父親的方式面對團體領導人，展現了依賴與言聽計從。「如果妳是一個曾經受過傷的年輕女孩，」她繼續說道，「對於自己的童年以及所承受的折磨，處於否認的階段，那麼，為了繼續維持那種否認的狀態，可能會與另一名施暴者進行共謀，向自己謊稱他的行為完全正常。如果妳睜大眼睛，譴責他，那麼妳也必須譴責自己生命中的其他人。我不知道那些女孩過著什麼樣的童年。我們很容易忽視塔拉這種沒有任何問題的天之驕女，不過，對我來說，她酗酒與濫用藥物，就表示她有困難，而且脆弱無助。美麗的、心靈嚴重受創的塔拉——正好是他鍾愛的類型。」

當她說出這些話的時候，一直與佛斯卡保持四目相接，她知道自己聲音中的火氣越來越大，只能盡量控制。佛斯卡冷冷回望著她，臉上帶著笑意。她繼續講下去，努力保持平靜。

「我發現我應該要以相反角度看待這些謀殺案。這並不是瘋子所為，並不是某個心理變態殺人兇手因為盛怒難耐而犯案，這是故佈疑陣的結果。這些女孩被謀殺是出於縝密與理性的計謀，而唯一蓄意殺害的對象就是塔拉。」

愛德華．佛斯卡第一次開口，「妳為什麼會這麼想？」

瑪莉安娜盯著他的雙眼，「因為塔拉是你的情人，然後，出狀況了，也許她發現你和別人上床？威脅要向別人披露你的真面目？然後呢？你會丟掉飯碗，還有被迫離開你珍愛的這個最菁英學術圈，你絕對不能讓這種事發生。你威脅要殺死塔拉，還下了毒手。算你倒霉，她先告訴了卓伊，而卓伊告訴了我。」

佛斯卡盯著她，迎光的幽黑雙眸在閃動，宛若黑冰，「那就是妳的假設，是嗎？」

「是的，」瑪莉安娜也緊盯他不放，「那就是我的假設。薇若妮卡與瑟琳娜和其他人一樣，為你提出不在場證明，她們全都徹底中了你的魔咒。不過後來呢？她們是不是改變了心意？或者是向你提出威脅？不然就是你只是想要確保她們永遠不會有威脅你的機會？」

沒有人回答這個問題，只有一片靜默。

總督察不發一語，他為自己倒了一些茶。學監一臉驚愕望著瑪莉安娜，顯然是不敢相信自己耳朵聽到了什麼。朱利安不肯看她的雙眼，假裝在翻弄自己的筆記。

先開口的是愛德華．佛斯卡，他面向桑格總督察。

「當然，我否認，我否認一切。要是你有任何問題，我很樂意回答。不過，總督察，我先問一句，我需要律師嗎？」

總督察揚手，「教授，可否請你等一下，我覺得我們走到那一步還遠得很。」桑格緊盯著瑪莉安娜，「妳有任何證據可以支持這些指控嗎？」

瑪莉安娜點點頭，「有，就是這些明信片。」

「啊，這些有名的明信片。」桑格盯著他面前的明信片，把它們拿起來，緩緩撥弄，就像是在洗牌一樣。

「如果我理解得沒錯，」他說道，「妳認為兇案發生之前，每一名受害人都會收到明信片，就像是某種名片？宣示自己的殺人意圖？」

「對，我是這麼認為。」

「現在妳也收到了一張，妳應該也陷入緊急危險狀態？妳覺得他為什麼要挑妳下手？」

瑪莉安娜聳肩，「我想，我成了他的威脅，我太清楚他的一舉一動，我已經看穿了他的思維。」

她沒有看佛斯卡，她擔心自己會失去冷靜。

「妳知道嗎，瑪莉安娜，」她聽到佛斯卡在講話，「隨便哪個人都可以從任何一本書抄錄某段希臘引言，不需要拿到哈佛學位也可以辦得到。」

「教授，我很清楚。不過，當我待在你住所的時候，我在你自己的尤里比底斯著作裡發現了下方劃線的同一段引言，難道這純屬巧合？」

佛斯卡哈哈大笑，「要是現在到我的住所，從我的書架上取下任何一本書，大家就可以發現我其實在每一個段落的下方都有劃線，」她還來不及開口，他已經繼續說下去，「還有，妳是真心相信如果我殺死了這些女孩，我會寄給她們寫有我教導她們的希臘課程引言的明信片？妳覺得我有那麼蠢嗎？」

瑪莉安娜搖頭，「那不是蠢，你覺得沒有人看得懂這些訊息，或者甚至認定警方或其他人根本不會注意。這是你的私密玩笑，拿這些女孩尋開心。這就是我之所以確定是你的原因。就心理層次來看，這就是你會做出的那種事。」

佛斯卡還來不及開口，桑格總督察已經搶先回應，「佛斯卡教授很幸運，當瑟琳娜在午夜遇害的時候，有人看到他出現在校園裡。」

「是誰看到他？」

總督察伸手要繼續倒茶，這才發現保溫瓶已經空了，他皺眉，「是莫里斯，門房組長。教授在住所外頭抽菸，他與教授巧遇，兩人還閒聊了幾分鐘。」

「他在撒謊。」

「瑪莉安娜……」

「聽我說……」

桑格想要阻止瑪莉安娜，已經太遲了，她說出她懷疑莫里斯在勒索佛斯卡，因為她曾經跟蹤過他，而且還目睹他與瑟琳娜在一起。

總督察似乎有些吃驚，他傾身向前盯著她。

「妳看到他們……在墓地裡？妳最好講清楚。」

所以她就全說了，交代更詳盡的細節，她好氣餒，他們的對話與愛德華．佛斯卡的距離越來越遠，但總督察似乎對於莫里斯是嫌犯的假設卻越來越感興趣。

朱利安也同意，「這就可以解釋兇手如何在神不知鬼不覺的狀況下四處遊走。誰可以在校園裡活動卻無人注意？我們沒注意到的是什麼人？身穿制服的人，有絕對權力出現在校園裡的人，門房。」

「沒錯。」總警監思忖了一會兒，然後向某名資淺警員招手示意，叫他把莫里斯找來問案。

瑪莉安娜雖然知道自己說話沒有什麼用，但還是想要開口制止，不過，就在這個時候，朱利安對她微笑，開口說道：「好，瑪莉安娜，我是站在妳這一邊的，所以等一下我說出的那些話，妳千萬不要生氣。」

「什麼？」

「老實說，當我一看到妳出現在劍橋的時候，我立刻嚇到了，妳看起來有點怪怪的，有一點妄想症。」

瑪莉安娜忍不住大笑，「什麼？」

「我知道這話很難入耳，但顯然妳深受被害妄想症之苦。妳病了，瑪莉安娜，妳需要協助，如果妳願意讓我幫妳，我很樂意——」

「去你媽的，朱利安。」

總督察把他的保溫瓶往桌上一砸，「夠了！」

大家一片安靜，總督察語氣堅定，「瑪莉安娜，妳一直在測試我的耐心底線，對於佛斯卡教授進行毫無事實根據的指控，遑論還對他進行肢體攻擊，他要告妳絕對不成問題。」

她本想要打斷桑格，但他滔滔不絕，「不，夠了，妳現在要聽我說。我要妳明天早上就離開，遠離這間學院與佛斯卡教授，遠離這起調查案，遠離我的身邊。不然我就會逮捕妳，說妳妨礙司法。我講得夠清楚了吧？聽朱利安的話好嗎？去找妳的醫生尋求協助。」

瑪莉安娜張嘴，好想尖叫，發出挫敗的怒吼，但還是忍下來。她嚥下火氣，默默坐下來。現在也不需要繼續爭執，她低頭，氣憤難平，但整個人垂頭喪氣。

她輸了。

第五部

發條繃緊，它會自行鬆開。在悲劇中，這一點實在太方便了，手腕稍稍輕扭一下就大功告成。

——尚・阿諾伊

1

一個小時過後，為了要避開媒體，某台警車開到了學院後頭，通往某條狹窄街道的大門旁邊。許多學生與職員聚在那裡，瑪莉安娜也站在其中，望著莫里斯被逮捕，遭到上銬，然後被送入警車。不少門房在莫里斯經過的時候發出噓聲與嘲笑。莫里斯的臉微微漲紅，但並沒有多作反應。他下巴緊繃，一直低垂目光。

就在最後一刻，莫里斯抬頭，瑪莉安娜沿著他的目光看過去，朝向窗戶——愛德華．佛斯卡正站在那裡。

佛斯卡臉上掛著淺笑，目睹這一切過程。瑪莉安娜心想，*他在嘲笑我們*。

當佛斯卡與莫里斯四目相接的時候，莫里斯的臉龐突然閃過一抹暴怒。

然後，警察摘掉莫里斯的禮帽，他被塞進了警車。瑪莉安娜望著它離開，把他帶走，然後，大門關上了。

瑪莉安娜再次抬頭望向佛斯卡的窗戶。

但他已經不見了。

「感謝老天，」她聽到學監說道，「終於結束了。」

當然，他錯了，距離結束還早得很。

天氣幾乎是立刻就風雲變色。堅持許久的夏日，彷彿像是在回應這一連串校園事件，終於退場。一陣嘶嘶寒風穿越庭院，開始下雨了，而遠方傳來了暴風雨的轟隆聲響。

瑪莉安娜、卓伊，以及克萊麗莎在「教師接待室」喝酒——這是教員的公共休息室。今天下午除了她們三人之外，空無一人。

休息室很寬敞，燈光昏暗，裡面擺放著古典真皮扶手椅與沙發、桃花心木書桌，還有放滿報紙與期刊的桌子。室內散發木頭與壁爐灰的煙燻味。外頭的風讓窗玻璃格格作響，還有雨滴啪啪打在玻璃，這樣的冷度已經讓克萊麗莎開口要求在壁爐裡點個小火。

她們三人坐在矮低扶手椅，聚在壁爐旁邊啜飲威士忌。瑪莉安娜旋晃杯中的酒，凝望火光映照之下的透亮琥珀液體。待在這裡，她覺得很舒服，窩在壁爐旁邊，還有克萊麗莎與卓伊相伴。這樣的小團體給了她力量，還有勇氣。她現在需要勇氣，大家都是。

卓伊剛上完英語系的課，克萊麗莎說，這很可能是卓伊的最後一堂課，因為立即關閉學院、等待警方調查的謠言甚囂塵上。

卓伊淋了雨，在壁爐旁忙著烤乾的時候，瑪莉安娜把發生的一切告訴她們，還有她與愛德華．佛斯卡正面對決的過程。等到她講完之後，卓伊壓低聲音說道：「妳犯了錯，和他發生那種衝突……現在他發現妳知情了。」

瑪莉安娜瞄了一下卓伊，「我記得妳說過他是無辜的？」

卓伊與她四目相接，搖頭，「我改變想法了。」

克萊麗莎的目光在兩人之間游移，「所以，妳們兩個都確定嗎？他有罪？大家都不願相信有這種事。」

「我知道，」瑪莉安娜說道，「但我相信。」

卓伊回道：「我也是。」

克萊麗莎沒回應，拿起醒酒器，為自己斟滿了酒，瑪莉安娜發現她的手在顫抖。

「我們現在該怎麼辦？」卓伊問道，「妳不會離開吧？」

「當然不會，」瑪莉安娜搖頭，「就讓他逮捕我吧，我不在乎，我不會回去倫敦。」

克萊麗莎面色詫異，「什麼？為什麼不回去？」

「我不能逃走，再也不會了。自從賽巴斯汀死了之後，我一直在逃避。我需要留下來。無論是什麼狀況，我都需要面對，我不怕。」最後這句話從她口中說出來，有一種陌生的感覺，瑪莉安娜又說了一次，「我不怕。」

克萊麗莎發出嘖嘖聲，「那是醉言醉語。」

「也許吧，」瑪莉安娜微笑，「向酒借膽總比什麼都沒有來得好。」她面向卓伊，「我們繼續下去，就這麼辦，直到我們抓到他為止。」

「要怎麼抓他？我們需要證據。」

「對。」

卓伊陷入遲疑，「兇器呢？」

她說出這句話的語氣，不禁讓瑪莉安娜盯著她，「妳是說刀子嗎？」

卓伊點點頭，「他們還沒有找到吧？我想……我知道在哪裡。」

她閃避瑪莉安娜的目光，一直盯著爐火——瑪莉安娜認得出來，這是某種犯了錯的鬼祟姿態，卓伊打從她小時候就是這樣。

「卓伊？」

「瑪莉安娜，說來話長。」

「現在很適合說出來，妳不覺得嗎？」她壓低聲音，「妳知道，當我見『少女團』的時候，她們告訴我一件事。卓伊……她們說妳是成員之一。」

卓伊眼睛瞪得好大，搖頭，「不是真的。」

「卓伊，不要說謊……」

「我沒有！我只去過一次而已。」

「好，妳為什麼沒告訴我？」

「我不知道，」卓伊搖頭，「我害怕，覺得好丟臉……我一直想要告訴妳，可是我……」

她陷入沉默，瑪莉安娜伸手過去，捏捏她的手，「現在告訴我，告訴我們吧。」

卓伊嘴唇微微顫抖，然後點點頭，她開口，瑪莉安娜已經硬著頭皮準備好面對一切。

而卓伊說出的第一段話就讓瑪莉安娜驚恐無比。

「我想，」卓伊說道，「這都要從狄蜜特，還有波瑟芬妮開始說起。」她看了一下瑪莉安娜，「妳知道她們吧？」

瑪莉安娜過了一會兒之後，才有辦法說話。

「對，」她點頭，「我知道她們。」

2

卓伊喝光了酒，把杯子放在壁爐架上面。爐火微微冒煙，她的周邊有灰白色煙霧繚繞。

瑪莉安娜盯著卓伊，底下有紅金色的火焰在狂舞，她突然產生一股荒謬感，彷彿自己待在營火旁，準備要聽鬼故事……就某種程度來說，的確如此。

卓伊娓娓道來，一開始的時候猶豫不決，一點一滴慢慢吐露出來，佛斯卡教授特別鍾愛艾盧西斯敬拜波瑟芬妮的秘密儀式，也就是讓人從死至生並復返的那旅程。

教授說，他知曉這個秘密，而且他分享給好幾個特殊的學生。

「他逼我發誓要守口如瓶，不能將發生的事對任何人講出口。我知道這聽起來很詭異，不過，一想到他覺得我夠特別、夠聰明，就讓我受寵若驚。而且我也很好奇。然後……輪到我加入『少女團』的時間到了，他叫我在午夜十二點的時候前往裝飾小亭參加儀式。」

「『裝飾小亭』？」

「妳知道吧，位置就在河邊，靠近『天堂』的地方。」

瑪莉安娜點頭，「繼續說下去吧。」

「就在快要十二點鐘的時候，卡拉與迪亞與我在船庫見面，護送我過去，走河道撐篙。」

「撐篙？為什麼？」

「撐篙是從這裡到那裡最方便的方法，畢竟小徑長滿了茂盛的刺藤。」她停頓了一會兒，「當我到達那裡的時候，其他人已經在那裡了，薇若妮卡與瑟琳娜站在裝飾小亭的入口，她們戴著面具，象徵的是波瑟芬妮與狄蜜特。」

「我的天哪……」克萊麗莎不禁發出了不可置信的哀號，她立刻向卓伊伸手示意，繼續說下去。

「莉莉安帶我進入裝飾小亭，教授等在那裡。他拿眼罩蒙住我的眼睛，然後，我喝下了『卡吉尼亞』，他說那只是大麥水。但他說謊，塔拉後來告訴我，裡面摻了液態快樂丸，他經常向康拉德買那種東西。」

瑪莉安娜已經精神緊繃到斷線，她再也聽不下去了，但她知道自己毫無選擇，「繼續說下去。」

「之後，」卓伊說道，「他在我耳邊低語……他說我會在今晚死去，黎明時分重生。然後，他拿出一把刀子，抵住我的喉嚨。」

瑪莉安娜問道：「他真的這麼做？」

「他並沒有對我下刀啊什麼的，他說這只是儀式性的犧牲。然後，他摘掉我的眼罩，就在這個時候，我看到他把刀子放在那裡……插在牆面的隙縫，兩塊石板中間。」

卓伊閉眼片晌，「之後，就很難記得什麼了。我的腿宛若果凍，彷彿自己快要融化一樣……然後我們離開了裝飾小亭。我們在森林裡……林地之間。某些女孩在裸舞，其他人在河裡游泳……可是我……我不想脫衣服……」她搖頭，「其實我不太記得了。但也不知道為什麼，我迷了路，看不見她們，我一個人，很茫，而且很害怕，然後……他在那裡。」

「愛德華．佛斯卡？」

「沒錯，」卓伊似乎不想提到他的名字，「我很想要講話，但沒辦法。他一直吻我……撫摸我……還說他愛我。他的眼睛很狂野……我還記得他的瘋狂雙眼。我想要逃跑……但我沒辦法。然後……塔拉出現，他們開始接吻，也不知道怎麼回事，我躲開了，我跑進樹林……我拚命跑……」她低頭，沉默了一會兒，「我繼續往前跑……終於脫身。」

瑪莉安娜催促她說下去，「卓伊，之後呢？」

卓伊聳肩，「沒有了。我再也沒有和那些女孩提起那件事，塔拉除外。」

「佛斯卡教授呢？」

「他裝作彷彿一切都沒有發生一樣，所以我……也努力佯裝若無其事，」她聳肩，「不過那天夜裡，塔拉來宿舍找我……告訴我佛斯卡威脅要殺死她，我從來沒看過塔拉這麼害怕……她嚇得半死。」

克萊麗莎壓低聲音，「親愛的，妳應該要通知校方，應該要告訴別人才是，妳應該要來找我。」

「克萊麗莎，難道妳會相信我嗎？這種情節太瘋狂了……大家相信的是他，不會是我。」

瑪莉安娜點點頭，覺得自己的眼淚快掉下來了。她想要伸手過去，把卓伊拉過來，好好抱住她。

不過，首先，她必須要知道一件事。

「卓伊……為什麼是現在？為什麼現在告訴我們？」

卓伊沉默了一會兒，然後走向壁爐旁的扶手椅，她的外套一直掛在那裡等烘乾，她把手伸入外套的口袋。

她拿出一張沾有雨滴的微濕明信片。

她把它丟向瑪莉安娜的大腿。

「因為我也收到了一張明信片。」

3

瑪莉安娜盯著她大腿上的那張明信片。

是洛可可風格的陰鬱圖像——伊菲革涅亞全裸在床，阿加曼農偷偷爬到她的背後，揚起手中的刀。明信片背後有一段古希臘語引言，瑪莉安娜已經懶得請克萊麗莎翻譯，不重要了。

為了卓伊，她必須要堅強。思考必須要清晰迅速，說話的語氣排除了所有情緒。

「卓伊，妳是什麼時候收到這東西？」

「今天下午，就在我的門縫底下。」

「我明白了，」瑪莉安娜自顧自點點頭，「這樣一來，那我們就改變計畫。」

「不，不要。」

「不行，就是得這樣。我們得帶妳離開這裡，馬上動身，我們要去倫敦。」

克萊麗莎說道：「感謝老天，太好了。」

「不要，」卓伊搖頭，臉上出現了極其頑固的神情，「我不是小孩子，我哪裡都不去。我要留在這裡，就像妳說的一樣，我們要戰鬥，我們要抓到他。」

當卓伊說出這段話的時候，瑪莉安娜覺得卓伊看起來好脆弱，疲憊，痛苦不堪。這一連串事件顯然影響了她，而且改變了她，她身心受創的狀況同樣嚴重。現在的她如此殘弱，但依然決心要繼續往前走。瑪莉安娜心想，這就是勇敢的姿態，這就是勇氣。

克萊麗莎似乎也感受到了，她壓低聲音開口。「卓伊，親愛的孩子，」她說道，「妳的勇敢令人欽佩，不過，瑪莉安娜說得沒錯，我們必須要報警，把妳剛剛說的一切全部告訴他們……然後，妳們兩個要離開劍橋，就是今天晚上。」

卓伊臉色一沉，搖頭，「克萊麗莎，報警就免了，他們會覺得是瑪莉安娜教唆我報案，這只是浪費時間而已，我們沒時間了，我們需要證據。」

「卓伊……」

「不要這樣，聽我說好嗎？」她在哀求瑪莉安娜，「我們去看一下那間裝飾小亭，我只是想要確定一下。我在那裡看到他藏刀。要是我們沒找到的話，那麼……我們就回倫敦好嗎？」

瑪莉安娜還來不及回答，教授已經先發制人。

「天哪，」克萊麗莎說道，「妳們是想要自己找死嗎？」

「不是，」卓伊搖頭，「兇案的發生時段都是晚上，我們還有好幾個小時的時間。」她瞄了一下窗外，滿臉期盼望向瑪莉安娜，「而且現在雨停了，天要放晴了。」

「還沒有，」瑪莉安娜望向窗外，「但等一下就會停了。」她思索了一會兒，「妳去洗個澡，換掉這身濕衣服，二十分鐘內，我會去妳寢室找妳。」

「好。」卓伊點頭，表情很開心。

瑪莉安娜望著她收拾東西，「卓伊，千萬小心。」

卓伊點頭，離開了房間。當大門關上的那一刻，克萊麗莎隨即面向瑪莉安娜，她一臉憂心忡忡，「瑪莉安，我一定要大聲反對。不論是妳們當中的哪一個人冒險前往河邊，都危險至極……」

瑪莉安娜搖頭，「我根本不想讓卓伊靠近河邊。我會讓她收拾東西，然後我們立刻離開。就像妳說的一樣，我們會回去倫敦。」

「感謝老天，」克萊麗莎似乎是如釋重負，「這是正確決定。」

「不過，仔細聽我說，要是我出了什麼事，我希望妳去報警，妳要把一切告訴他們，卓伊所說的一切，明白嗎？」

克萊麗莎點點頭，她看起來表情很痛苦，「我希望妳們兩個現在就去找警察。」

「卓伊說得沒錯，沒這個必要。桑格總督察根本不會聽我的話，但妳的話他聽得進去。」

克萊麗莎不發一語，只是嘆氣，盯著壁爐的火。

瑪莉安娜說道：「我會在倫敦打電話給妳。」

克萊麗莎沒有回應，她根本沒聽到瑪莉安娜在講話。

瑪莉安娜好失望，她本來有更高的期待。她本來以為克萊麗莎是一座力量的高塔，但顯然這一切對她來說太沉重了。也不知道為什麼，克萊麗莎顯得蒼老，退縮，渺小又虛弱。

瑪莉安娜驚覺不能靠她了，無論自己與卓伊會遇到什麼樣的恐怖事件，她們都必須要自己面對。

瑪莉安娜親吻克萊麗莎教授的臉頰，作為道別，然後，留她一個人待在爐邊。

4

瑪莉安娜穿越庭院，朝卓伊寢室走去的時候，心中一直在計算各項執行細節。她們會火速打包，然後，閃避眾人耳目，悄悄溜出學校，從後門出去。搭計程車到車站，然後上火車到國王十字站。接下來，一想到這裡，她的心情也隨之變得激動——她們就可以到家了，待在黃色小屋裡安全無虞。

她踏上石階，前往卓伊的寢室，裡面沒人，她一定是在樓下的淋浴區洗澡。

瑪莉安娜的手機響了，是弗列德。

她遲疑一會兒，還是接了電話，「喂？」

「瑪莉安娜，是我，」弗列德語氣焦慮，「我有事要跟妳說，很重要。」

「現在不是時候，我想我們昨天已經把一切講清楚了。」

「跟昨晚的事無關，妳要仔細聽我說，真的，我有不祥預感……是跟妳有關。」

「弗列德，我沒時間——」

「我知道妳不相信我，但這是真的。妳身處在極危險狀態，就是現在，就是此時此刻，不管妳在哪裡，趕快離開。快走，趕快跑……」

瑪莉安娜掛了電話，氣急敗壞。她要擔憂的事已經夠多了，不需要弗列德的胡說八道。她本來就很焦慮，現在更覺得雪上加霜。

卓伊是在拖什麼？

瑪莉安娜在房內等她，不斷焦躁踱步。她的目光四處飄動，卓伊的物品逐一映入眼簾：銀框的嬰兒照、瑪莉安娜婚禮時的小伴娘照片、各式各樣的幸運符與小飾品、國外度假時收集的石頭與水晶，還有卓伊小時候就一直帶在身邊的其他童年紀念品——就像是斜放在她枕邊、重心不穩的那隻破舊斑馬。

看到這一坨破爛舊物，瑪莉安娜感動不已。她突然想起卓伊小時候跪在床邊，緊握雙手祈禱的情景。上帝保佑瑪莉安娜、上帝保佑賽巴斯汀、上帝保佑外公、上帝保佑斑馬等等，還包括了她連名字都不知道的那些人，比方說公車站牌那個鬱鬱寡歡的女子，或是書店裡的感冒男子。瑪莉安娜會一臉愛憐望著這孩子氣的儀式，但對於卓伊的行為，倒是從來不信。瑪莉安娜不相信有這麼容易被找到的神，也不相信祂的殘酷之心會被某個小女孩的祈禱而改弦易轍。

不過，現在她卻突然感到膝蓋一軟，彎曲跪下，彷彿被後頭的某種隱形力道猛力一推，她癱在地上，雙手合十，低頭祈禱。

不過，瑪莉安娜祈願的對象並不是什麼上帝耶穌，甚至也不是賽巴斯汀。

而是一堆立於山丘之上、飽受風霜的骯髒石柱。

她向那位女神祈禱。

「原諒我，」她輕聲細語，「不論我現在或過去做出了什麼冒犯妳的舉動，妳已經帶走了賽巴斯汀，夠了。我懇求妳，不要帶走卓伊，拜託，我不會讓妳這麼做，我……」

她沒有繼續說下去，聽到自己嘴裡冒出這種話，突然覺得扭捏尷尬。她覺得自己有點瘋狂，就像是一個精神錯亂的小孩正在向宇宙討價還價。

不過，瑪莉安娜內心深處很清楚，終於，她到達了殊途同歸的那一刻，無論她如何拖宕，卻得終須正面迎戰——必須與「少女」女神算總帳。

瑪莉安娜緩緩站起來。

斑馬從枕頭摔下來，跌出床外，最後掉落地板。

瑪莉安娜拿起這玩具，重新把它擺放在枕邊。

她發現斑馬肚子的縫線鬆了，有三針脫落，有東西從裡面的海綿露了出來。

瑪莉安娜陷入遲疑，然後，她也不是很確定自己在做什麼，直接把它抽了出來。她盯著它，是一張對摺再對摺的紙，一直藏在這個絨毛玩具的體內。

瑪莉安娜凝望著它，她覺得自己背叛了卓伊，但也很想知道內容到底是什麼，她必須要搞清楚。

她小心翼翼打開它——原來是好幾張筆記紙，似乎是打字的書信。

瑪莉安娜坐在床上。

開始讀信。

5

然後，某一天，我母親離開了。

我不記得她到底是在什麼時候走人，也不記得最後的道別，但一定有才是。我也不記得我父親是否在那裡——當她逃走的時候，想必他一定在農場裡。

嗯，最後，她一直沒有派人來找我，其實，我再也沒有看過她。

她離開的那一晚，我上樓進了自己的房間，坐在我的小書桌前面，我寫了好幾個小時的日記。寫完的時候，我根本沒看自己到底寫了什麼。

而且，我再也沒有寫那本日記。我把它收入某個盒子，與其他想要忘卻的東西放在一起。

不過，今天是我第一次把它拿出來閱讀，而且是全部看了一遍。

嗯，幾乎是全部……

好，有兩頁不見了。

有兩頁被撕掉了。

它們被銷毀了，因為很危險。為什麼？因為它們洩露出另一個版本的故事。

我想，沒關係吧，每一個故事都可以容受一些修正。

我真希望自己可以修正在農場接下來那幾年的生活，修正，或是遺忘。

痛苦、恐懼、羞辱——隨著日子一天天過去，我想要逃離的決心也越來越強烈。

總有一天，我會逃走的，我會得到自由，我會安全，幸福快樂，會有人愛我。

我不斷對自己重複這段話，夜晚躲在被窩裡的時候，一次又一次。它成了我在艱難時刻的禱詞，成了我的使命。

它引領我找到了妳。

我從來沒想過自己有愛的能力。我的意思是，我只懂得仇恨。我好怕我有一天也會恨妳。不過，在我傷害妳之前，我會把刀鋒轉向我自己，朝自己的心臟深插下去。

我愛妳，卓伊。

所以我才寫下了這段話。

我希望妳以我的角度看待我。然後呢？妳會原諒我，對嗎？親吻我所有的傷口，修復它們。妳是我的宿命，妳知道吧？對不對？也許妳還無法相信，但我打從一開始就知道了。我有預感——從我第一次看到妳的那一刻，我就了然於心。

妳起初是如此害羞多疑。我必須慢慢挑動妳的愛，但我這個人就是超有耐心。

我們一定會在一起，我向妳保證，總會有那麼一天，只要等到我的計畫大功告成就是了，我精采美妙的計畫。

我必須警告妳，它牽涉到鮮血，還有犧牲。

我會等到我們獨處的時候再向妳解釋，現在，妳只需要抱持信心。

永遠愛妳的
X

6

瑪莉安娜把那封信放在她的大腿上面。緊盯不放。

她發覺自己很難定心思考，幾乎無法呼吸，彷彿她的胃被捲曲，不斷遭到重擊。

她不明白自己剛才到底看了什麼，這份詭異的書信，到底是什麼意思？

不合理。她不相信這是真的——她不會信的。不可能與她的念頭一樣，不會的。不過，無論有多麼難以令人接受、或是荒謬——或者是可怕，終究只能推導出一個結論。

愛德華．佛斯卡寫下了這封信——這封可怕的情書——而且他寫信的對象是卓伊。

瑪莉安娜搖頭。不——不是卓伊，不會是她的卓伊。她不信——她不相信卓伊會與那個禽獸有瓜葛……

然後，她突然想起了卓伊臉龐的詭異神情。盯著庭院另一頭的佛斯卡，瑪莉安娜誤以為是恐懼的神色，萬一，其實是更複雜的狀況呢？

萬一，打從一開始，瑪莉安娜看待一切的角度就錯了，而且是大錯特錯？

萬一……

腳步聲，來自階梯的聲響。

瑪莉安娜愣住了，不知道該怎麼辦——她必須要說些什麼，採取行動。但不是現在，不能像現在這種模樣，她必須要先思考。

她一把抓起那封信，塞入自己的口袋，就在這時候，卓伊剛好出現在門口。

「抱歉，瑪莉安娜，我已經盡量快了。」

卓伊進入寢室的時候，對她笑了一下。她雙頰紅潤，頭髮濕答答。她身穿睡袍，手裡抓著兩條毛巾，「先讓我穿衣服，一下下就好。」

瑪莉安娜不發一語。卓伊穿衣，迅速閃現的裸體——那青春嫩滑的肌膚——瞬間讓瑪莉安娜聯想到她以往深愛的那個漂亮女嬰，那個美麗無辜的孩子。她去哪了？發生了什麼事？

她眼眶盈滿熱淚，但不是激動的淚水，而是痛苦，肉體之痛的淚——彷彿被人打了一巴掌。她別過頭去，以免被卓伊發現，然後趕緊擦了一下雙眼。

「我準備好了，」卓伊說道，「我們要準備過去了嗎？」

「過去？」瑪莉安娜一臉茫然看著她，「要過去哪裡？」

「當然是那間裝飾小亭啊，要找那把刀。」

「什麼？哦……」

瑪莉安娜緩緩點頭，逃離這裡的期盼，與卓伊一起逃回倫敦的所有念頭，在她心中消失無蹤。沒有地方可去，沒有地方可奔逃，再也找不到任何地方了。

她回道：「嗯。」

然後，瑪莉安娜宛若夢遊一般，跟在卓伊後面下樓，穿越了庭院。雨勢已停，天空一片鉛灰色，沉重烏雲在她們上方集結，隨著微風在旋動。

卓伊看了她一眼，「我們應該走河道，這樣最方便。」

瑪莉安娜完全不說話，只是點點頭。

卓伊說道：「我不像賽巴斯汀那麼厲害，但我也不差。」

瑪莉安娜點頭，跟她走向河邊。

船屋外一共有七條平底船鎖在水岸、在河裡吱嘎作響。卓伊拿起了靠放在船屋外的某根長篙，等待瑪莉安娜上船之後，鬆開了它扣在河岸的沉重鐵鍊。

瑪莉安娜坐在低矮的木椅，雨水造成椅面濕漉漉，但她幾乎完全無感。

卓伊撐篙划離河岸的時候，開口說道：「花不了多少時間……」然後，她把篙高舉空中，用力插入水裡，展開了旅程。

不是只有她們兩人，瑪莉安娜打從一開始就知道了，她感覺得出來，有人在跟蹤她們。她很想轉頭，但還是一直忍住。不過，當她終於轉頭的那一刻，果然和她預期的一樣，瞬間瞄到遠方有個男人的形影，消失在某棵樹的後面。

不過，瑪莉安娜覺得這一定是出於她的想像，因為那並不是她以為的那個人——不是愛德華·佛斯卡。

是弗列德。

7

正如卓伊所預料的一樣，不久之後，學校就被她們拋在後頭，周邊的景色成了河岸兩側的開闊原野，這是存活了數百年之久、亙久不變的自然地景。

草地裡有些黑牛在吃草。空氣中瀰漫著一股潮氣，還有朽爛橡木與濕泥的氣息。

瑪莉安娜聞到某處營火發出的煙味，正在焚燒濕葉的霉味。

一層薄霧從河面飄升而起，卓伊撐篙的時候，薄霧也在她身邊不斷繚繞。站在那裡的她好美，髮絲迎風飄揚，還有那恍惚的眼神。她就像「夏洛特少女」，沿著河水，進行最後一趟的命定之旅。

瑪莉安娜努力集中思緒，但卻發現好難。因為每當長篙在河床上發出悶響、每當平底船在水面突然前進的時候，她知道時間正分秒流逝。過沒多久之後，她們就會到達那間裝飾小亭。

她感覺到口袋裡的那封信在灼燒——她知道自己必須要想清楚。

不過，想必她是哪裡搞錯了，一定是如此。

「妳好安靜，」卓伊說道，「妳在想什麼？」

瑪莉安娜抬頭，想要開口卻發不出聲音。她搖頭聳肩，「沒什麼。」

卓伊指向河水的彎口，「我們很快就到了。」

瑪莉安娜轉頭看過去，「哦……」

她嚇了一跳，水面出現一隻天鵝，不費吹灰之力、朝她的方向划行而來，髒兮兮的白色羽毛在微風中飄蕩，當天鵝靠近平底船的時候，牠轉動長頸，直視著她，黑色眼珠凝視她的雙眸。

瑪莉安娜背脊一涼，別過頭去。

等到她回頭，那隻天鵝已經不見了。

「我們到了，」卓伊說道，「妳看。」

瑪莉安娜看到了那座河邊的裝飾小亭。不是很大的建物——四根石柱支撐斜面屋頂，原本是白色，歷經兩百年的風雨之後已然變色，因為鏽蝕與水藻而留下黃色與綠色的污斑。會選在這個位置蓋裝飾小亭，實在奇怪——孤零零矗立水岸，周邊是林地與沼澤。卓伊與瑪莉安娜划過去，經過了生長在水中的茂盛鳶尾花，還有已經淹沒步道、荊棘滿佈的野生玫瑰。

卓伊把平底船駛向河岸，然後把長篙深插在河床的泥地裡，停好小船，將它抵住河岸。

卓伊爬到了岸邊，然後伸手要幫忙扶住瑪莉安娜，但瑪莉安娜沒理會卓伊，她現在沒辦法碰觸卓伊。

「妳確定妳沒事嗎？」卓伊問道，「妳一直怪怪的。」

瑪莉安娜沒回答。她爬出船外，站在長滿雜草的河岸，跟隨卓伊走向了裝飾小亭方向。

她在外頭停下腳步，抬頭凝視。

入口上方有石雕紋飾——某隻天鵝在暴風雨中的圖案。

瑪莉安娜一看到就愣住了，死盯了好一會兒。

但她還是繼續往前走。

跟著卓伊進去了。

8

裝飾小亭裡面的石牆有兩扇窗戶，可以眺望河流，而且還有一張石椅。卓伊指向窗外，位於遠方的蓊鬱林地。

「他們就是在那裡發現了塔拉的屍體——穿過樹林，在沼澤旁邊，等一下我帶妳過去看。」然後，她跪下來，「這就是他藏刀的地方，在這裡……」

卓伊把手臂伸入兩塊石板之間，她露出了微笑。

「啊哈……」

卓伊收手，緊抓著一把刀。大約有二十公分長，刀面因鐵鏽而略帶髒污，或者，是因為乾涸的血塊。

瑪莉安娜望著卓伊緊抓刀柄，她的動作透露出某種熟練感——然後，她起身，把刀子指向瑪莉安娜。

卓伊把刀刃直接對著她，她盯著瑪莉安娜，藍色雙眼散發陰沉眸光。

「來吧，」她說道，「我們去散步。」

「什麼？」

「那邊——穿越樹林。我們走吧。」

「等等，夠了，」瑪莉安娜搖頭，「這不是妳。」

「什麼？」

「卓伊，這不是妳自己，而是他。」

「妳在說什麼？」

「妳聽我說，我知道，我發現了那封信。」

「什麼信？」

瑪莉安娜從自己口袋裡取出了那封信，作為回應。她打開之後，交給了卓伊。

「這封信。」

卓伊沉默了一秒，只是死盯著瑪莉安娜，沒有情緒反應，只是一片茫然的表情。

「妳看了？」

「我不是故意的，純屬意外……」

「妳是不是看了？」

瑪莉安娜點點頭，低聲回道：「對。」

卓伊眼中閃過一抹暴怒，「妳沒那個權利！」

瑪莉安娜望著她，「卓伊，我不懂。這……這不會是……不可能是……」

「什麼？不可能是什麼？」

瑪莉安娜好不容易才找到措辭，「妳和這些謀殺案有關……妳和他……不知道為什麼牽扯在一起……」

「他愛我，我們彼此相愛……」

「不，卓伊，這一點很重要，接下來我會說出這些話，是因為我愛妳。妳在這裡面是受害者，無論妳怎麼想，那都不是愛……」

卓伊想要打斷她，但瑪莉安娜不肯讓步，繼續講下去。

「我知道妳不想聽，我知道妳覺得超級浪漫，不過，無論他給了妳什麼，那都不是愛，愛德華．佛斯卡沒有愛人的能力，他受創太深，太危險……」

「愛德華．佛斯卡？」卓伊一臉吃驚盯著她，「妳以為愛德華．佛斯卡寫了那封信？所以我才偷偷藏在自己的寢室裡？」她搖頭，一臉不屑，「不是他寫的。」

太陽突然躲到了雲朵後方，時間似乎速度變緩，宛若在緩緩爬行。瑪莉安娜聽到了初落的雨滴聲響，正在敲打裝飾小亭的石面窗台，遠方某處有貓頭鷹發出刺耳尖叫。

在這個時光恆定不動的空間之中，瑪莉安娜懂了：她已經知道卓伊接下來要說什麼，也許，就某種程度來說，她其實一直知情。

然後，陽光再次露臉——時間突然震晃了一下，恢復了流動感，瑪莉安娜又重複一次問題。

「卓伊，是誰寫了那封信？」

卓伊眼眶裡充滿淚水，盯著她，悄聲開口。

「當然是賽巴斯汀。」

第六部

我常聽說悲傷會使人柔弱，
造成心靈恐懼與退化，
因此我決意報仇，不再悲泣。

——莎士比亞，《亨利六世》，第二部

1

瑪莉安娜與卓伊不發一語，緊盯彼此。

現在下雨了，瑪莉安娜可以聽得到雨滴打在外頭泥地的聲音，也聞到了雨水的氣息。她看到雨滴穿破了河面抖晃樹林的映影，終於，她打破沉默。

她開口，「妳撒謊。」

「沒有，」卓伊搖頭，「我沒有撒謊，賽巴斯汀寫了那封信給我，」

「才沒有，他……」瑪莉安娜腸枯思竭找尋字詞，「賽巴斯汀……沒有寫那封信。」

「當然是他寫的。瑪莉安娜，醒醒吧，妳怎麼就是看不清呢。」

瑪莉安娜瞄了一下手中的那封信，一臉無助盯著那些字詞，「妳……和賽巴斯汀……」她沒辦法講完，她抬頭，一臉絕望看著卓伊，希望得到憐憫。

但卓伊只憐憫自己，眼眶盈淚，目光不斷閃動，「我愛他，瑪莉安娜，我愛他……」

「不，不可能……」

「是真的，從我有記憶以來，我就一直愛賽巴斯汀，從我還是小女孩的時候就這樣，而且他愛我。」

「卓伊，不要再說了，我求妳……」

「現在，妳必須要面對事實。睜開妳的眼睛吧。我和他是戀人，自從那一趟希臘之旅之後，我們就在一起了。我十五歲生日的時候，在雅典，記得嗎？賽巴斯汀把我帶進橄欖園，就在房子旁邊，他和我做愛，就在泥巴地裡面。」

「不……」瑪莉安娜想要大笑，但太噁心了，「妳在撒謊……」

「不，撒謊的是妳，妳在對自己撒謊，所以妳才會這麼不知所措，因為妳心底知道真相，一切都是欺瞞。賽巴斯汀從來沒有愛過妳。他愛的是我，永遠是我。他會娶妳只是為了要接近我……當然，為了錢……妳心裡有數，對不對？」

瑪莉安娜搖頭，「我……我不要聽妳說這些。」

她轉身，走出裝飾小亭。一直往前走。

然後她開始狂奔。

2

「瑪莉安娜！」卓伊在她後頭大喊，「妳要跑去哪裡？妳跑不了，再也不可能了！」

瑪莉安娜沒理她，繼續往前跑，卓伊緊跟在後。

上方的烏雲轟隆作響，突然之間，出現一道巨大閃電，天空幾乎一片綠。然後，天空變得開闊，大雨狂落，痛擊泥地，河水水面開始翻湧。

瑪莉安娜跑進樹林，裡面幽暗陰鬱，地面黏濕，聞得到潮氣。交錯的樹枝佈滿了繁複的蜘蛛網，乾僵的青蠅屍體以及其他昆蟲，全都吊掛在她頭頂上方的銀線。

卓伊追在她後頭奚落她，聲音迴盪在樹林裡。

「有一天，外公在橄欖園逮到了我們，他威脅說要告訴妳，所以賽巴斯汀得殺人滅口，賽巴斯汀當場就伸出巨大雙手掐死了他。然後，外公把所有的錢留給了妳……好多錢……讓賽巴斯汀昏頭轉向……他一定要拿到這筆錢，為了我，為了他，也為了我們。但是妳成了阻礙……」

瑪莉安娜奮力撥開樹枝前行，它們狠抓她不放，撕裂刮傷了她的雙手與臂膀。

她聽到卓伊在她後頭進逼，攻破樹林，宛若復仇女神，卓伊一邊前進，一邊滔滔不絕。

「賽巴斯汀說要是妳出了什麼事，頭號嫌犯就是他。『我們必須要』他當初是這麼說的，『就像是在變魔術的時候一樣』。妳還記得我小時候他老愛在我面前耍弄的招式嗎？『我們必須要讓每一個人注視錯誤的物品，還有錯誤的地方。』我把佛斯卡教授與『少女團』的事告訴他，就是在這時候，他想到了這一招。他說，這在他心中萌芽，宛若一朵美麗的花，他講話就是這麼有詩意，記得嗎？他推敲出所有的細節，真是漂亮、完美。不過，到了後來……妳奪走了他，他再也不會回來了。賽巴斯汀一直不想去納克索斯，是妳逼他去的，他死掉都是妳的錯。」

「不，」瑪莉安娜低聲說道，「這樣說並不公平……」

「對，明明就是這樣，」卓伊咬牙切齒，「是妳殺了他，而且妳也殺了我。」

突然之間，她們前方的林木變得稀疏，眼前是某處空地，寬闊的沼澤映入眼簾。那是一泓巨大的淡綠色水塘，長滿茂盛的野草與刺藤。裡面有一棵倒下被劈斷的樹，正在慢慢腐爛，上面覆蓋的是黃綠色青苔，周邊還有斑點狀毒菇。

而且，還有一股詭異的腐味，某種臭爛物的惡氣——難道是污濁的臭水？

或者是——死亡？

卓伊上氣不接下氣，手裡拿著刀，盯著瑪莉安娜，她的雙眼全是血絲，盈滿淚水。

「他死掉的時候，彷彿有人重刺我的五臟六腑一樣。我不知道該怎麼面對我的滿腔怒火……還有痛苦，然後，某一天，我恍然大悟，我懂了。我必須要為賽巴斯汀完成他的計畫，就像他所期盼的一樣，這是我能夠為他做的最後一件事。為了榮耀他，紀念他，我要復仇。」

瑪莉安娜一臉不可置信盯著她，她幾乎已經沒了聲音，說話有氣無力。

「卓伊，妳做了什麼？」

「不是我。是他，都是賽巴斯汀……我只是聽從他的指示，我做得心甘情願。我把他挑選的引言寫在明信片上面，在佛斯卡的書本裡加劃那些段落的底線。等到我參加導生會的時候，我假裝去洗手間，把一些塔拉的頭髮藏在佛斯卡衣櫃的後頭，而且也灑了一點她的血。警察還沒有發現，但一定會找到的。」

「愛德華．佛斯卡是無辜的？妳陷害了他？」

「沒有，」卓伊搖頭，「瑪莉安娜，是妳陷害了他。賽巴斯汀說過，只要我讓妳以為我害怕佛斯卡，妳自然就會接手。這就是整起任務當中最有趣的部分：盯著妳當偵探，」她露出微笑，「妳不是偵探……妳是受害者。」

瑪莉安娜盯著卓伊的雙眸，現在她的心中已經將一切拼湊出來，終於要面對她一直想要避免直視的可怕真相。在希臘悲劇當中，有一個描繪此時此刻的詞彙：anagnorisis——醒悟——英雄終於看清真相、領悟自身命運的當下——還有，在從頭到尾的過程中，它其實一直都在，就在他面前的那種歷程。瑪莉安娜以前很好奇，那一刻會是什麼感覺，現在她懂了。

「妳殺死了她們……那些女孩……妳怎麼下得了手？」

「『少女團』從來就不是重點，瑪莉安娜，她們只是為了轉移大家的注意力，就像是賽巴斯汀所說的一樣，是誘餌。」她聳肩，「至於塔拉……我很難下手。但賽巴斯汀說過，這是我必須做出的犧牲，他說得沒錯，那多少算是解脫。」

「解脫？」

「終於看清了我自己，現在我知道我是誰，妳知道嗎？我就像是克呂泰涅斯特拉，或者是美狄亞，那就是我的本質。」

「不，不是，妳搞錯了，」瑪莉安娜別開目光，再也無法盯著她，淚水從雙頰滑落而下，「妳不是女神，卓伊，妳是禽獸。」

「如果我是禽獸，」瑪莉安娜聽到卓伊繼續說道，「是賽巴斯汀成就了我，還包括了妳。」

然後，瑪莉安娜突然感到背後一股重力襲來。

她被推倒在地，卓伊壓在她的背脊。瑪莉安娜拚命掙扎，不過，卓伊使出全身氣力，將瑪莉安娜壓制在泥地之中。泥土寒濕，緊貼瑪莉安娜的臉龐，她聽到卓伊在她耳畔低語。

「明天，等到他們找到妳的屍體的時候，我會告訴總督察，我企圖阻止妳，千萬不要獨自一人行動，但妳非常堅持。而克萊麗莎會把我敘述佛斯卡教授的故事版本講出來，他們會搜查他的住所，找到我栽贓的證據……」

卓伊從瑪莉安娜背後起身，把她翻過來。然後，卓伊拿起了刀子，雙眸狂暴如獸。

「然後，大家只會記得妳是愛德華．佛斯卡底下的另一名受害者，第四號受害者，沒有人會猜得到真相……是我們殺了妳……賽巴斯汀和我。」

她把刀舉得更高了……準備刺下去……

瑪莉安娜突然找到了力量，她舉手，抓住卓伊的臂膀。兩人糾纏了一會兒，瑪莉安娜使出全力揮開卓伊的手，逼得卓伊鬆手，刀不見了……

刀子飛了出去，呼嘯劃過空中，砰一聲消失在附近的草堆裡。

卓伊大叫一聲，跳起來，跑過去找刀。

趁卓伊在摸索的時候，瑪莉安娜起身，發現有人出現在樹林後面。是弗列德。

他憂心忡忡趕過來，完全沒注意到跪在草地裡的卓伊，瑪莉安娜想要警告他，「弗列德……不要……不要……」

但弗列德沒有停下腳步，立刻衝向她面前，「妳還好嗎？我一直在跟蹤妳……我很擔心，而且……」

瑪莉安娜看到卓伊出現在他背後，舉高了手——緊抓著刀子，瑪莉安娜尖叫，「弗列德……」

但太遲了……卓伊已經把刀子深深插入弗列德的背部，他眼睛瞪得好大，一臉驚愕盯著瑪莉安娜。

他立刻倒地不起——全身僵直，動也不動，底下滲出了一大灘血。卓伊拔出刀子，拿刀戳刺弗列德，要確定他有沒有死，她似乎不覺得他已經斷氣。

瑪莉安娜不加思索，摸到嵌在泥地中的某顆冰冷硬石，把它拔了出來。

她腳步蹣跚，朝蹲在弗列德身旁的卓伊走去。

正當卓伊要把刀刺向他胸膛的時候，瑪莉安娜將那塊石頭狠狠砸向卓伊的後腦勺。

那股力道把卓伊震向一旁，她跌倒的時候滑跤，仆倒在地，刀子正好插入體內。

卓伊動也不動好一會兒，瑪莉安娜以為她死了。

不過，就在這個時候，卓伊發出宛若野獸的呻吟，她翻身，躺在那裡，成了負傷的野獸，恐懼的雙眼睜得好大，她看到刺穿自己胸膛的那把刀——

卓伊開始尖叫。

她叫個不停，她陷入歇斯底里，痛苦、恐懼，以及害怕的尖叫——驚恐小孩的尖叫。

這是瑪莉安娜有生以來第一次沒有去幫卓伊，她反而拿出自己的手機，打電話報警。

就在這時候，卓伊依然一直尖叫，叫個不停，最後，她的尖叫聲與迫近的警笛尖嘯融合為一。

3

救護車載走了卓伊，還有兩名武裝警察押送。

其實，不太需要他們全程緊盯，因為她已經退化成了小孩：嚇得半死、毫無防衛能力的小女孩。不過，卓伊還是因為殺人未遂罪被起訴，之後還得面臨更多罪名的起訴。只有殺人未遂的原因是因為弗列德大難不死，但差點沒命。他受了重傷，被送上另外一台車前往醫院。

瑪莉安娜處於震驚狀態。她坐在河邊的某張長椅上頭，緊緊抓住桑格總督察從他的保溫杯裡倒出的濃烈甜茶——為了壓驚，也是一種求和的象徵。

雨停了，現在天空清朗，雲朵裡的雨水已經全部排淨，只留下微弱光線中的縷縷灰絲，夕陽緩緩西下，隱身樹林後方，在天空中留下了粉紅與金黃斑紋。

瑪莉安娜坐在那裡，將溫暖茶水送到嘴邊，慢慢啜飲。有名女警想要安撫她，摟住了她的肩頭，但瑪莉安娜幾乎沒注意到這動作。對方還塞了條毯子護住她的大腿，她幾乎無知無覺。她心思一片空茫，因為她的眼眸飄向了河水——她看到了天鵝。牠急忙沿水前進，速度越來越快。

她盯著牠，看牠展翅飛翔。牠高飛入空，她的目光一路緊緊相隨，與牠一起進入了天空。

桑格總督察坐到她身邊，與她坐在同一張長椅，「這消息一定會讓妳很開心，」他說道，

「佛斯卡被開除了。原來他和她們全都上過床，莫里斯承認自己勒索他，所以妳是對的。但願這兩人會得到應有的報應。」

他望著瑪莉安娜，這才發現她什麼都沒有聽進去。他的下巴朝茶水點了一下，溫柔問道：「妳還好嗎？有沒有比較舒服一點？」

瑪莉安娜看了他一眼，稍微搖頭，她並沒有覺得比較舒坦，老實說，她覺得更糟糕……不過，還是有什麼變得不太一樣，是什麼？

也不知是什麼原因，她覺得自己感覺敏銳——也許，清醒是更恰當的詞彙，一切似乎都變得更清楚，彷彿某場濃霧已經散去，色彩更加鮮明，事物的輪廓變得更加銳利，世界再也不是無聲灰濛遙遠的狀態——不再位居簾幕後方。

感覺像是恢復了活力，元氣飽滿，色彩繽紛，還有秋雨帶來的濕氣，與無盡生死的永恆哼吟產生了共鳴。

終曲

事件結束之後，有好長一段時間，瑪莉安娜依然處於震驚狀態。

回到家之後，她夜晚睡在樓下的沙發，她再也無法回到那張床就寢，曾經與他——那個男人——共眠的那張床。她再也不認識他，覺得他像是某個陌生人，與她生活多年的騙子——與她共枕卻密謀要殺害她的演員。

這個虛偽的人到底是誰？在他那俊美面具之下的真我是怎樣的人？難道這全都是一場表演？全部都是嗎？

現在，表演已經結束，瑪莉安娜必須審視自己在其中的角色，這一點並不容易。當她閉上雙眼、想要看清楚他臉龐的時候，需要費盡力氣才能夠看到他的五官。他的模樣越來越模糊，宛若一場夢的記憶——她反而一直看到她父親的面容，而不是賽巴斯汀的臉——看到的是她父親的雙眼，而不是賽巴斯汀的眼眸，彷彿不知道為什麼，他們其實成了同一個人。

這是否就與蘿絲以前所說的一樣——她父親是她生命故事的主軸？瑪莉安娜當時一直不懂。不過，也許到了現在，她開始有了體悟。

她還沒回去看蘿絲，還沒有。她還沒準備好哭泣，或是談話，抑或是感受，傷口依然太刺痛。

瑪莉安娜也沒有繼續回去主持她的團體治療，她怎麼能夠再次去幫助別人，或是提供建議？

她不知所措。

至於卓伊——自從她不斷歇斯底里尖叫之後，一直沒有恢復正常。她被刺傷，雖然逃過一死，卻讓她陷入嚴重心理崩潰。卓伊遭到逮捕之後，企圖自殺了好幾次，然後，深受嚴重精神崩潰所苦。

她最後被判定不適合接受審案，結局是被送到了某間戒護監獄，葛洛夫，位於北倫敦——也就是瑪莉安娜當初建議李歐覓職的那個單位。

李歐當初接受了她的建議，現在他在葛洛夫工作，而卓伊成了他的病人。

李歐為了卓伊的關係，努力聯絡瑪莉安娜好幾次，但她拒絕和她說話，而且也沒有回電。

她知道李歐想要什麼，他盼望瑪莉安娜能夠與卓伊聊一聊。她不怪他，如果今天瑪莉安娜與他角色互調，她也會提出相同的建議，她們之間的任何一種正向溝通，都是卓伊康復的關鍵。

不過，瑪莉安娜得擔心自己的復原狀況。

她無法忍受再次與卓伊說話的這種念頭，這會讓她想吐，就是受不了。

這不是寬恕的問題，反正，這不是瑪莉安娜可以決定的事。蘿絲總說寬恕不能勉強，那是油然而生的體驗，就像是某種善行一樣，只有當一個人準備好的時候才會出現。

而瑪莉安娜還沒有準備好，她不知道會不會有那麼一天。

她好憤怒，好受傷。要是再見到卓伊的話，她不知道卓伊會說出什麼話，或是做出什麼舉動。顯然卓伊不會為自己的行為承擔責任。所以最好還是離卓伊越遠越好，讓她面對自己的命運。

不過，瑪莉安娜倒是多次探視住院的弗列德，她覺得自己對他有責任，而且也心懷感激。畢竟他救了她一命，她永難忘懷。一開始的時候，他虛弱得無法講話，但只要瑪莉安娜待在那裡，他一定從頭到尾掛著笑容。他們坐在一起，沉浸在友善的沉默氣氛之中，瑪莉安娜覺得真是奇特，她跟他在一起的時候，覺得非常自在熟悉，但她明明跟這男人一點都不熟。要是說兩人之間可能有些什麼的話，未免言之過早。不過，她再也不會立刻斷然排拒。

這些日子當中，她覺得一切都變得截然不同。

瑪莉安娜以前知道，或深信不疑，抑或信賴的每一件事，全部都瓦解了——只剩下空無一物之地。她一直身處在那個空茫煉獄，長達好幾個禮拜，然後是好幾個月……

終於，某天她接到了李歐的來信，發生了改變。

李歐在信中再次央請瑪莉安娜重新考慮訪視卓伊。他對卓伊提出了敏銳觀察，充滿了同理心，然後，又把注意力轉向瑪莉安娜。

我不禁覺得這樣不僅可能對她有好處，對妳的效果亦是如此——這算是可以給妳一個結束吧。我知道這不會令人開心，但我想應該會有幫助。我無法想像妳所歷經的折磨。卓伊開始慢慢敞開心胸——她與妳亡夫共享的秘密世界，讓我深感不安，我聽到了非常駭人的事物。而我必須告訴妳，瑪莉安娜，妳能活下來真的是十分幸運。

李歐的最後一段話是這麼寫的：

我知道這實屬不易，但我只是請求妳重新考慮，就某種程度而言，她也是受害者。

這一小段話讓瑪莉安娜十分惱怒，她撕毀了那封信，丟入垃圾桶。

不過，當晚她躺在床上，閉起雙眼，心中卻浮現了某個面孔，不是賽巴斯汀或她父親的臉，而是某個小女孩的容顏。

弱小，恐懼的六歲女孩。

卓伊的臉龐。

她怎麼了？那孩子遭到了什麼樣的對待？她承受了什麼樣的煎熬——就在瑪莉安娜的面前——在陰暗之處，在羽翼之下，在表象之下的秘密地帶？

瑪莉安娜辜負了卓伊，沒有好好保護她——她甚至沒有看到這一切——她必須為此負責。她怎麼會盲目至此？她需要知道答案，她要搞清楚，她必須要正視它，與其直接對決——不然，她一定會發瘋。

所以，在某個下雪的二月早晨，瑪莉安娜最後還是到了北倫敦，前往埃奇維爾醫院——到達了葛洛夫。李歐在接待櫃檯等她，向她熱情打招呼。

「我萬萬沒想到會在這裡見到妳，」他說道，「真詭異，最後居然是這樣的結果。」

「是，同感。」

李歐帶她過了安檢，穿過監獄的破爛走廊，在他們前行的時候，他警告瑪莉安娜，卓伊與她上次看到的時候相比，已經大不相同。

「瑪莉安娜，卓伊狀況非常不好，等一下妳就會發現她變了很多，我想妳必須要有心理準備。」

「我明白了。」

「我真高興妳來了，一定可以改善病況。妳知道嗎，她經常提起妳，三不五時就嚷著要見妳。」

瑪莉安娜沒回話，李歐偷瞄了她一眼。

「好，我知道這並不容易，」他說道，「我覺得妳並不想要對她展現任何的慈悲。」

瑪莉安娜心想，我真的沒有。

李歐似乎有讀心術，他點點頭，「我懂，我知道她企圖傷害妳。」

「李歐，她想要殺我。」

「瑪莉安娜，我覺得沒那麼簡單，」李歐遲疑了一會兒，「是他想要殺妳，她只是他的代理人，他的傀儡。她被他完全掌控。但這只是一部分的她，妳也知道——她心中有另一個部分，依然愛著妳，而且需要妳。」

瑪莉安娜越來越焦慮。來到這裡大錯特錯，她還沒有準備好見卓伊，對於卓伊可能的言行會害她所產生的感受，她也還沒有準備好。

當他們到達他辦公室的時候，李歐的下巴朝走廊盡頭的另一扇門點了一下。

「卓伊在娛樂室，就在那裡面。她不太想與其他人互動，但只要到了自由活動時間，我們就會安排她與大家在一起。」他看了手錶，皺眉，「真是抱歉，可否等我兩分鐘？我必須在我辦公室見另一名病患，一下就好。然後，我會幫助妳與卓伊會面。」

瑪莉安娜還沒開口回答，李歐已經伸手指向他辦公室外頭的靠牆長椅，「何不先坐一下呢？」

瑪莉安娜點點頭，「謝謝。」

李歐打開他辦公室的門，透過敞開的大門空間，瑪莉安娜瞄到一名紅髮美女坐在那裡等待，呆望鐵窗，凝視外頭的灰色天空。李歐進去，準備關門，那女子轉身，一臉警覺看著李歐。

瑪莉安娜瞄了一下那張長椅。但她卻沒有坐下來，反而繼續往前，走向走廊盡頭的那扇門。

她停在外頭，陷入遲疑。

然後，她伸手，轉動門把……

她進去了。

致謝

我是在新冠病毒大流行期間完成了本書大多數的章節。在那段漫長的日子當中，我一個人住在封城的倫敦，真慶幸能夠擁有可以讓我專注凝神的事物。而且，我也很慶幸可以逃離我的公寓，奔向腦海中的這個世界——部分真實，部分虛幻，是一種沉浸在鄉愁中的練習——再訪我的青春與我深愛之地的某種努力。

我在青少年時代看得目眩神迷的那些書：偵探小說、懸疑與緝兇故事，或者隨便你怎麼稱呼都可以。所以我首先要大大感謝的是這些古典犯罪小說的作家們所賜予的莫大恩惠，全部都是女性，在這些年當中，她們帶給我無比的啟發與喜悅。這本小說是我向她們溫情致敬之作：感謝阿嘉莎．克莉絲蒂、桃樂西．L．榭爾斯、奈歐．馬許、瑪格麗特．米勒、瑪格瑞．艾林罕、約瑟芬．鐵伊、P．D．詹姆斯，以及露絲．蘭黛兒。

與第一本小說相比，撰寫第二本是迥然不同的經驗，也已經不是秘密了。《緘默的病人》是在完全孤絕的狀況下完成，心中沒有讀者，反正也不會有任何損失。那本書改變了我的一生，出現了爆發性成長。反之，在書寫《劍橋謀殺案》的時候，我感受到更沉重的壓力，然而，這次我並非孤單一人——我的周邊有一小群聰穎厲害的人給予我支持與建議，需要感謝的人太多了，所以我不希望有任何遺漏。

一開始必須要感謝我的經紀人兼好友，山姆．寇普蘭，感謝他的堅定，也是充滿智慧、幽默，以及仁善的泉源。我也要感謝Rogers, Coleridge & White盡心盡力的優秀團隊——彼得．史特勞斯、史蒂芬．愛德華茲、崔斯坦．肯德里克、山姆．寇提斯、卡珊里娜．沃克梅爾，以及阿諾爾．史普雷克利，需要感謝的人還不止如此而已。

以充滿創意的方式編輯本書，是我從來沒有體驗過的專業經驗，十分過癮，讓我獲益良多。衷心感謝我厲害的美國編輯，在Celadon工作的萊恩．多賀提；還有在倫敦Orion工作、同樣才華洋溢的艾瑪德．阿克塔爾與凱蒂．艾斯匹納。與各位共事開心極了，感謝諸位的大力相助，希望我們可以同心協力工作一輩子。

感謝赫爾．傑森，謝謝這麼鉅細靡遺以及讓我獲益良多的筆記，還有你的友誼，忍受我對這本殘酷小說的無盡偏執。感謝妮蒂．安東妮雅德斯，感謝妳的支持，以及與我多次長談為我解憂，我靠妳大力相挺，感激不已。我也要感謝伊凡．費南德茲．索托——感謝你提供了聖路濟亞與其他構想，讓我在過去這三年之中，一直對你丟出這些瘋狂的劇情轉折與聽取你的意見。大大感謝鄔瑪．舒曼，感謝妳了不起的筆記與建議，還有在紐約家中親自下廚的餐點，我永遠銘感在心。還有，狄安娜．米達克，謝謝妳的友誼與支持，一直讓我住在妳家，我已經迫不及待想要回去了。

感謝亞德里安．普爾教授，我一生中遇過最好的老師——感謝提供了如此受用的評語，感謝您對於古希臘語的協助，還有當初激發我對於悲劇的熱愛。也要感謝劍橋三一學院，熱情歡迎我回去，而且還提供了我聖克里斯多福學院的靈感。

感謝Celadon的可愛朋友們——要是我的生活中少了你們，真的讓我無法想像。傑米・拉布與德普・富特，我對你們懷抱終生感謝，謝謝你們一路幫忙。瑞秋・周以及克莉絲汀・米奇提辛——兩位表現實在精采，上一本書的成功幾乎都應該要歸功給妳們，謝謝。還要感謝西西莉・凡・布蘭-弗利得曼——妳的評語真的讓本書增色不少，我十分感激。同樣要感謝Celadon的安妮・托密、珍妮佛・傑克森、潔咪・諾文、安娜・貝爾・辛登朗、可雷・史密斯、藍迪・克拉瑪、海瑟・歐蘭多-傑拉貝克・蘿貝卡-雷特奇，以及羅倫・杜雷。感謝威爾・史塔勒製作出這麼精采的封面，感謝傑洛米・品克在這麼急促的時間當中完成一切。大力感謝麥克米蘭行銷小組——你們絕對是最優秀的團隊！

至於Orion出版社與Hachette集團，我要感謝大衛・謝利的一路支持，你給了我莫大的鼓舞與支持，非常感恩。還要謝謝莎拉・班頓、莫拉・威爾丁、琳賽・蘇瑟蘭德、珍・威爾森、以薩・華特茲、維克托莉亞・洛斯——謝謝諸位的傑出表現！還有，要謝謝艾瑪・米榭爾與FMCM公司的公關服務。

特別感謝住在馬德里的瑪莉亞・法榭，感謝妳的洞見與實用筆記——還有妳的鼓勵。

謝謝克莉絲汀・麥可利迪斯——感謝妳的細心描述，百分之九十的內容並沒有進入書中，但至少讓我學習到了知識！謝謝艾蜜莉・霍特的有用筆記與大力鼓舞。還要感謝維琪・霍特與我的父親，喬治・麥可利迪斯，感謝支持。

大大感謝了不起的凱蒂・海恩斯。我要再說一次，與妳共事真的很過癮，我已經迫不及待要再次一起前往劇院了。

謝謝蒂芬妮・卡索克，妳讓我在巴黎寫作的時候覺得好開心，謝謝妳大大鼓勵我。也要謝謝湯尼・帕森斯，感謝給我鼓勵長談與支持，真心感謝。還要謝謝安妮塔・鮑曼、艾蜜莉・寇區。謝謝凱蒂・馬許這位和善的朋友，一直鼓勵我。還要謝謝英國國家肖像館，向我展示了丁尼生年輕時代的肖像。感謝卡姆・桑格，讓我借用你的姓氏，放在最後、但其實也很重要的感恩對象，謝謝大衛・費雪。

Storytella 164

劍橋謀殺案

The Maidens

劍橋謀殺案/艾力克斯.麥可利迪斯作 ; 吳宗璘譯. -- 初版. -- 臺北市
: 春天出版國際文化有限公司, 2023.09
面 ; 公分. -- (Storytella ; 164)
譯自 : The Maidens
ISBN 978-957-741-719-0(平裝)

873.57 112011050

ISBN 978-957-741-719-0
Printed in Taiwan

作　者　艾力克斯・麥可利迪斯
譯　者　吳宗璘
總編輯　莊宜勳
主　編　鍾靈

出版者　春天出版國際文化有限公司
地　址　台北市大安區忠孝東路四段303號4樓之1
電　話　02-7733-4070
傳　眞　02-7733-4069
E－mail　bookspring@bookspring.com.tw
網　址　http://www.bookspring.com.tw
部落格　http://blog.pixnet.net/bookspring
郵政帳號　19705538
戶　名　春天出版國際文化有限公司
法律顧問　蕭顯忠律師事務所
出版日期　二〇二三年九月初版

定　價　490元

總經銷　楨德圖書事業有限公司
地　址　新北市新店區中興路二段196號8樓
電　話　02-8919-3186
傳　眞　02-8914-5524
香港總代理　一代匯集
地　址　九龍旺角塘尾道64號 龍駒企業大廈10 B&D室
電　話　852-2783-8102
傳　眞　852-2396-0050